그 섬에 가고 싶다

그 섬에
가고 싶다

초 판 1쇄 인쇄 2021년 8월 30일
초 판 1쇄 발행 2021년 9월 15일

지은이 임철우
펴낸이 정중모
편집인 민병일
펴낸곳 문학판

기획 · 편집 · Art Director | Min, Byoung-il
Art Director | Lee, Myung-ok

등록 1980년 5월 19일 (제406-2000-000204호)
주소 경기도 파주시 회동길 152
전화 031-955-0700 | 팩스 031-955-0661~2
홈페이지 www.yolimwon.com | 이메일 editor@yolimwon.com

문학판 은 열림원의 문학·인문·예술 책을 전문으로 출판하는 브랜드입니다.

문학판 의 심벌인 '책예술의 집'은 책의 내면과 외면이 아름다운 책들이 무진장 숨겨진
정신의 보물창고를 상징합니다.

그 섬에
가고 싶다

임철우 장편소설

문학판

- 유년의 섬,
  내 그리운 이름들에게

오래전부터 내가 품어온 소망 하나는 사랑에 대한 이
야기를 쓰고 싶다는 거였다. 밤하늘의 먼 별자리를 올려
다보며 혼자 작은 가슴을 두근거리던 그 어린 시절의 꿈
을 닮은, 그런 맑고 초롱한 사랑의 이야기를 말이다.

이 소설은 내 유년의 섬, 그 그리운 이름들에게 바치는
사랑의 노래이자 한 권의 소박한 추억록이다.

오래된 책장을 정리하다가 우연히 찾아낸 낡고 먼지
낀 사진첩처럼, 그렇게 이 이야기들을 읽어주기 바란다.

『그 섬에 가고 싶다』는 나에겐 여러모로 특별한 의미를
지닌 작품이다. 첫 출간 이후 오랫동안 많은 독자들의 사
랑을 받아왔고, 영화로도 만들어졌다. 또 불어, 독일어,

영어로 번역되어 해외에서 출판되기도 했다.

이번에 개정판을 내면서, 초판본에서 다소 아쉬웠던 점들을 대폭 다듬고 새롭게 손을 보았다. 늘 마음에 걸렸던 숙제 하나를 비로소 마친 것 같은 기분이다.

책이 나오기까지 많은 분들의 도움을 받았다. 변함없이 관심과 애정을 보내준 민병일 형, 정성스레 교정을 맡아주신 '문학판' 편집부 여러분께 두루 감사드린다.

2021 여름 서귀포에서, 임철우

차
례

작가의 말 6

프롤로그 10

1. 못난이 별 19

2. 생일날 아침 31

3. 우리 이모 옥님이 41

4. 목포의 눈물 67

5. 낙일도의 사랑 92

6. 약산 할멈의 기둥뿌리 108

7. 곱사등이 별 121

8. 돼지꿈 142

9. 잘한다, 업순네! 155

10. 소동이 아저씨 184

11. 천하장사 황설봉 214

12. 우리 사촌 봉묵이 형 230

13. 안녕, 칠성이 형 269

14. 동백꽃 289

15. 별 311

― 모든 인간은 별이다.

이젠 다들 까맣게 잊고 있지만, 아무도 믿으려 하지 않고 누구도 기억해내지 못하지만, 그것은 여전히 진실이다.

한때 우리는 모두가 별이었다.

저마다 꼭 자기 몫만큼의 크기와 밝기와 아름다움을 지닌 채, 저물녘 하늘 어딘가 저만의 별자리에서 저만의 이름으로 오롯이 빛나던, 우리는 누구나 다 그렇게 영롱한 별이었다.

한때 별이었던 존재들은 또 있다.

이 땅을 찾아왔다가 이미 오래전 떠난 이들, 그리고 머잖아 태어날 사람들, 혹은 아득히 먼 미래의 정거장에서 아직 차례를 기다리며 눈빛 반짝이고 있을 무수한 미지의 얼굴들.

그들 또한 모두가 별이다.

행여 내 말이 믿기지 않거든, 지금 당장 책을 덮고 밖으로 나가보라. 마당 없는 집이라면 가로등 없는 골목이어도 좋다. 답답하고 견고한 아파트에서라면 건물 옥상도 좋을 터이다.

자, 거기 홀로 서서 고개를 한껏 젖히고 밤하늘을 올려다보라.

당신의 눈망울을 어둠 속에 풀어둔 채, 기도하듯 조용히 심호흡을 하며 한동안 서 있어보라. 이윽고 투명한 어둠의 물살이 당신의 눈망울을 말갛게 닦아내기 시작하면, 당신은 마침내 눈앞에 펼쳐진 저 찬란한 별들의 바다를 만나게 되리라.

그럼 이번엔 한껏 호흡을 가다듬은 채 움직이지 말고, 어떤 별 하나를 마음속으로 선택해보라. 그리고 그것과 눈길을 맞춘 채 아주 오래 참을성 있게 기다려보라. 이제 당신은 틀림없이 그것의 작고 투명한 지느러미들을 마침내 알아볼 수 있을 것이다.

놀랍기도 해라!

유리알처럼 말갛고 솜털마냥 보드라운 지느러미를 가만가만 헤적이며 별은 조금씩, 그러나 분명히 움직이고 있다. 금방이라도 손끝에 잡힐 듯, 바로 당신의 눈앞에서.

그렇다. 저 끝없이 드넓은 우주의 밤바다엔 무수한 별들이 모여 살고 있다. 헤아릴 수 없이 많은 그 별들은 저마다 은빛 지느러미를 헤적이며 지금까지 수억만 년을 살아왔고, 또 앞으로도 영원히 살아갈 것이다.

하지만 이곳 지상의 우리는 대부분 그것을 까맣게 잊은 채 살아갈 뿐이다.

그 무수한 별들은 한때 지구를 찾아왔다가 돌아간 이름 없는 사람들이라는 사실을.

**

우리가 사는 이 작은 초록별은 하나의 정거장이다.

바로 지금 이 순간에도 세상 곳곳에선 새로운 인간의 생명들이 쉴 새 없이 태어나고, 그 한편에선 또 다른 생명들이 저마다 흔적 없이 지구를 떠나고 있다.

병원 신생아실 침대 옆에서 젊은 부부는 갓 태어난 생명을 품에 안고 감격해 중얼거린다.

"오오, 이 자그맣고 따뜻한 새 생명은 대체 어디서 우리를 찾아왔을까!"

대문 기둥에 흐린 조등弔燈을 달기 위해 뜰을 걸어 나오면서, 혈육을 잃은 누군가는 제 가슴을 주먹으로 두드리며 울먹인다.

"아아, 내 사랑하는 어머니는 이젠 어디로 훌쩍 떠나버리셨단 말인가!"

어리석기도 해라.

그들은 아무것도 모르고 있다.

바로 그 순간 그들의 머리 위, 영원한 우주의 밤바다 어디에선가 낯익은 별 하나가 깜박 자취를 감추어버렸다는 사실을. 혹은 어젯밤까지 비어 있던 자리에 웬 낯선 별 하나가 홀연 돋아나, 지금 막 수줍게 깜박이기 시작했음을.

맞았다. 이 초록별 지구에 새로운 생명 하나가 탄생할 때마다 저 하늘에선 별 하나가 문득 자취를 감추고, 어느 집 골목에 흐린 조등이 내걸릴 때마다 밤하늘엔 별 하나가 새로이 돋아난다.

그리고 아직 태어나지 않은 미지의 수많은 얼굴들 - 우리의 사랑스런 아이들은 지금 이 순간, 저마다 차례를 기다리며 저 까마득한 밤바다 어디에선가 은빛 지느러미를 열심히 깜박이고 있는 것이다.

* *

인간은 모두가 별이다.

크거나 작거나, 못생겼거나 예쁘거나, 길쭉하건 뭉툭하
건 간에 우리는 다들 언젠가 저 아스라이 먼 밤바다에서
내려온, 똑같은 고향을 지닌 별들이다.

거리로 나가 아무한테나 이렇게 한번 물어보라.

— 당신은 알고 있나요? 한때는 당신도 저 하늘의 별이
었다는 사실을?

— 기억하십니까. 당신도 나도 똑같은 고향에서 왔다는
사실 말예요. 지금 우리는 잠시 이 땅에 내려와 쉬고 있는,
다 같은 별이라는 것을요.

보나마나 그들은 두 눈이 뚱그레져서, 당신에게 무슨 얼
빠진 소릴 하느냐고 쏘아붙일 게 뻔하다. 더러는 멀쩡해
뵈는 이 작자가 잠이 덜 깬 모양이라고, 영 한심한 듯 빤히
쳐다보기도 하겠지.

그럴 수밖에! 그들은 모두 고대 유물전시관의 녹슨 청동
거울처럼 이젠 영혼의 눈망울이 부옇게 흐려지고 만 가엾
은 별들이니까.

그들은 결코 기억해낼 수가 없다. 사실은 이웃집 아저
씨도 아주머니도, 수퍼마켓 주인도 운전수도, 사장도 수위

도, 그리고 교통경찰, 회사원, 청소부, 대학생…… 심지어는 도둑, 소매치기, 밀수범, 사형수들까지도 한때는 누구보다 영롱하게 빛나던 별들이었다는 것을.

그럼에도, 그들은 여전히 별이다.

비록 아주 오래전에 두 눈망울은 흐릿해지고 손톱엔 세상의 때가 새까맣더라도 그 사실만은 결코 변함이 없다.

왜냐고? 그들은 누구나 마음속에 다들 조그맣고 투명한 지느러미의 흔적을 아직 지니고 있는데, 그것이야말로 한때 별이었다는 유일한 증거이기 때문이다.

하지만 그 지느러미는 이젠 더 이상 움직이지 않는다. 오래전 그것을 사용하는 방법을 잊어버린 까닭이다.

물론 어쩌다 가끔씩 그들은 무심코 자신의 허리춤에서 그 지느러미의 흔적을 어렴풋 느끼기도 한다. 불편한 잠자리의 꿈속이라거나 술 취한 귀갓길의 어두운 골목 어귀 같은 곳에서 말이다. 또 가끔은 그 지느러미가 꿈속에서 어머니의 음성을 들려주거나, 오래 잊었던 어린 시절의 노래를 들려줄 때도 있다.

혹시 당신은 밤늦은 골목에서 웬 낯선 술꾼이 혼자 전신주를 부둥켜안고 힝힝거리며 울고 있는 모습을 본 적이 있는가? 그 사람이 우는 까닭은 십중팔구 바로 그 지느러미 때문이다.

**

　돌이켜보면, 지금껏 우리는 이 조그만 초록별 정거장에서 참으로 많은 별들과의 만남과 작별을 되풀이해왔다.

　이제는 대부분 이름도 얼굴도 아슴푸레 잊어버리고 만 사람들. 어느 한적한 들녘 느티나무 아래서, 혹은 잿빛 도시의 후미진 뒷골목 어느 주점에서 우연히 스치듯 만났던 사람들.

　더러는 때 묻고 허기진 유년의 추억 속에 이제는 한 장 빛바랜 사진으로만 남은 얼굴들. 고향 마을 골목이나 읍내 장터에서 지금이라도 불쑥 마주칠 것만 같은 그런 이름 없는 얼굴, 얼굴들…….

　그래, 그들 또한 모두가 별이었다.

　이 지구라는 이름의 작고 아름다운 행성을 찾아와, 저마다 고독한 한 개 떠돌이별로 살아가던 별들. 아마도 그들 대부분은 오래전 이 피곤한 대지의 여행을 마치고, 먹빛 맑은 밤하늘의 별로 되돌아갔으리라. 또 더러는 외롭고 지친 별 하나로 아직 이 땅, 어느 좁고 어두운 골목길을 터벅터벅 걷고 있을지도 모른다.

지금 나는 또다시 그 별들을 하나씩 떠올리고 있다. 내 곁에 잠시 혹은 한동안 머물다 떠나간 그리운 이름과 얼굴들을.

1. 못난이 별

새벽 네 시.

전등을 끄고 누워 한참을 뒤척이던 나는 끝내 자리에서 일어났다. 잠을 다시 불러오기란 벌써 틀린 일이었다. 아내와 아이는 곤히 잠들어 있었다. 잠결에 그 전화를 받고 나서 나는 아내를 깨울까 하다가 이내 그냥 두기로 했다. 어차피 내일 아침이면 그 사실을 알게 될 터였다.

하지만 꼭 그래서만도 아니었다. 아내에게 할머니의 죽음을 알리기 전, 내가 해야 할 일 한 가지가 남아 있을지도 모른다는 생각이 얼핏 떠올랐던 것이다. 아내에겐 조금 미안한 일이긴 했지만, 그건 누구도 도와줄 수 없는 오직 나 혼자만의 몫이라는 사실을 나는 알고 있었다.

나는 조용히 안방을 빠져나와 내 서재로 들어갔다. 그리고 전등을 켜지 않은 채 북쪽으로 난 창문을 열고 밖을 내려다보았다. 도시는 아직 잠에서 깨기 전이었다. 새벽이 가까워오는 시각이었지만 도시의 머리 위에 드리운 밤은 여전히 그 짙고 깊은 어둠의 덩어리로 뭉친 채 완강히 버티고 있었다. 이 순간 사람들은 저마다 이부자리 속에 몸을 묻고 혼곤한 잠에 떨어져 있을 터였다.

정적. 도시는 까마득한 강물 밑바닥에 가라앉은 듯, 어둠의 무게에 짓눌려 지친 숨소리를 내고 있을 뿐이었다. 아파트 13층에서 내려다보이는 차도는 텅 비어 있고, 희미하게 드러난 아스팔트 바닥엔 어둠이 아교처럼 끈적끈적하게 들러붙어 있었다. 이따금 호루라기를 불어대며 두 사람씩 짝을 지어 순찰을 돌던 방범대원들도 이젠 연신 하품을 삼키며 지친 걸음으로 돌아가고 있거나, 아니면 벌써 파출소 안에서 구두끈을 풀어놓고 느긋하게 담배를 피워 물고 있을 터이다.

나는 담배를 찾아 물고 연기를 한 모금 빨아들였다.

이제 머잖아 도시는 다시 깨어나기 시작할 것이다. 사람들은 너나없이 피곤하고 무감각한 표정으로 거리로 쏟아져 나와 분주히 움직이고, 이 거대한 도시는 또다시 소음과 먼지와 검은 배기가스를 토해내며 몸살을 앓게 되리라. 그리고 나와 아내는 딸아이와 함께 사람들 틈을 헤치고 고속버스 터미널까지 나가, 남쪽 내 고향으로 가는 버스에 몸을 실어야 할 터였다.

전화가 걸려온 건 두 시간 전이었다. 나는 술에 취해 잠들어 있었다. 간밤 술자리는 꽤 늦게까지 이어졌다. 며칠 후면 먼 남미의 어떤 나라로 이민을 떠날 친구를 위한 환송 모임이었는데, 덕분에 오래 만나지 못했던 친구들까지 한데 어울려 떠들썩하게 마셔댔다.

"너희들은 속으로 비웃을지 모르지만, 얌마, 난 이 땅이 싫어졌다. 사람이 사람을 믿지 못하게 만드는 나라, 사람이 사람다운 대접을 받지 못하는 나라, 사람 목숨이 개돼지만큼도 값어치가 없는 나라…… 이런 무섭고 끔찍한 세상이 이젠 싫어졌어. 그래서 떠나겠다는 거다. 무슨 오아시스를 찾아가겠다는 게 아니라, 그저 지쳐서, 더는 버틸 힘이 없어서 도망치는 거라고. 용서해라. 비웃어라. 아무래도 난 좋으니까. 짜식들아……."

이민 가는 친구는 제풀에 먼저 엉망으로 취해 소릴 질러대더니, 끝내 엉엉 울음을 터뜨렸다. 우리는 녀석이 혼자 울도록 그냥 내버려 둘 수밖에 없었다. 그의 결정에 다들 착잡하고 당혹스러운 표정이었지만, 한편으론 그의 절박한 동기를 십분 이해할 수 있을 것도 같았다. 대학 시절 학생운동으로 감옥살이를 한 적도 있는 그는 착하고 여린 심성의 소유자였다. 바로 그 때문에 주변 사람들은 그를 손쉽게 이용했고, 그는 대책 없이 매번 이용을 당했다. 결국 직장을 잃고 많지 않은 재산마저 대부분 사기를 당했다는 소문이었다. 가족들을 이끌고 이국으로 떠나는 그를 떠나보내는 우리들 마음은 우울하고 쓸쓸하기만 했다.

자정 넘어 귀가하자마자 쓰러져 잠이 들었는데, 돌연 전화벨이 울렸다. 뜻밖에도 고향집 큰형이었다.

"나야. 할머니께서 돌아가셨다. 조금 전에."

"예? 하, 할머니가요?"

"저녁까지도 아무 일 없이 잠자리에 드셨는데…… 나도 아직 믿어지지가 않는구나. 주무시듯 아주 편안하게 눈을 감으셨어…… 내일 내려올 줄로 알고 이만 끊는다. 연락할 데가 많아."

수화기를 쥔 채로 나는 한참을 멍하니 방바닥에 주저앉아 있었다. 할머니가 돌아가셨다고, 할머니가…….

그 순간 수화기 저편으로부터 이상한 소리가 들려왔다. 바람 소리. 스산하고 허허한 바람 소리가 난데없이 내 귓전을 두드리고 있었다. 그건 어린 시절 고향 앞바다에서 불어오던 귀에 익은 솔바람 소리와 파도 소리였다.

나는 창틀에 기댄 채 밖으로 고개를 내밀었다. 차가운 밤공기가 얼굴을 때렸다. 맞은편 아파트 옥상 위로 어두운 하늘 한 조각이 올려다보였다. 흐린 별들이 불현듯 내 눈에 잡혔다. 그런 어느 순간이었다.

"얘야, 예전에 너는 별이었단다. 저 한량없이 넓고 높은 하늘에 떠서 반짝이고 있다가, 어느 날 땅으로 내려와 우리 집까지 찾아온 아주 귀하고 소중한 별이었단 말이다. 알았지야?"

난 놀라서 하마터면 손에 쥔 담배를 떨어뜨릴 뻔했다. 어깨를 웅크리며 텅 빈 방 안을 휘둘러보았다. 가슴이 서늘해지는 느낌이었다.

"할머니. 할머니의 영혼이 찾아오신 거야."

겁에 질려 나는 중얼거렸다. 그랬다. 분명 할머니의 음성이었다. 환청이라 여기기엔 너무나 생생하게 내 귓전을 울리고 사라졌던 것이다.

나는 창문에 몸을 기대고 바깥으로 목을 내밀었다. 마치 할머니의 마지막 모습을 잡아보기라도 하려는 것처럼. 하지만 맞은편 아파트 너머 흐린 밤하늘이 걸려 있을 뿐, 할머니의 작고 구부정한 모습은 어디에도 없었다.

"아아, 틀림없어. 할머니께서 마지막으로 날 보고 싶어 찾아오셨던 거야. 개구쟁이 사고뭉치였던 나. 이렇듯 나이를 먹고도 여전히 갈팡질팡 헤매고 있는 이 못난이별이 걱정스러워 일부러 여기까지 찾아오셨던 거야……."

창유리에 나는 이마를 기대었다.

비로소 눈물이 볼을 타고 흘러내렸다. 나는 눈물이 흐르도록 내버려 두었다. 그리고 이젠 아득히 멀어진 어린 시절, 고향집 안마당에서 할머니가 내게 들려준 그 '별 이야기'를 떠올리고 있었다.

**

인간은 별이다.

그 놀라운 비밀을 내게 알려준 사람이 바로 할머니였다.

유리알처럼 밝고 투명한 별들이 이마 위로 금방이라도 후두둑 쏟아져 내릴 것 같은 어느 한여름 밤. 마당에 모깃불을 피워놓은 채 밤하늘을 올려다보며 나는 할머니 무릎을 베고 누워 그 이야기를 들었던 것이다.

그 여름밤 이후, 유년기의 나는 줄곧 별들과 함께 살

았다. 잠들기 전 나는 곧잘 홀로 마당으로 나가보곤 했다. 고개를 젖히면 거기, 별들은 항상 변함없이 은빛 지느러미를 흔들며 밤하늘을 헤엄쳐 다녔고, 난 가슴에 두 손을 모은 채 별들을 헤아리며 눈망울을 반짝거렸다.

할머니의 말에 따르면, 저 하늘은 내가 떠나온 고향이었다. 그리고 훗날 이 지상에서의 고단한 여정을 마친 뒤 우리들이 되돌아가야 할 그리운 안식처였다. 그러므로 그 무수한 별들은 알고 보면 내 이웃들의 정겨운 얼굴이었고, 나 또한 잠시 그들 곁을 떠나온 또 하나의 작은 떠돌이별에 지나지 않는 거였다.

그 사실을 유년의 나는 조금도 의심하지 않았다. 오히려 그것은 나 혼자만의 찬란한 비밀이자 신앙 같은 것이 되었다. 남몰래 놀라운 비밀을 숨겨둔 내 가슴은 자부심으로 뿌듯해졌고, 은밀히 빛나는 신앙의 씨앗 한 톨을 머금은 내 영혼은 날마다 샘물처럼 맑고 싱싱하게 반짝였다.

그런데, 언제부터였을까.

나는 더 이상 할머니가 전해준 그 이야기 따윈 믿지 않게 되었다.

아마도 섬을 떠난 후부터였으리라. 별이 내게서 멀어지기 시작한 것은.

✻✻

　내가 열 살이 되던 해, 우리 가족은 고향 섬을 떠나 육지로 이사해왔다.

　나는 도시가 싫었다. 도시의 잿빛 하늘에도 흐린 별들이 돋아났지만, 내겐 낯설고 멀어 보이기만 했다. 밤하늘을 올려다보는 날이 점차 줄어들고, 그러다 마침내 나는 별을 거의 잊어버리게 되었다.

　난 더 이상 그런 유치한 '별 이야기' 따위를 믿고 있을 만큼 어린아이가 아니었다. 그것은 무슨 별난 비밀도 신앙도 아니었고, 단물 빠진 껌만큼의 가치도 의미도 없어 보였다. 그때가 사춘기였다.

　그러자 내게 버림받은 그 별들은 엉뚱하게 내 얼굴로 한꺼번에 쏟아져 내려와 흉한 여드름이 되어 쉴 새 없이 돋아났다 곪아 터지기를 되풀이했다. 그 고약하고 불쾌한 별들의 누런 시체들을 날마다 손가락으로 눌러 짜내면서, 나는 할머니의 '별 이야기'를 떠올리며 코웃음을 쳤다.

　내 청년기의 삶 또한 내내 힘겹고 고달프기만 했다. 은하수처럼 휘황하게 반짝이는 도시의 불빛 속에서 나는 혼자 비틀거리며 방황했다. 도시의 빈민가와 더럽고 음습한 뒷골목을 가랑잎처럼 배회하는 동안 내 발바닥은 부풀었다 굳어지기를 되풀이하고, 내 영혼의 외피 역시 점차 메마르고 두꺼운 각질로 뒤덮여갔다.

그리하여, 지금 나는 더 이상 혼자가 아니었다. 착하고 평범한 아내와 귀여운 딸 하나를 둔 나는 어느덧 중년의 가장이 되어 있었다. 그사이 나의 내면은 믿기지 않을 만치 변해버렸다. 어린 시절, 내 안에 싹틔웠던 아름다운 꿈들. 저 광대한 우주와 세계를 향해 피어나던 온갖 의문과 호기심의 씨앗들은 벌써 오래전 말라 시들어버렸다. 가슴속에서 항상 퐁퐁 솟아나던 무한한 기쁨과 사랑과 소망의 샘은 아예 흔적조차 남아 있지 않았다.

물론 나는 후회하지 않았다. 오히려 이 세상을 살아가는 데엔 그 편이 훨씬 더 현명하고 편리하다는 사실을 난 알고 있었다.

그럼에도 어째서일까. 밤늦게 술 취해 홀로 돌아오는 어두운 골목길에서 무심코 고개를 들면, 거기 흐린 하늘엔 늘 별들이 졸고 있었다. 전신주를 껴안고 컥컥 토악질을 하다가 문득 그 흐린 별들을 발견하기라도 하면, 가끔 까닭 모를 눈물 한 방울이 찔끔 돋아날 때도 있었다. 하지만 그도 잠시뿐, 이튿날 아침 취기가 사라지면 아무런 기억도 흔적도 남지 않았다.

그렇듯 나는 이 도시에서 수많은 만남과 헤어짐을 되풀이해왔다. 이름과 얼굴로만 어렴풋 남겨진 사람들. 만날 때도 그러했듯이 이별 역시 늘 흐릿하고 모호했다. 기억하고 기억된다는 것은 오히려 대부분 채무처럼 피곤하고 힘들고 거북한 일이었다. 칠판의 백묵 글씨를 금방금방 닦아내듯이, 굳이 서로의 얼굴과 이름 따윌 오래 기억하지 않아도 좋았다.

그것이 도시의 규칙이었다. 도시의 삶은 그렇듯 몽롱한 졸음 속 시간, 졸음 속의 만남, 졸음 속의 관계들로 그림자처럼 흘러갔다. 그 속에서 나도 턱없이 겉늙어가는 중이었다.

**

그런데, 오늘 밤 할머니가 날 찾아오신 것이다.

잠든 듯 조용히 눈을 감으셨다는 할머니. 지상에서의 여행을 끝내는 순간, 당신의 별자리로 돌아가는 길에 마지막으로 날 보러 오신 할머니.

나는 방을 빠져나왔다. 잠옷 차림인 채로 현관문을 가만히 열고 복도로 나선 나는 15층까지 계단을 걸어 올랐다. 옥상으로 통하는 철문을 열어젖히고 바깥으로 나갔다. 한겨울 차가운 대기가 온몸을 휩싸 안았다. 몸을 부들부들 떨면서 나는 난간에 기댄 채 고개를 뒤로 젖혔다.

아, 거기 아직도 하늘이 있었다.

하늘은 도시의 휘황한 불빛과 매연에 가려 부옇게 떠 있었다. 눈곱이 낀 듯 침침해진 두 눈을 나는 한껏 크게 떴다. 나는 반드시 찾아야만 했다. 저 드넓은 밤바다 어딘가, 지금 막 새로 돋아나 영롱하게 반짝이기 시작했을 낯선 별 하나. 내 사랑하는 할머니의 별을.

그런데 이상한 일이었다. 하늘은 짙은 안개에 덮인 듯 온통 부옇고 흐릿하기만 했다. 눈을 부비고 다시 봐도 마찬가지였다. 갑자기 눈물이 쏟아졌다. 아아, 어찌하랴. 오랜 동안 별을 잊은 채 살아온 내 두 눈은 더 이상 별을 찾아낼 수 없었다. 이젠 다시는 그것을 알아보지 못하리라. 훗날 이 지상을 떠나는 날이 오더라도, 내가 돌아가야 할 별자리 따윈 영영 찾지 못하게 될지도 모른다. 절망과 비탄에 빠진 나는 홀로 텅 빈 옥상 위에서 흐느꼈다.

하지만, 난 알고 있었다. 지금 이 순간, 할머니는 분명 저 하늘 어디선가 영롱한 빛으로 반짝이고 계실 것임을.

그래. 할머니는 앞니 빠진 입으로 호물호물 웃으시겠

지. 유년의 고향집 안마당에서 은하수를 올려다보며 내게 가르쳐주시던 말씀 그대로, 지금 이 순간에도 훤히 내려다보고 계실 터이다. 한밤중 아파트 옥상에서 혼자 슬픔에 젖어 서성대는 이 못난이 별 하나를.

2. 생일날 아침

내 고향 낙일도는 수백 년 전까지만 해도 무인도였다.

물론 그 이전에도 인적이 영 없진 않았으리라. 폭풍을 피해 고깃배들이 잠시 머물렀다 가거나 물을 구해 가기도 하고, 또 제주도로 건너가는 길목이어서 이따금 육지와 제주도 사이를 오가는 배들이 더러 길을 잃고 들렀다 가기도 했을 터이다. 실제로 섬의 끝, 지금은 등대가 서 있는 언덕 부근 골짜기엔 수백 년 전 육지 사람들이 머물렀다 간 흔적들이 아직 남아 있다.

대략 300년 전, 이 섬에 최초로 들어와 땅을 일구고 농사를 짓기 시작한 세 가구의 사람들을 후손들은 입도

조立島祖라고 부른다. 그들은 김, 조, 천 씨 성을 지닌 사람들이었고, 그들로부터 뻗어 나온 자손들이 지금도 섬에 가장 많이 살고 있다.

입도조들이 섬에 도착하자마자 가장 먼저 시작한 일은 우물을 찾는 거였다. 그때 처음 발견한 우물이 바로 우리 마을의 큰새암이다.

물이 귀한 섬사람들에게 우물은 그야말로 생명의 원천이었다. 때문에 큰새암 바로 위쪽에 당집을 지어놓고, 해마다 정월 대보름이면 온 동네 사람들이 모여 당제를 올렸다. 섬의 신령한 주인인 당할미와 더불어 입도조들을 기리는 제사였다. 그런 오랜 치성 덕택이었을까. 제아무리 혹독한 가뭄이 닥쳐도 큰새암은 지금껏 단 한 번도 말라붙은 적이 없었다.

내 일곱 번째 생일.

할머니는 꼭두새벽부터 자리에서 일어나 부엌으로 나갔다. 물을 데워 머리를 감고 정갈하게 세수를 마친 할머니는 반닫이에 간수해둔 옷까지 새롭게 꺼내 입었다. 그리고 깨끗한 사기대접에 쌀 한 줌을 담은 뒤 양초와 성냥을 챙겨든 채 집을 나섰다.

숯검정 같은 어둠이 거뭇거뭇 남아 있는 신새벽이었다. 구불구불한 돌담길을 돌아 큰새암가에 이르러보니,

뜻밖에 누군가 한발 먼저 와 있었다. 할머니는 내심 부아가 치밀었다. 귀한 손자를 점지해주신 당할미께 아무도 손대지 않은 첫 샘물을 떠 올리고 치성을 드리려던 참인데, 엉뚱하게 새치기를 당한 셈이었다. 다가가보니, 이웃집 벌떡녀였다.

"으마, 철이네 할마이가 일찍부터 어쩐 일이라요?"

어째선지 벌떡녀는 흠칫 당황하며 말했다. 그녀는 샘가에 쪼그려 앉아 함지에 담아온 뭔가를 막 끄집어내리던 참이었다.

"허, 자네야말로 웬 부지런을 떠느라 꼭두새벽부터 나왔당가? 오늘은 해가 서쪽에서 벌떡 뒤집어져 뜰라는갑네이."

할머니는 못마땅한 투로 대답했다. 사실 할머니가 동네에서 미워하는 사람이 있다면 그건 필시 벌떡녀와 뒷간네일 터였다.

하필 그녀들은 우리와는 바로 이웃인 앞뒷집에 살았다. 고작 어깨높이 돌담을 사이에 둔 처지라, 저쪽 집 부엌의 숟가락 개수까지도 피차 손바닥 들여다보듯 빤히 알고 있는 처지였다. 그래서 어쩌다 병아리라도 한 마리 잡아서 식구들끼리 오붓하게 먹어 치우려고 해도, 어느새 앞뒷집 담장 너머에서 군침 삼키는 소리며 콧구멍 벌름대는 소리가 들려올 정도였다. 결국 희멀건 병아리 죽한 사발씩이나마 담 너머로 건네어주지 않고서는 죽이 목구멍에 걸려 차마 넘어가지 않았다.

물론 할머니가 그녀들을 미워하는 건 그래서만은 아니었다. 그건 순전히 할머니의 개인적인 도덕률에 의한 것으로, 그녀들이 '엉덩이가 헤프다'는 이유에서였다.

할머니 주장을 빌리자면, 앞집 벌떡녀의 바람기는 오래전부터 섬 안에 쫙 퍼져 있어서, 인근 마을은 말할 것도 없고 이웃 섬에서 건너온 사내들조차도 장터에서 마주치면 입을 헤벌리고 그녀를 훔쳐볼 정도라고 했다. 벌떡녀라는 다소 고약한 별명도 실은 그녀가 그간 심심찮게 저지른 몇 번의 아름답지 못한 사건들 덕분에 마을 여자들이 몰래 지어준 터였다. 즉 사내놈이랑 눈이 맞으면 아무하고나 벌떡벌떡 드러눕는다고 해서 붙여진 이름이었다.

그에 비해 뒷간네는 소문난 바람둥이는 아니었다. 그 별명 또한 우리 마을 사람들 솜씨가 아니었다. 이웃 섬인 생월도에서 시집오기 전부터 그렇게 불렸다는데, 그녀의 어머니가 용변을 보러 갔다가 뒷간에서 그만 엉겁결에 그녀를 낳아버린 까닭이라고 했다.

어쨌거나 할머니는 벌떡녀 못지않게 뒷간네 역시 썩

달갑잖아했다. 겉으로는 얌전한 척 내숭을 떨지만, 눈웃음이 너무 헤퍼서 언제고 한 번쯤 엉큼한 사고를 칠 게 빤하다는 거였다. 좁은 고샅길에서 크고 실팍한 궁둥이를 일부러 출렁출렁 흔들며 걷는 꼴을 볼 때면 동네 아낙들 역시 너나없이 심사가 불편한 기색이었다.

머리에 인 바구니를 할머니가 바닥에 내려놓자마자 벌떡녀가 말했다.

"으마, 그거 양초하고 쌀 아녀요? 오늘 집에 무슨 좋은 일이 있는갑네요?"

"그걸 자네가 알아서 뭐할라고? 우리 셋째 손자 귀빠진 날이라네."

"아이고, 철이 생일날이라 치성 드리러 나오셨구만요. 어째 간밤 꿈자리가 좋드라. 오늘 시루떡 한 접시 얻어 묵을라고 그랬등갑네. 히히히."

"그거 개꿈이네 그래. 시루떡커녕 누룽지도 안 삶았은께 말이여."

"그런디 참. 어째 이리 나오셨을까. 철이가 재 너머 무덤가에서 났승께, 그리로 가서 감사하다고 절을 하셔야 맞지라우. 안 그래요? 이히히."

제 깐엔 우스갯소리라고 꺼냈는데, 당장 할머니 눈에선 불똥이 튀었다.

"뭣이 어째? 이 방정맞은 여편네가 어디서 입을 함부로 놀리는 거여?"

뜻밖에 벌컥 화를 내는 할머니의 서슬에 놀라, 벌떡녀는 끽소리 없이 주저앉아 제 빨래함지를 손으로 뒤적거렸다. 그 순간 낌새를 알아챈 할머니가 부르르 달려갔다.

"가만, 자네 시방 뭣 할라고 여기 샘가에 쪼그려 앉아 있는 것이여?"

"저기, 빨래할 것이 조까 있어서……."

"아니, 꼭두새벽부터 샘에서 무슨 빨래여. 부정 탈라고!"

"음마, 무슨 말씀이시라우. 그럼 샘가에서 빨래를 하지, 산꼭대기 올라가서 하겠소? 웬 심술로 턱없이 생트집을 잡는당가?"

벌떡녀도 지지 않고 비아냥거렸다.

"트집이라니? 정갈한 샘물에다가 새벽부터 남몰래 추접해 빠진 물건을 빨아 헹구는 짓거리가 부정탈 일이 아니면 뭣이여!"

"추접한 짓거리라고라우? 아니, 내가 애기 똥오줌 걸레라도 주물렀단 말이오?"

"애기들 똥오줌 걸레라면 차라리 양반이재. 이것이 뭐여, 이것이? 더러운 속옷 빨래는 한밤중에 남모르게 너희 집구석에서나 하란께!"

할머니는 벌떡녀의 함지에서 다짜고짜 빨랫감 한 뭉텅이를 뽑아들더니 그것을 허공에 깃발처럼 흔들며 외쳤다.

"오메오메, 보자보자 하니 늙은이가 참말로 너무하구마이. 좋소, 속옷인께 어쩔라요? 할마이는 빤스도 안 입고 맨깨댕이로 사시오?"

열이 뻗친 벌떡녀도 벌떡 일어나 와와 대들기 시작했다.

"음메, 저 사나운 꼬라지 좀 보게. 뭘 잘했다고 패악질이여? 어디 동네방네 방이라도 붙일끄나? 동네 사람들 마실 새암물에 더러운 속옷 빤스를 빨았응께 상이라도 내리라고 큼직하니 써서 붙여줘?"

"아아니, 할마이가 봤소? 내가 그것을 물에 담구는 현장을 그 뱁새 같은 눈구멍으로 똑똑히 봤느냐고요!"

"그래. 봤다. 이 두 눈으로 똑똑히 봤으니 어쩔 테냐!"

할머니도 벌떡녀도 불덩이처럼 화가 났다. 동이 트는 이른 새벽. 마을 한가운데 샘터에서 목청껏 다투는 두 여인의 고함 소리에 온 동네 사람들이 단잠에서 화들짝 깨어났다.

"저거, 철이네 할마이 목소리 아닌가?"

"그런갑소야. 다른 쪽은 벌떡녀 같은디?"

"원, 새벽잠도 없는갑네. 남부끄러운 줄도 모르고, 쯧
쯧."

사람들은 너나없이 이부자리 속에서 투덜거렸다.

그 소동에 아낙네들이 빈 물동이를 머리에 이고 하나
둘 큰새암으로 달려왔다. 아낙들은 두 사람을 간신히 떼
어놓았다. 둘은 부쩍 숫자가 늘어난 사람들 앞에서 서로
자신이 옳다고 주장을 했다. 하지만 두 사람의 대결은
이내 우리 할머니의 승리로 끝이 났다. 구경꾼들의 여론
은 만장일치, 벌떡녀를 비난하는 쪽으로 모아졌기 때문
이다.

"참말이여. 그 고약한 것들을 샘물에 헹굴라고 하는
걸 이 눈으로 똑똑히 봤당께. 이보게들. 이것이 대체 어
떤 새암인가? 마을에서 정월 대보름날 제사를 올리는 까
닭이 뭣이간디? 행여 부정이라도 탈까 봐 다들 얼마나
조심해왔느냔 말이여. 그런디 세상에, 젊은것이 이 무슨
망측스런 짓거리냐고. 응?"

한층 기세가 당당해진 할머니는 벌떡녀가 속옷 빨래
를 물에 헹구려고 했다고 아예 못을 박아버렸다. 코가
팍 죽은 벌떡녀는 결국 함지를 옆구리에 감춘 채 슬그머
니 꽁무니를 뺐다. 노인의 억지에 속이 뒤집혔지만, 사
실 은근히 뒤가 켕기긴 했다. 함지 속엔 제 속곳 말고도

남편의 것까지 한 뭉치가 숨겨져 있었기 때문이다.

때마침 어제는 옹기를 사러 육지로 나갔던 남편 두식이 닷새 만에 귀가한 날이었고, 덕분에 그녀는 간밤 모처럼 온몸이 노곤하도록 회포를 풀었던 것이다.

"아이고, 저 백여시 같은 할망구. 순 억대기를 쓰는구마이. 참말로 징하시, 징해!"

도망치듯 샘터를 빠져나온 벌떡녀는 집을 향해 종종걸음을 치며 혼자 욕을 퍼부어대고 있었다.

벌떡녀를 물리치는 데 성공한 우리 할머니는 준비해 온 흰 사기대접을 꺼내어, 아직 아무도 손대지 않은 깨끗한 샘물을 정성스레 떠 담았다. 그리고 그것을 우물 앞에 내려놓고서 쌀이 가득 담긴 주발에 양초를 세우고 불을 붙였다. 할머니는 다소곳이 엎드려 절을 한 다음, 무릎을 꿇고 두 손을 모아 당할미께 소원을 빌기 시작했다.

"영험하신 삼신 할마이님. 오늘 삼월 초닷새 날은 우리 귀한 손주 철이 놈 귓때기가 쑥 빠진 날이올습네. 부디부디 빌고 또 비옵나니, 그저 건강하고 탈 없이 쑥쑥 자라설라무네, 즈이 아비 어미 속 썩이는 일 없이 훌륭하게 커가꼬, 우리 낙일도 아니 완도군에서도 제일 성공하고 이름난 사람이 되도록 보살펴주십소사…… 이 늙은 할망구, 간절하게 빌고 또 비옵네다……."

두 손바닥을 연신 쓸어내리며 축원하는 할머니의 모습을 나는 누나와 함께 어른들 틈에서 어리둥절 지켜보았다.

"철아, 잘 봐둬라이. 할마이께서 다 너희들 잘되라고 지금 저렇게 공을 바치시는 거여."

"아암, 절대로 그 은혜를 잊어서는 안 돼."

기팔이네 엄마랑 미자네 엄마가 말했다. 나는 공연히 귓불이 후끈 달아올랐다. 그사이 물 길러 나온 아줌마들 숫자가 더 늘었다. 모두들 웃음 띤 얼굴로 할머니의 축원이 끝나기를 기다리고 있었다.

3. 우리 이모 옥님이

　옥님이는 내 사촌 이모였다. 하지만 난 한 번도 그녀를 이모라고 불러본 적이 없다. 왜 하필이면 그런 바보 멍텅구리 같은 여자가 우리 이모란 말인가. 어머니는 어쩌다 그런 못난이 여자를 사촌 동생으로 가지게 되었을까. 오히려 나는 늘 그게 불만이었다.

　옥님이 이모는 바보였다. 우리 동네는 물론이고 낙일도 사람들 중에 옥님이 이모가 바보인 줄 모르는 사람이 있다면 분명 그 사람도 바보일 것이다.

　우리 동네 조무래기들에게 옥님이 이모는 가장 만만한 놀림감이었다. 마흔 살이 다 된 어른이지만 코흘리개

그 섬에 가고 싶다　　　　　　　　　　　　　41

꼬마들조차 그녀를 부를 때는 항상 '옥님이'였다. 그런 바보 어른을 이모라고 불러야 하다니, 나로선 정말이지 억울하고 부끄럽고 창피한 일일 수밖에.

"야아, 저기 옥님이 간다. 옥님아 옥님아."

어느 날 마을 공터에서 작은형이 아이들과 함께 한참 말타기놀이를 하고 있을 때였다. 나는 마침 저만치 떨어져 그것을 구경하고 있었는데, 갑자기 한 아이가 맞은편 골목을 가리키며 외쳤다. 산에서 땔나무를 구해 돌아오는 길인 듯했다. 큼직한 나뭇단을 머리에 이고 옥님이 이모가 나타나자 아이들은 일제히 옥님아 옥님아 하고 놀려대기 시작했다.

"무어? 이, 이던 나쁜 아새키드디!"

화가 머리끝까지 오른 옥님이 이모는 냅다 나뭇단을 팽개친 채 단숨에 이쪽으로 쫓아오기 시작했다. 아이들은 순식간에 뿔뿔이 달아나버리고, 어느 틈에 공터엔 나만 혼자 우두커니 서 있었다. 콧김을 식식 뿜어대며 달려온 옥님이 이모는 엉뚱하게도 나를 움켜잡더니 손바닥으로 엉덩이를 한번 찰싹 두들겨주고는 횡하니 가버렸다. 얼마나 무서웠던지 한동안 나는 숨도 제대로 쉬지 못했다.

억울함을 참지 못한 나는 엉엉 울음을 터뜨리며 집으

로 달려가 그 일을 꼬아바쳤다. 뜻밖에도 할머니는 복수를 해주기는커녕 되레 작은형을 한바탕 혼을 내주었다.

"이 못된 녀석들아. 아무리 그래도 너희 이모인데, 다른 애들이 그런다고 덩달아서 놀렸단 말이냐? 두고 봐라. 이번에 너희 엄마 오면 모조리 일러줄 테니께."

할머니는 그렇게 은근히 겁을 주기까지 했다. 바보 옥님이가 우리에겐 사촌 이모라는 놀라운 사실을 나는 그날 처음 알았다.

옥님이 이모는 태어날 때부터 바보였던 건 아니다. 두 살 때인가 심하게 앓고 나서 그 후유증으로 그리 되었다고 한다.

별안간 눈을 허옇게 뒤집어쓴 채 금방 숨이 넘어가는 아이를 품에 안고, 그녀의 아버지는 고개 너머 화포리 한약방으로 내달렸다. 경기 들린 어린아이 여럿을 신통하게 고쳐주었다는 침술장이 영감에게 매달려볼 작정이었다.

나이 일흔이 넘어 눈조차 잘 안 보이는 그 영감은 어린 옥님이 이모의 머리 뒤통수에 기다랗고 뾰족한 쇠침을 깊숙이 찔러 넣었다가 다시 뽑아냈다. 치료는 그걸로 끝이었다. 과연 금방까지 다 죽어가던 아이는 놀랍게도 이튿날 아침이 되자 용케 되살아났다.

그런데 어찌된 영문일까. 옥님이 이모는 다섯 살이 되어서야 겨우 일어나 걸음마를 배웠다. 열 살이 될 때까지도 고작 서너 살짜리 아이의 지능에 머물러 있었다. 결국 그녀는 학교 문턱엔 영영 가보지 못했고, 어른이 되어서도 제 이름 석자가 어떻게 생겼는지조차 알지 못했다.

그녀에겐 오빠가 둘 있었다. 큰오빠는 광주에서 무슨 철물점인가를 해서 돈을 제법 모았다는 소문이었고, 작은오빠는 고개 너머 화포리 장터에서 고무신 가게를 하고 있었다. 옥님이 이모의 아버지는 오래전에 세상을 떴고, 늙은 어머니는 광주 큰아들 집에서 지내는 참이었다.

결국 식구들은 옥님이 이모 혼자만 시골집에 덜렁 남겨놓은 채 모두 떠나버린 셈이었다. 정신이 온전치 못한 그녀를 함께 데려가기도 곤란한 일이었을 테지만, 웬일인지 옥님이 이모가 스스로 자신은 집에 남겠노라 말했다고 한다. 그 이후 그녀는 고향집을 지키며 두 오빠들이 조금씩 보내주는 돈으로 그럭저럭 살아가는 눈치였다.

마흔 가까운 나이를 먹었지만 옥님이 이모는 아직 처녀의 몸이었다.

사실 이목구비를 자세히 뜯어보면 그다지 밉상은 아니었다. 세수라곤 필시 사나흘에 한 번꼴로 할까 말까 싶은 얼굴. 그것도 고양이 낯 씻듯 건성으로 해치우는 탓에 입가엔 으레 김칫국물이 묻어 있고, 까맣게 때가 내려앉은 목덜미며 손등은 까마귀의 사촌뻘은 되고도 남을 만치 추레했지만 말이다.

그럼에도 일단 땟물을 지워내고 요모조모 살펴보면, 의외로 제법 곱고 여성스러운 티가 감춰져 있었다. 게다가 남들처럼 매일같이 밭에 나가 뙤약볕 아래서 호미질을 하지 않은 덕분인지, 그녀의 얼굴은 남달리 뽀얗게 살이 올라 있었다.

"아이고, 옥님이 팔자야말로 진짜 상팔자여!"

"그러게 말여. 늑대 같은 서방이 있나, 속 썩이는 자식들이 있나? 옥님이 신세가 부럽당께."

동네 여자들이 이따금 한탄 섞인 푸념을 하는 것도 다 그래서였다.

**

옥님이 이모에겐 묘한 버릇이 몇 가지 있었다.

하나는, 언제 어디서건 한사코 머리에 수건을 쓰고 다닌다는 점이었다. 지금껏 그녀가 수건을 벗고 있는 모습을 본 사람은 우리 마을에 아무도 없었다.

언젠가 한 짓궂은 아줌마가 등 뒤로 몰래 살금살금 다

가가 그녀의 머릿수건을 한번 벗겨내려고 했다가 아주 혼쭐이 난 적이 있었다. 불같이 성이 난 옥님이 이모가 돌연 온 동네가 떠나가도록 울고불고 악을 쓰더니, 급기야 밭고랑에 놓인 곡괭이를 치켜들고 반나절 내내 그악스럽게 쫓아다니는 바람에 그 아줌마는 아예 혼이 반쯤 달아나버렸다.

옥님이 이모의 맨 머리채를 단 한 번도 본 적이 없는 마을 사람들 사이에선 언제부턴가 호기심이 비누거품마냥 방울방울 피어올랐다. 이내 그녀가 머리에 수백 마리의 이를 기르고 있다는 소문이 나돌기 시작했다.

그 수백 마리의 이들은 주인만큼이나 나이를 많이 먹어서, 몸집이 자그마치 어른 엄지손가락만 하다고들 했다. 그것들은 낮 시간엔 햇빛을 피해 옥님이 이모의 머릿수건 밑에서 얌전히 잠을 자고 있다가, 밤에 그녀가 방 안에서 수건을 벗으면 비로소 슬금슬금 기어 나온다는 거였다. 특히나 둥근달이 휘영청 떠오르는 보름밤이면 그것들은 일제히 바람을 쐬러 방 문틈으로 구물구물 쏟아져 나온다고 했다. 그리고 툇마루는 물론이고 마당과 지붕, 심지어 뒤란 텃밭이며 돌담장 위까지 새까맣게 떼를 지어 기어다닌다는 거였다.

옥님이 이모는 욕심꾸러기였다. 남한테 얻어먹는 데

는 이골이 났어도 남에게 뭘 나눠준다는 건 애당초 모르고 살았다. 하긴 그 빤한 살림에 나눠줄 만한 것이 달리 있을 리도 만무했지만.

그녀는 다른 신체 기능은 죄다 변변찮음에도 불구하고, 딱 한 가지 후각 기능만은 기가 막히게 뛰어났다. 때문에 마을 어느 집에선가 제사상이나 생일상 차리는 기척만 있어도 거짓말처럼 금세 알아차렸다. 하다못해 멀건 멸치 국물에다 밀가루 수제비라도 끓여먹으려 하면, 어느 틈에 귀신같이 눈치를 채고 그녀는 그 집 부엌문 앞에 가서 콧구멍을 벌름거리며 우두커니 서 있을 정도였다. 꼭 세 살짜리 코흘리개처럼 입맛을 다시며 빤히 쳐다보는 그 천진스러운 눈빛과 표정 때문에, 마을 여자들은 도리 없이 그녀의 손에 먹을 것을 쥐여줄 수밖에 없었다.

그런 옥님이 이모가 뜻밖에도 대단히 기특한 일을 한 적이 있었다. 어느 해 추석 무렵, 그녀가 손수 쑥을 찧어 빚어냈다는 송편을 접시에 담아서 몇몇 이웃집에 돌렸던 것이다.

"원 세상에, 살다 보니 이런 날도 다 있구먼 그래!"

난데없는 옥님이 이모의 떡 선물에 다들 눈이 휘둥그레졌다. 그런데 그게 말이 좋아 송편이지, 주인을 닮아

울퉁불퉁 들쭉날쭉 요상 야릇한 모양새였다.

"대체 저 위인이 웬 바람이 불어 이런 기특한 생각을 다 했을꼬."

얼결에 그 접시를 받아든 이웃들은 신기해하면서도 한편으론 곤혹스러웠다. 세수를 한 게 언제일까 싶게 항상 추저분한 얼굴. 특히나 고양이 발톱같이 길고 징그럽게 생긴 열 손톱과 그 사이사이 새까맣게 박혀 있는 때. 그런 흉한 꼴들을 늘썽 구경하며 지내온 이웃들로서는 그녀가 열심히 주물러 만들었을 그 못생긴 떡에 입은커녕 손을 대기조차 꺼림칙했기 때문이었다.

특히나 옥님이 이모 머리카락 속 그 수백 마리의 이들이 눈앞에 퍼뜩 떠오르는 순간 아예 정나미가 뚝 떨어지고 말았다. 혹시 이 송편에 넣은 고물이 그 끔찍한 것들로 만들어진 건 아닐까 하는 고약한 의심마저 들었다.

결국 그해 추석은 엉뚱하게도 이웃집 돼지들까지 한바탕 신이 났다는 소문이었다. 옥님이 이모의 송편 덕분에 그 먹성 좋은 가축들도 모처럼 특별한 추석을 맞을 수 있었던 것이다.

옥님이 이모의 또 다른 수수께끼는 그녀의 치마 밑에 숨겨져 있었다. 사람들은 그것을 복주머니 혹은 돈주머니라고 불렀다. 아무튼 그 작고 기묘한 물건을 그녀는 언제 어디서나 속곳 허리춤에 달랑달랑 차고 다녔다. 오래전 자기 어머니가 광주로 떠날 때 남겨주었다는 그 보물단지는 이젠 다 낡아 빠진 붉은색 헝겊 뭉치로 변해 있었지만, 그녀는 행여 누가 훔쳐갈세라 추레한 속치마 밑에 그것을 꼭꼭 숨긴 채 남에겐 절대로 보여주지 않았다.

당연히 그 주머니 속 보물의 정체를 놓고 온갖 추측이 나돌았다. 남몰래 어디선가 주운 금반지라는 둥, 그녀의 머리채에 숨은 끔찍한 벌레들한테 줄 먹이일 거라는 둥. 물론 그런 소문을 곧이곧대로 믿는 건 아이들뿐이었다. 어른들은 대체로 돈일 거라고 추측했다. 그것도 꽤나 많은 액수일 거라고 했다. 왜냐면 일단 한번 그녀의 주머니 속에 들어간 돈은 영원히 햇빛 구경을 할 수 없는 까닭이었다. 어쨌건 그 기이한 헝겊 뭉치는 그녀의 머릿수건만큼이나 우리에겐 흥미진진한 수수께끼였다.

**

마을 한가운데 있는 빨래터는 항상 동네 아줌마들 차지였다. 나는 할머니를 따라 빨래터에 가서 놀기를 좋아했다. 혼자 비누거품을 만지며 노는 것도 좋았지만 아줌마들의 시끌벅적한 수다를 엿듣는 게 무엇보다 흥미로웠다. 빨래터에선 그야말로 여자들의 웃음소리가 비 눗방울마냥 둥둥 떠다녔다. 그녀들의 입에서 쉴 새 없이 쏟아지는 화젯거리는 실로 무궁무진했다. 그 온갖 수다 중에서도 절대 빠지지 않는 것은 바로 옥님이 이모에 관한 얘기였다. 동네 아줌마들의 가장 큰 궁금증은 바로 이것이었다.

'과연 옥님이는 사내가 무엇인지를 알고 있을까?'

언젠가 모처럼 빨래터에 나온 옥님이 이모한테 한 아줌마가 짐짓 이렇게 물어본 적이 있었다.

"옥님아. 너 말이다. 아이가 어떻게 해서 엄마 배 속에 생겨나는 줄 알어?"

그러자 옥님이 이모가 대뜸 대답했다.

"흥, 그덧도 모들 줄 알고? 누구를 영 멍퉁이로 아능갑네이?"

"오메, 진짜여? 그럼 어디 한번 말해봐라."

"조아. 그러믄 잘 들어보란께. 정월 토하릇날 아침에 깨끄시 목욕을 한 다음에, 당집 앞으로 가서 당할마님한티 큰절을 디려야 해. 그러고는 당할마님, 나한티 이쁜 애기 하나만 내려두딥시오 하고, 두 손으로 싹싹 빌머는 된다이. 에이, 이 바보 멍퉁이야. 아직 그덧도 몬라? 으히히."

그 바람에 다들 한바탕 배꼽을 잡고 굴러다녔다. 아줌마들은 심심하면 그때 일을 목소리 흉내까지 내며 궁금증을 새삼 부풀리곤 했다.

"옥님이도 밤에 저 혼자서 잠을 잘라믄 외롭지 않을까?"

"글씨. 그 위인이 사내가 뭣이고 결혼이 뭣인지, 그 이치를 알고나 있을라나?"

"에이, 저도 달릴 거 다 달린 여잔디, 설마 그런 것도 모를라고?"

"아니여! 거, 평소에 허고 다니는 꼴을 보믄 아조 깜깜절벽이랑께."

아낙네들은 옥님이 이모를 두고 그렇게 우김질을 하면서 깔깔거렸다.

그런 어느 날, 마침내 그 오랜 궁금증을 후련하게 풀어줄 만한 사건이 일어났다.

＊＊

그날은 햇볕이 유난히 따사로웠다. 바야흐로 팔다리가 절로 녹작지근해지고 나른한 졸음기가 섬사람들의 몸과 마음을 유혹하는 춘삼월이었다. 천지 사방엔 온갖 풀꽃이 흐드러지게 피어나고, 대기 속엔 수천수만 가지 꽃향기가 아지랑이처럼 노랗게 떠다니고 있었다.

사건의 무대는 옥님이 이모네 집이었다.

그 외딴집은 마을에서 약간 떨어진 골짜기에 혼자 날름하니 들어앉아 있었다. 멀리서 봐도 그 집 초가지붕만 언제나 유독 눈에 띄게 거무죽죽하니 썩고 퇴락한 모습인데, 그것은 어느 집과는 달리 매년 한 번씩 새 볏단으로 지붕을 단장해줄 남자가 없는 까닭이었다. 옥님이 이모는 그 작고 허름한 집에서 혼자 살고 있었다. 어차피 남의 집 삯일도 못 하는 형편이라 달리 벌이라고 할 게 없었지만, 두 오빠가 약간씩 보내주는 돈과 면사무소에서 매년 쌀 한 말씩 배급해주는 구호양곡으로 지내는 처지였다.

사건이 난 그날은 마침 일요일이었다. 점심 무렵, 나는 아침부터 보리밭에 김을 매러 나간 할머니를 찾아 나섰다. 그 밭은 마을을 조금 벗어나, 옥님이 이모네 집이 빤히 올려다보이는 골짜기에 있었다.

어른들이 일하는 동안, 나는 근처 밭둑에서 삘기를 뽑았다. 겨울철 쥐불을 태우고 난 밭둑이나 언덕 풀밭에선 어김없이 삘기 풀이 돋아났다. 화살촉마냥 가늘고 좆긋한 삘기의 겉잎을 벗겨내면 보드랍고 하얀 꽃대의 속

살이 드러났다. 풋내와 함께 달짝지근한 맛이 감도는 그 꽃대를 한 움큼 모아 입안에 넣고 오래 씹으면 말랑말랑하고 찰진 덩어리가 되는데, 우리는 그것을 '삘기 껌'이라고 불렀다.

섬 아이들은 늘 허기져 있었다. 세 끼 밥 말고는 군입거리라 할 만한 게 따로 없었다. 유일한 간식이라야 무나 고구마를 날것으로 먹는 정도였지만, 그나마도 언제든 마음껏 먹을 수 있는 것도 아니었다. 가끔은 대청마루로 올라가 항아리에 담긴 쌀을 한 줌 몰래 꺼내어 먹다가 어른들한테 된통 혼이 나기도 했다.

난 무엇보다 단것이 먹고 싶었다. 마을 안에 구멍가게란 게 아예 없었으므로 과자, 빵, 껌 따위는 구경조차 어려웠다. 단것을 파는 행상이라곤 가뭄에 콩 나듯 어쩌다한 번씩 육지에서 찾아오는 엿장수 아저씨뿐이었다. 그나마 우리 형제들은 조금 나은 편이었다. 몇 달 만에 한 번씩 목포에서 어머니가 내려오실 때면 눈깔사탕이나 껌 같은 걸 맛볼 수 있었으니까. 그중엔 돌멩이처럼 단단한 흰색 사탕이 있었는데, 한 알을 입에 넣으면 십리 길은 족히 갈 수 있다고 해서 우리는 그걸 '십리 사탕'이라 불렀다.

누나가 세상에서 가장 좋아하는 건 껌이었다. 어디서

구했는지 누나는 이따금씩 그걸 몰래 감춰놓고 혼자만 오물거리곤 했다. 그때마다 나도 조금만 맛보게 해달라고 졸라댔는데, 누나는 한번 입에 넣으면 마침내 그것이 입안에서 녹아 없어질 때까지 뱉어내는 법이 없었다. 하지만 밤에 잠자리에 들 때면 어쩔 수 없이 누나는 입에서 꺼낸 그것을 바로 머리맡 벽에다 소중히 붙여놓았다. 그리고 아침에 눈을 뜨기가 무섭게 그것을 찾아서 입에 넣었다.

내가 그렇듯 밭둑에 엎드려 한참 삘기를 찾고 있을 때였다. 웬 아저씨가 혼자 언덕길을 올라오고 있었다. 자세히 보니 이웃집 벌떡녀 아줌마네 친정 오빠 같았다. 그는 우리 마을 사람이 아니었다. 고개 너머 화포리 장터에서 옷 가게를 하고 있는데, 어쩌다 가끔씩 여동생인 벌떡녀 아줌마네 집에 들르곤 하는 눈치였다.

첫눈에도 사내는 술을 마신 듯했다. 얼굴이며 목덜미는 벌겋게 달아올랐고 걸음걸이가 눈에 띄게 불안해 보였다. 사내는 저만치 언덕길을 따라 곧장 골짜기 쪽으로 올라가고 있었다. 그쪽엔 옥님이 이모네 집 한 채밖에 없었다. 나는 삘기 찾기를 멈춘 채 사내의 뒷모습을 한참이나 지켜보았다. 이윽고 옥님이 이모네 집 앞에 이르자 사내는 잠시 안쪽의 기척을 살피는 기색이었다. 그러더니 이내 사립문 안으로 사라져버렸다.

　그러고는 시간이 얼마나 지났을까. 별안간 어디선가 굉장한 비명소리가 터져 나왔다.

　"와이고오! 사, 사담 살디어!"

　나는 깜짝 놀라 밭둑에서 벌떡 일어섰다. 분명 옥님이 이모의 목소리였다.

　"으아아! 옥님이 둑는다아! 사, 사담 살뎌어!"

　다급한 비명에 밭을 매던 예닐곱 명의 여자들도 손을 멈추고 화들짝 일어섰다. 그중엔 물론 우리 할머니도 있었다.

　"어메, 저건 또 무슨 소리다냐? 웬 여편네가 다 죽어가는 모양이네?"

　"가만, 옥님이 소리 아니오?"

　"맞네! 옥님이가 틀림없어."

　"혹시 무슨 산짐승이라도 내려온 것 아녀? 얼릉 가보세!"

　할머니와 아줌마들이 손에 호미를 움켜쥔 채 밭고랑을 빠져나오더니, 그 외딴집을 향해 서둘러 달려가는 모습이 보였다. 나도 삘기를 팽개치고 그쪽으로 헐레벌떡 뛰어갔다.

　"와이고오, 사, 사담 살뎌어! 도, 동네 사담들아, 옥님이 둑는다아!"

당장 숨넘어가듯 왁왁 질러대는 옥님이 이모의 비명 소리가 안방에서 터져 나오고 있었다. 아줌마들이 방문을 왈칵 열고 한꺼번에 쳐들어갔다.

"아니, 이것은 또 무슨 망칙한 짓거리다냐!"

"오메메! 이 일을 어째야 쓸꼬!"

"아이고, 세상에! 대낮부터 뭔 꼴이여?"

눈앞에 벌어진 해괴한 광경에 여자들은 질겁했다. 무슨 산짐승한테 옥님이가 생 살점이라도 뜯기는 중인가 싶어 헐레벌떡 달려온 여자들은 그 희한한 모습에 한순간 입을 떡 벌리고 그 자리에 서 있었다. "오메메, 저걸 어째사 쓸꼬이." 누군가는 발만 동동 굴러대었다. 나는 마루 끝에 엎드려 어른들 다리 사이로 방 안을 들여다보았다.

훌러덩 발가벗은 사내의 우람한 몸뚱이가 누군가의 몸뚱이를 무서운 힘으로 깔아뭉개는 참이었다. 그 밑에 깔린 옥님이 이모는 개구리처럼 두 다리를 다급하게 버둥거리고 있었다. 옥님이 이모 역시 엉망으로 찢겨 나간 속곳 말고는 몸에 걸친 게 없었다. 영문은 모르겠지만 지금 두 사람이 굉장한 싸움을 하고 있는 중이라고 나는 생각했다.

그 이상한 싸움에 너무 열중한 탓에 두 사람은 활짝 열린 장지문 사이로 사람들이 들여다보고 있다는 사실조차 알지 못했다. 사내가 숨을 헐떡이며 말했다.

"이거 봐. 옥님이. 가, 가만있어보라니께."

"와이고오! 이 도둔놈, 도둔놈! 놔란 말여! 내 두머니, 내 돈두머니!"

사내의 거대한 엉덩이에 꼼짝없이 짓눌린 옥님이 이모는 숨넘어가게 비명을 질러댔다. 그런데 뭔가 좀 이상했다. 그녀는 몸뚱이만 마구 버둥댈 뿐, 정작 두 손은 엉뚱하게도 무슨 헝겊 뭉치 같은 걸 악착같이 움켜쥐고 있었다. 한순간 넋을 잃었던 여자들은 이내 정신을 차리고 그 벌거벗은 사내한테 우르르 달려들었다. 일단 이장댁 아줌마가 호미자루로 사내의 등짝부터 픽, 하고 내갈겼다.

"으이쿠!"

비명과 함께 벌거벗은 몸뚱이가 벌러덩 나가떨어졌다. 짝짝짝! 나자빠진 사내의 뺨을 누군가의 손바닥이 연거푸 세 차례 힘차게 후려쳤다. 바로 우리 할머니의 멋진 솜씨였다.

"워메! 이건 또 누구여? 화포리 옷장수 아닌가!"

"세상에, 나잇살께나 처묵은 인간이 이 무신 못된 짓이래?"

그랬다. 좀 전에 내가 보았던 그 벌떡녀 아줌마네 친정 오빠가 분명했다. 불시에 습격을 당한 사내는 아직 제정신이 아니었다. 볼따구니를 싸쥔 채 두 눈만 끔벅이며 방바닥에 퍼질러 앉아 있었다. 얼핏 사내의 허리께에서 뭔가 굉장한 것이 삐죽이 빠져나와 있었다.

"이 한심한 인간! 그 망칙스런 물건, 당장 안 치울 거여?"

"아, 아이구 참⋯⋯."

할머니의 호통에 사내는 화들짝 놀라 그 굉장한 걸 두 손으로 감싸 쥐며 돌아앉았다.

"천하에 못된 사람 같으니. 이 집에는 뭣 헐라고 들어온 거여! 응?"

"그게 아니라⋯⋯ 그냥 지, 지나가다가⋯⋯."

방바닥에 널브러진 옷을 주섬주섬 그러안으며 사내는 우는 소리를 냈다.

"뭣이 어째? 온 동네 사람 앞에서 한번 개망신을 당해 봐야 정신을 채릴 것이여?"

"자, 잘못했소. 어쩌다가 수, 술김에 그만⋯⋯ 아이구!"

순간 사내는 벌떡 일어나 방에서 후다닥 뛰쳐나갔다. 신발도 미처 꿰지 못하고 맨발에 알몸뚱이인 채로 사내는 쏜살같이 사립문 밖으로 사라졌다. 저만치 언덕길을 따라 허둥지둥 도망치는 사내의 뒷모습은 아직도 알몸 그대로였다. 그 광경에 여자들은 한바탕 허리를 잡고 웃음을 터뜨렸다.

"오메오메! 앞이나 좀 가리고 내뺄 것이제 원."

"얼매나 급했는가, 구두까지 여기 벗어놓고 갔네 그랴."

"그 구두, 벌떡녀한테 갖다주소. 즈이 잘난 오래비 것인께."

"저 사람, 진짜 그 집 친정 오빠가 맞지라우?"

"평소엔 멀쩡한 사람 같이 뵈등만, 세상에 저게 무슨 망신이여. 쯧쯧."

"아녀. 장터에서도 소문이 났다더라고. 술 취하면 개가 된다고 하등만, 못된 버르장머리가 어딜 가겠어?"

"아무리 그래도, 어디 세상에 여자가 없어서 하필······."

그사이 옥님이 이모는 방바닥에 주저앉아 주위 사람들을 멀뚱멀뚱 올려다보았다. 치마저고리는 물론 속곳까지 엉망으로 찢어져 아예 누더기 꼴이었지만, 허벅지 맨살을 가릴 생각도 않고 한동안 멍하니 퍼질러 앉아 있었다. 그러다 뒤늦게 정신이 돌아온 듯, 별안간 그녀는 왁왁 울기 시작했다. 악을 쓰다 못해 숫제 통곡이었다.

"오메, 내 옷! 내 옷 조까 봐라이! 내 속치마랑 빤쓰가 다 찢어져부렀네! 와이고오, 어쩌까! 내 옷 물어내랑께! 와이고오."

손바닥으로 방바닥을 펑펑 두드리며 그녀는 목청껏 서러운 울음을 쏟아냈다. 아이구 세상에, 속살 다 드러 내놓고 부끄러운 줄도 모르고 원. 저런 걸레쪽 같은 속곳이 뭐가 저리 아까울꼬. 쯔쯔쯔쯧. 어처구니가 없어 여자들은 또 한바탕 웃었다.

"오냐 알았다 알았어. 너 속치매랑 빤쓰는 우리가 사 줄 텐께 이제 그만 울어. 뚝."

"그런디 옥님아, 어찌 된 일인지 우리한테 한번 이야 기 좀 해봐라."

"아까 그놈이 너한테 무슨 요상헌 짓거리를 할라고 그 러든?"

"그래그래. 그 작자가 어째서 이 방 안에까장 들어온 것이여? 궁금해 죽겄다아. 얘기 좀 해봐아."

여자들은 웃음을 참느라 연신 키득대면서 그녀를 둘 러싸고 앉아 묻고 또 묻는다.

"나도 몬라. 점심 묵고 나서 한숨 잘라고 했는디…… 내가 잠이 마악 들락말락하는 참인디, 어째 무, 무신 사 람 손바닥 같은 것이 막 더듬더듬하드랑께."

한동안 멍하니 앉았기만 하던 옥님이 이모가 마침내 입을 열었다.

"어, 어디를?"

"응, 여그, 바로 여그를 말이여."

그녀는 대뜸 손바닥으로 아랫배를 툭툭 두들겨 보였다.

"오, 그래애? 그러드니, 또 그담엔 어쩌드냐?"

"아, 내가 눈을 퍼뜩 떠본께로, 그 나푼 도둔놈이 옷을 홀러덩 빨개벗등마는, 나한테 확 달개들드랑께. 그러고는 내, 내 돈을 훔터갈라고 하드란 말이여. 그 나푼 도둔놈이!"

"돈?"

여자들이 동시에 고개를 갸우뚱하고 서로 얼굴을 쳐다보았다.

"돈을 훔쳐갈라고 했어? 무슨 돈?"

그러자 옥님이 이모는 허리춤의 헝겊 뭉치를 덥석 움켜쥐며 의심에 찬 눈빛으로 두리번거렸다.

"에이, 설마? 너한테 무슨 돈이 있다고……."

"아니랑께! 나가 돈을 이르케 꼭꼭 숨겨놨단 말여! 봐, 나도 돈 있재?"

그녀가 허리춤에 찬 그것을 여자들 코앞에 불쑥 들이밀며 외쳤다. 그 누구한테도 보여준 적 없는 바로 그 수수께끼의 주머니였다.

"이게 뭐래? 웬 걸레 뭉텅이를 차고 다니는 거여?"

"돈이랑께! 내 돈두머린 말이여."

"아니 그러믄, 그 남자가 이걸 훔쳐갈라고 했단 말이냐?"

"응. 그 나푼 도둑놈이 뺏어갈라고 했당께."

"아이구 세상에나!"

모두들 어안이 벙벙해서 입을 딱 벌렸다.

"그래? 어디 한 번만 좀 보자."

다들 얼러대고 꼬드긴 끝에 옥님이 이모는 얼결에 그것을 넘겨주었다. 이장댁이 꽁꽁 동여맨 주머니 노끈을 가까스로 풀어냈더니, 꼬깃꼬깃한 종이돈 여러 장과 동전 한 움큼이 쏟아져 나왔다. 모두 합쳐봐야 고무신 몇 켤레 값에 지나지 않을 정도였다. 혹시나 하고 지켜보던 여자들이 일제히 웃음을 터뜨렸다. 멀뚱멀뚱 눈치를 살피던 옥님이 이모도 덩달아 이히히, 따라 웃었다. 그래서 또 한바탕 웃음이 와르르 터졌다.

"어이구, 이 답답한 처녀야. 그런 게 아니란 말이다."

"원 참, 세상에! 이렇게나 깜깜절벽이라니."

"아, 그러니까 낙일도 명물 옥님이 아닌가."

"쯧쯧. 그나저나 옥님이 옷이 다 못쓰게 돼서 어째야

쓸고. 그 빨개벗고 달아난 한심한 인간한테 변상을 꼭 받아내야 쓰겠네."

"맞어라우. 이참에 그 못된 버르장머리를 고쳐줘야 해라우."

"그 말이 맞네, 맞어."

그 모습을 방 가운데서 멀뚱히 지켜보던 옥님이 이모도 뒤늦게 한마디를 보탰다.

"맞어. 맞어. 그 나푼 도둔놈!"

그래서 또 한바탕 와르르 웃음보따리가 터졌다. 툇마루 끝에 숨어 구경하던 나도 덩달아 깔깔거렸다. 그 순간 방 안의 할머니랑 눈이 딱 마주쳤다.

"오메, 이 녀석이 여그가 어디라고!"

화들짝 쫓아 나온 할머니는 손바닥으로 내 엉덩이를 철썩철썩, 두 번씩이나 두들겨주었다. 아니, 내가 대체 무슨 잘못을 했단 말인가. 나는 억울해서 눈물이 났다.

**

다음 날은 닷새 만에 열리는 낙일도 장날이었다. 아침밥을 먹고 나는 할머니의 손을 잡고 집을 나섰다. 난 학교에 가는 길이었고, 할머니는 모처럼 장을 보러 나선 거였다.

동구 밖 느티나무 밑엔 벌써 많은 사람들이 배를 기다리고 있었다. 장날이면 마을 사람들은 종종 먼 길을 걸어가는 대신 채취선 몇 척을 타고 화포리까지 다녀오곤 했던 것이다.

느티나무 밑에 모인 동네 사람들은 전날 옥님이 이모네 집에서 벌어진 사건을 놓고 한참 깔깔대며 얘기를 주고받는 참이었다. 그중엔 벌떡녀 아줌마도 끼어 있었는데, 이날따라 혼자 저만치 떨어져서 아무 소리도 귀에 들리지 않는다는 양 멀뚱한 표정으로 서 있을 뿐이었다.

"호랭이도 제 말 하면 온다드니, 저기 주인공이 행차하셨구만."

누군가의 말에 일제히 고개를 돌렸다. 과연 저만치 옥님이 이모가 이쪽으로 혼자 어슬렁어슬렁 다가오는 참이었다.

"옥님아. 너도 장에 갈라고 나오는 길이여?"

"오메, 오늘은 치마까지 이쁘게도 차려입었네."

아낙네들이 한마디씩 건넸지만 옥님이 이모는 대꾸도 없이 뭔가 잔뜩 뾰로통한 얼굴이었다. 그러다가 저만치 혼자 떨어져 있는 벌떡녀 아줌마를 발견하고는 득달같이 달려가더니 대뜸 큰 소리로 외쳤다.

"야, 너! 내 빤쑤 물어내랑께. 내 빤쑤 말이여!"

벌떡녀 아줌마가 깜짝 놀라 엉거주춤 일어났다. 별안간 당한 일이라 벌떡녀 아줌마는 어안이 벙벙한 얼굴로 옥님이 이모를 쳐다보았다. 옥님이 이모는 무섭게 화가 나 있었다. 마을 사람들이 금세 둘을 에워쌌다.

"시방 뭐, 뭣이라고 그러는 거여?"

벌떡녀 아줌마가 당황해서 더듬거렸다.

"야, 이년아! 빨리 내 빤쑤 물어내란 말이여."

"오메, 이 미친년 좀 봐. 빤쓰라니? 나 참, 무슨 소리를 허는 것이여?"

벌떡녀 아줌마는 기가 막힌다는 시늉이었다. 마침내 화가 머리끝까지 치밀어 오른 옥님이 이모는 목청껏 사납게 소리를 질러댔다.

"뭣이 어째야? 모드기는 뭘 몰라! 느이 오빠가 어저께 내 빤쑤를 다 찢어가꼬 못쓰게 맹글어부렀응께 너가 물어내라고! 아, 얼릉, 내 속치매랑 빤쓰랑 물어내랑께!"

이날 우리 동네 여자들은 화포리 포구에 닿자마자 옥님이 이모를 앞장세우고 일제히 장터로 몰려갔다. 물론 목적지는 벌떡녀 아줌마네 친정 오빠의 옷가게였다. 무리를 지어 몰려온 우리 마을 여자들을 보자마자 사내는 대번에 얼굴이 허옇게 변해 쩔쩔맸다.

"자, 잘못했소. 참말로 죽을죄를 지었소. 내가 평생 또 한 번 술을 묵으면 그때는 사람이 아니고 진짜로 개요, 개."

사내는 여자들 앞에서 연신 머리를 숙였다. 그리고 옥님이 이모에겐 여러 벌의 속옷과 함께 제법 값나가는 연두색 원피스 한 벌로 변상해주었다. 그 덕분에 우리 할머니를 포함, 십여 명의 우리 마을 여자들은 저마다 버선 한 켤레씩을 얻어 들고 마을로 돌아왔다. 뜻밖에 공짜 선물을 받게 되었노라 다들 깔깔거리며 좋아했다. 물론 그중 누구보다 싱글벙글한 사람은 우리 이모 옥님이었다.

4. 목포의 눈물

"아짐. 그 소문 들으셨소? 오늘 웅걸이 엄니가 육지로 실려 나간다고 합디다."

마당으로 불쑥 들어선 사람은 뒷간네 아줌마였다. 엊그제 비 오는 날 도랑을 치겠노라며 빌려갔던 삽자루를 돌려주러 온 눈치였다. 된장독 뚜껑을 열고 안을 들여다보고 있던 할머니가 깜짝 놀라 물었다.

"넙도댁이 실려 가다니, 어디로?"

"강진읍 어딘가에 그런 사람들만 치료해주는 곳이 있는 모양입디다. 오늘 우리 배를 좀 내어달라고 웅걸이 아부지가 방금 우리 집에 들렀다 갔어라우."

"흥, 못된 인간 같으니라고. 병 주고 약 준다드니, 이제 와서 폐인이 다 된 자기 여편네를 아예 육지에다가 내팽개칠 작정인갑네. 쯧쯧."

마루에 엎드려 겨울방학 숙제를 하던 나는 벌떡 일어나 앉았다. 학교는 며칠 전 방학에 들어간 참이었다.

할머니는 의심과 걱정이 뒤섞인 표정이었지만, 솔직히 나는 넙도댁이 어디론가 실려 갈 거라는 말에 은근히 반가웠다. 그즈음 머리채를 까치둥지마냥 부스스 풀어헤친 채 밤낮없이 온 마을 골목길을 헤매고 돌아다니는 넙도댁 때문에 우리 조무래기들은 겁을 잔뜩 집어먹고 있었다. 그녀는 혼자 하늘을 올려다보며 한참을 우두커니 서 있기도 하고, 공연히 히죽히죽 웃어대며 끊임없이 혼잣말을 중얼대기도 했다. 평소엔 조용히 앞을 지나가다가도, 어느 땐 돌연 빨갛게 핏발 선 눈으로 우리를 무섭게 쏘아보기도 했다.

"이누무 새끼덜! 어딜 도망칠라고 그래? 불알 찬 사내놈들은 모조리 쥐여뿌리고 말 것이여. 거기 서! 서란 말이여!"

당장이라도 쫓아올 듯 마구 고함을 칠 때마다 우리는 걸음아 살려라 도망치곤 했다.

사실 넙도댁은 원래 그런 무서운 아줌마가 아니었다.

조용하고 양순한 성품이어서 누구한테도 거칠고 사나운 말 한마디 한 적이 없었다. 우리 할머니의 말에 따르면, 오뉴월 애호박같이 싱싱하고 건강하던 넙도댁이 어느 날 갑자기 실성한 여자로 변해버린 건 순전히 남편 강주병 씨 탓이었다.

강주병 씨는 젊어서부터 소문난 바람둥이 한량이었다. 헌칠한 키에 숯덩이마냥 검고 짙은 눈썹을 가진 그는 더없이 사람 좋아 뵈는 얼굴을 하고 곧잘 실실 눈웃음을 쳤다. 그 잘생긴 얼굴값을 하느라고, 그동안 인근 마을 여자들하고 이래저래 얽힌 고약한 소문이 한두 가지가 아니었다.

그중엔 우리 동네 여자들도 몇 있었는데, 옆집 벌떡녀 아줌마 역시 빠질 리가 없었다. 오래전, 벌떡녀 아줌마가 뒷산에서 땔나무를 하다가 넙도댁의 손에 머리채를 한 움큼 쥐어뜯기는 소동이 한바탕 벌어지기까지 했다. 물론 그때만 해도 넙도댁의 정신은 아직 멀쩡했다.

넙도댁은 우리 마을에서 멀지 않은 섬, 넙도에서 시집온 여자였다. 가무잡잡한 살갗에 눈은 조그맣고 얼굴은 말상인 데다 사내처럼 손이며 어깨가 굵었다. 그런 외모로만 보자면 분명 바람둥이 강주병 씨랑 견주기엔 저울추가 많이 기울어 보였다. 하지만 그 기울어진 저울추를

때우고도 남을 만큼 넙도댁은 정말 부지런하고 착한 여자였다.

우리 할머니 말을 빌리자면, 넙도댁은 강주병 씨 같은 위인에겐 터무니없이 과분한 아내였다. 낙일도 섬 전체를 다 뒤져봐도 넙도댁만큼 손이 바지런하고 일에 억척인 여자는 없을 터였다. 한편 강주병 씨는 우리 섬에서 가장 게으르고 잠꾸러기인 남편을 뽑으라면 단연 첫 손가락에 꼽힐 위인이었다. 변변찮은 밭뙈기 하나 없던 강씨가 지금처럼 끼니 걱정 없이 살게 된 것도 순전히 넙도댁 덕분이라고 했다.

그럼에도 넙도댁은 항상 강 씨 앞에선 마냥 기가 죽어서 지냈다. 살림을 꾸려나가는 일은 오로지 넙도댁 혼자만의 몫이었다. 그녀가 오뉴월 뙤약볕에 밭에 나가 두더지처럼 엎디어 호미질을 하고 있을 때나, 동지섣달 칼바람을 맞으며 바다에 나가 김이며 미역을 채취하느라 동태 꼴이 되어 있을 때에도 그 잘난 남편의 모습은 어디에도 보이지 않았다. 그 시각 강 씨는 방 안에서 실컷 늦잠을 자거나, 한가롭게 뒷짐을 진 채 어디 끼어들 만한 노름판이나 술자리가 없나 기웃대며 마을 골목길을 어슬렁거렸다. 하지만 넙도댁은 그에게 말대꾸는커녕 싫은 내색조차 드러내지 않았다.

"세상에! 저런 한심한 위인을 남편이랍시고 저리도 귀하게 받들어 모시다니!"

그런 넙도댁을 향해 마을 여자들은 더러 밸도 없는 여자라고 흉을 보았다. 자신은 허구한 날 물 빠진 헌옷만 걸치고 사는 처지에 제 서방 속옷은 매일 깨끗이 빨아 입힌다는 둥, 심지어 술 취해 들어온 강 씨의 냄새 나는 발까지 대야에 물을 떠다가 손수 씻어준다는 소문까지 돌았다. 하지만 그런 쑥덕거림 쯤은 나돌건 말건 넙도댁은 그 단춧구멍만 한 두 눈을 껌벅이며 들에서 바다에서 그저 일에만 열심이었다.

그러다가 한동안 잠잠하던 강주병 씨의 바람기가 어김없이 다시 도졌다. 그게 지난해 봄부터였다. 고개 너머 화포리 선주가 전복 채취 사업을 시작하면서 제주도에서 스무 명 남짓한 해녀들을 데려와 낙일도 해안에서 일을 시키고 있었다. 강 씨는 그중 한 여자랑 어느 틈엔가 서로 눈을 맞추었던 것이다. 이번엔 잠시 반짝하다 마는 식이 아니었다. 강주병 씨는 아예 우리 마을에서 빤히 건너다보이는 꽃섬에 방 한 칸을 얻어 그 과부 해녀와 함께 보란 듯이 새살림을 차렸다.

그날부터 넙도댁이 숟가락을 놓은 채 머리를 싸매고 드러누웠다는 소문이 들렸다. 줄줄이 낳아놓은 그 집 아이들 셋이 끼니를 굶은 채 방 안에서 울어대는 꼴을 보고 이웃집 여자가 자기 집에 데려와 밥을 먹여주었다. 동네 여자들이 번갈아 찾아가 들여다보았지만 넙도댁은 통나무마냥 대꾸도 없이 천장만 올려다보며 누워 있었다. 영락없이 넋이 통째로 빠져나간 사람이었다.

그렇게 사흘째 되는 날 한밤중이었다.

온종일 귀신처럼 방에 틀어박혀 있던 넙도댁이 돌연 자리에서 벌떡 일어났다. 부엌에서 빈 물동이를 찾아 들고 그녀는 아무도 몰래 마을 선창으로 달려 나갔다. 한겨울 밤의 바다는 먹지처럼 캄캄했다. 그녀는 칼바람이 씽씽 불어대는 바다에 쪽배를 띄우고 맞은편 꽃섬을 향해 혼자 노를 저어나갔다.

꽃섬에 도착하자마자 넙도댁은 가지고 간 빈 물동이에 바닷물을 가득 채웠다. 그리고 그것을 머리에 이고 성큼성큼 마을 어귀로 들어섰다. 마당에 감나무 한 그루가 서 있는 어느 초가집 앞에서 그녀는 걸음을 멈추었다. 불 꺼진 방 안은 조용하고, 툇마루 아래 댓돌엔 사내와 여자의 신발이 나란히 놓여 있었다. 소리 없이 마당으로 스며든 넙도댁은 방문을 와락 열어젖히자마자 방 안에다 물동이를 힘껏 던져 넣었다. 그리고 재빨리 돌아서서 선창으로 달음질을 쳤다.

이튿날 아침, 넙도댁 집에선 난리가 났다. 새벽같이 바다를 건너온 강주병 씨가 다짜고짜 장작개비를 휘둘러 댔던 것이다. 이웃 사람들이 말리지 않았다면 아마 넙도댁은 맞아 죽었을 터이다. 북어처럼 퍽퍽 두들겨 맞으면서도 그녀는 입술을 악문 채 끝내 울음소리조차 내지 않았다. 담 밖에서 지켜보던 여자들은 분에 겨워 발을 동동 굴러댔고, 남자들은 참 대단한 여편네라고 고개를 내저었다. 한바탕 장작개비 춤을 끝마친 강주병 씨는 이내 혼자 코를 씩씩대며 꽃섬으로 되돌아가버렸다. 넙도댁은 다시금 바위처럼 방 안에 혼자 드러누웠다. 그렇게 여러 날 동안 물만 마시면서 귀신처럼 방 안에 갇혀 있었다.

마침내 아흐레째 되는 날이었다.

온 세상이 곤히 잠든 한밤중, 홀연 넙도댁 집 굴뚝에서 한 오라기 연기가 풀풀 새어나오기 시작했다. 아궁이에 장작불을 활활 지펴 넣고 있는 사람은 바로 넙도댁이었다.

이윽고 장작불이 잦아들자 아궁이엔 시뻘건 불씨만 남았다. 넙도댁은 쇳물처럼 뜨겁게 일렁이는 그 뻘건 숯덩이를 묵묵히 긁어내 질화로에 가득히 채워 담았다. 이번에도 그녀는 혼자 쪽배를 저어 꽃섬으로 향했다. 마당에 감나무가 있는 그 초가집 불 꺼진 방 문짝을 열어젖히고, 그녀는 펄펄 끓는 질화로를 통째로 방 안에 던져 넣었다. 그리고 다시 쪽배를 타고 마을로 되돌아왔다.

이튿날, 이번에야말로 진짜 난리가 났다. 눈이 완전히 뒤집힌 강주병 씨가 몽둥이를 움켜쥔 채 득달같이 마을로 들이닥친 거였다. 어깨를 붕대로 친친 감은 강 씨는 마당에 들어서자마자 넙도댁을 향해 달려들었다.

그런데 뜻밖에 놀라운 일이 벌어졌다. 몽둥이를 쥔 강주병 씨에게 넙도댁이 무서운 기세로 대들기 시작했다. 꼬박 열흘을 굶은 몸뚱이 어디에 그런 엄청난 힘이 남아 있었을까. 그녀는 황소처럼 펄펄 날뛰며 미친 듯 악을 쓰고 고함을 내질렀다.

"쥑여라 이노옴! 쥑여!"

"어어, 이, 이년이 미쳤능갑네?"

"그래, 이놈아 미쳤다. 날 쥑여라! 이 철천지 원수 놈!"

마을 사람들 입이 한꺼번에 딱 벌어졌다. 가장 놀란 쪽은 강주병 씨였다. 결국 강 씨는 슬금슬금 뒷걸음질을 치더니, 낯빛이 허옇게 질린 채 꽃섬으로 허겁지겁 도망쳐버렸다.

그러나 넙도댁은 제 머리채를 쥐어뜯으며 꼬박 반나절을 마당에서 팽이처럼 데굴데굴 굴러다녔다. 목이 너무 쉬어 휘파람 소리 같은 울음소리를 내면서 그녀는 몸부림을 쳤다. 그것은 차마 눈뜨고 볼 수 없는 무시무시한 몸부림이었다. 마침내 목구멍에서 커다란 붉은 핏덩이를 컥 하고 토해내며 넙도댁은 정신 줄을 놓아버렸다.

며칠 후 넙도댁은 눈을 떴다. 하지만 이미 예전의 그 사람이 아니었다. 넙도댁이 이상해졌다는 소문에 걱정이 되어 찾아갔던 사람들은 이내 하나같이 뒷걸음질로 그 집을 빠져나왔다. 상대가 누구건 그녀의 입에선 엄청난 욕설이 마구 쏟아져 나왔다. 운이 나쁜 사람들은 오물까지 흠뻑 뒤집어쓴 채 도망쳐 나오기도 했다.

넙도댁은 겁에 질려 와와 울어대는 어린 자식들 따윈 안중에도 없는 성싶었다. 연신 히죽히죽 웃어대거나 끔찍스레 고함을 지르며 골목을 거침없이 뛰어다녔다. 급기야는 밤도 낮도 없이 앞산 뒷산을 휘젓고 다니기까지 했다.

그러다가도 또 며칠씩 방 안에만 꼼짝없이 틀어박힌 채 "쥑여라! 차라리 날 쥑여어. 원수여! 철천지 내 원수여어!" 하고 고래고래 악을 썼다. 방금까지 한없이 원통한 울음을 풀어놓다가도 또 어느 틈엔가 손뼉을 치며 깔깔깔깔 웃어대기도 했다.

어느덧 사람들은 넙도댁의 집에 발을 들여놓기를 꺼려했다. 강주병 씨는 세 아이를 꽂섬으로 데리고 가버렸다. 그날 이후 넙도댁은 혼자 빈집에 남겨진 채 도깨비처럼 살고 있었다. 그녀와 가까이 지내던 이웃집 여자들마저도 이젠 이따금씩 담 너머로 그 썰렁한 집 마당을 조심스레 넘겨다보며 안타깝게 혀를 차곤 했다.

＊＊

그 놀라운 사건이 일어난 건 지난해 겨울, 설이 며칠 안 남은 어느 날이었다.

오후부터 가느다란 눈발이 흐르르 날리기 시작하더니, 밤이 이슥해서는 제법 굵어진 눈송이가 발등을 덮을 만큼 소복소복 쌓이기 시작했다. 남쪽이라 한겨울에도 좀처럼 물이 얼지 않는 우리 섬에서 그처럼 많은 눈을 보기란 무척 드문 일이었다.

눈 장난을 하고 싶은 조바심에 어서 아침이 되기를 기다리며 잠자리에 막 누웠을 때였다. 지잉 지잉…… 별안간 어디선가 난데없는 징 소리가 울려오기 시작했다. 이내 누군가 동회당 앞에서 두 손으로 입에 둥지를 만들어 목청껏 소리를 질러댔다.

"동네 사람들 들으시요오! 어서 동회당 앞으로 모이시요오. 동네에 시급한 사고가 생겼응께, 어른들은 모두

나오시요오!"

할머니는 날더러 집에 남아 있으라고 했지만, 나는 어른들의 뒤를 따라 동회당으로 달려 나갔다. 온 동네 어른들이 무슨 일인가 하고 웅성대며 공터로 모여들었다.

이장님은 넙도댁이 행방불명되었다고 말했다. 광숙이네 아버지가 나서서 자초지종을 알렸다. 그는 아까 해질녘에 뒷산 기슭 묵정밭에서 지게에 거름을 퍼서 지고 내려오다가 넙도댁하고 마주쳤다고 했다. 이 시각에 어딜 가느냐는 물음엔 대꾸도 없이 넙도댁은 혼이 빠져나간 것 같은 눈빛을 한 채 혼자 너울너울 허깨비 춤을 추면서 뒷산 숲 쪽으로 올라가더라는 거였다.

"이 눈밭에 아, 그것도 맨발로 말이여!"

광숙이네 아버지의 말에 모두들 놀라며 탄식을 했다.

"큰일났구마이. 이걸 어쩔꼬."

"허 참, 이렇게 눈까지 펑펑 오시는 밤중에 뭣 헐라고 혼자 산속으로 들어갔을까."

"어따, 정신이 온전치 않은 사람인께 그렇제이."

"어느 집 헛간 같은 곳에 들어가 잠들어 있는 게 아닐까라우?"

"그랬다면야 뭣 헐라고 밤중에 이 난리법석을 떨고 있겠소? 아무리 찾아봐도 없단 말요."

"이러고 있을 때가 아닌갑소. 눈 속에 얼어 죽기 전에 넙도댁을 한시바삐 찾아내야겠구만요."

사람들은 너도나도 집으로 돌아가 추위막음을 할 차림을 단단히 하고는 다시 동회당 앞에 모였다. 남포등을 든 사람도 있고, 어느 틈에 잽싸게 새끼줄과 헝겊으로 횃불을 만들어 온 사람도 있었다. 정월 대보름날 마을 굿에 쓰기 위해 동회당 창고에 보관해놓은 징과 꽹가리까지 동원되었다.

마침내 마을 사람들은 어두운 뒷산 골짜기를 기다랗게 줄지어 오르기 시작했다. 당연히 우리 조무래기들도 따라나섰지만, 결국 산기슭에 닿자마자 강제로 쫓겨 내려올 수밖에 없었다. 못내 아쉬운 우리들은 밭둑에서 내내 산 쪽을 올려다보며 서성거렸다.

"지잉 지잉…… 캐캥 캐캥 캔지캥…… 지잉 지잉……."

참말이지 그건 굉장한 구경거리였다. 먹빛 캄캄한 한겨울 밤 산속에서 수십여 개의 등불과 횃불이 구불구불 열을 지어 흔들흔들 올라가고 있는 광경은 놀랍고 신비스럽기만 했다.

"여어이. 여어이…… 웅걸이 어무니이. 어디 있소오! 넙도대액……."

징 소리, 꽹가리 소리, 그리고 다 같이 입을 모은 사람

78

들의 외침이 잘 익은 홍시감 같은 불빛을 따라 뒷산 골짜기를 거슬러 등성이까지 구불구불 이어지고 있었다. 그 불빛과 소리의 행렬이 등성이를 질러 앞산으로 이어질 무렵, 우리들은 꽁꽁 언 손발을 녹이기 위해 하나둘 집으로 돌아와버렸다. 그렇지만 어른들은 한참이 지나도록 산에서 내려오지 않았다. 끝내 나는 할아버지를 기다리다가 한순간 잠 속으로 깜박 굴러떨어지고 말았다.

다음 날 아침이었다. 잠을 깨어보니 할머니가 마당에서 빗자루로 눈을 쓸어내고 계셨다. 나는 눈두덩을 문지르며 마루 끝으로 엉금엉금 기어 나갔다.

"웅걸이 엄니는 찾았대요, 할마이?"

"어이구, 내 강아지. 이제사 일어났구나."

허리를 펴고 일어서며 할머니는 나를 보고 웃었다.

"모르겠다. 아이고, 그 불쌍한 여편네, 보나마나 산속에서 벌써 얼어 죽었을 거여. 쯔쯔쯔."

"예에?"

"이리 내려와. 얼른 세수하고 아침밥 먹어야재."

그날 낮에도 마을 어른들은 또 수색작업에 나섰지만 허탕이었다. 십중팔구 어디선가 동태 꼴로 꽁꽁 얼어 죽었을 거라고 여기며 다들 침울한 얼굴로 돌아왔다. 그리고 다음 날에도 역시 어른들은 빈손으로 돌아왔다. 이미 낙일도 전체에 실종 사실이 퍼진 상태임에도 어디서건 그녀를 보았다는 소식은 들리지 않았다.

그런데 나흘째 되는 날 아침, 엄청난 일이 벌어졌다. 넙도댁이 홀연 마을로 돌아왔던 것이다. 거짓말처럼 그 꽁꽁 언 눈밭에서도 그녀는 맨발이었다.

"넙도댁이 살아서 산을 내려왔다네!"

"그, 그것이 참말이요?"

"설마, 귀신 아닌가?"

마을 사람들은 너나없이 당장에 큰새암 쪽으로 우르르 몰려갔다. 나도 할머니의 손을 잡고 종종걸음을 쳤다. 과연 헛소문이 아니었다. 우물가에 퍼질러 앉아 있는 여자는 분명 넙도댁이었다. 넙도댁의 몰골은 그야말로 엉망이었다. 겉옷은 어디에 내팽개쳐버렸는지, 윗도리도 없이 얇은 내복 하나뿐인 데다가 아래쪽은 아예 속치마 바람이었다. 그나마도 온통 갈가리 찢기고 뜯겨나가 흡사 걸레쪽을 걸친 꼬락서니였다. 비녀 뽑힌 머리채는 까치집마냥 부스스하고 얼굴과 목덜미, 어깨, 무릎, 종아리까지 온통 험한 상처투성이였다.

무엇보다 놀라운 것은 반벌거숭이인 그녀의 몸뚱이에서 몽실몽실 피어오르고 있는 김이었다. 마치 떡시루를 찔 때처럼 희고 더운 수증기가 그녀의 입과 콧구멍 그리고 몸뚱이 전체에서 확확 피어오르고 있었다.

"세상에, 저 저럴 수가!"

몰려온 사람들 모두 입을 따악 벌린 채 한동안 말문을 열지 못했다.

참으로 불가사의한 일이었다. 유난히도 추웠던 지난 이틀 동안 혼자서 산속을 얼마나 헤매고 다니다가 이렇듯 나타난 것일까. 게다가 그런 알몸뚱이로 얼어 죽기는커녕 발갛게 상기된 모습으로 되돌아와 서 있는 넙도댁의 모습은 얼핏 사람이라곤 믿기지 않을 지경이었다. 그것은 차라리 도깨비나 허깨비 쪽에 훨씬 가까워 보였다.

넙도댁은 떡시루 속에서 방금 뛰쳐나온 사람처럼 차가운 샘물을 바가지로 떠서 꿀꺽꿀꺽 퍼마셨다. 그러더니 얼음이 둥둥 떠 있는 그 물을 머리 위에서부터 좍좍 끼얹었다. 여자들이 일제히 비명을 질렀다. 머리에서 발끝까지 홍시 빛으로 발갛게 변한 넙도댁의 몸뚱이 위로 얼음 섞인 샘물이 쏟아져 내리는 광경에 나도 모르게 몸이 달달 떨려왔다.

동네 여자들이 달려들어 넙도댁을 억지로 붙들어서 그녀의 집 안방에 밀어 넣었다. 하지만 이내 그녀는 발딱 일어나 방문을 밀치고 나오더니, 마루에 털썩 주저앉아 더워 죽겠다고 쩌렁쩌렁 고함을 질러댔다.

"이보게 넙도댁. 대관절 어찌된 일인가. 시방까지 어디서 뭘 하고 다니다가 이 꼴을 해갖고 돌아온 것이여?"

우리 할머니가 곁에 앉아 손이며 어깨를 주물러주며 물었을 때, 넙도댁은 잔뜩 쉬어 빠진 음성으로 이렇게 말했다.

"제주도 구경 한번 자알 하고 돌아왔지라우. 으히히힛."

순간 사람들이 일제히 합창하듯 '뭣이여어? 제주도오?' 하고 소리를 질렀다.

"저기 새빠구 수풀 속에서 도깨비불 두 개가 나를 오라고 부르더랑께. 내가 안 갈란다고 해도 자꾸만 오라고 불러. 그래서 올라갔더니 다짜고짜 도깨비 두 놈이 나를 덥석 껴안등마는 어깨 위로 훌쩍 들러매드랑께. 으흐흐. 한 놈은 늙은 놈이고 다른 한 놈은 젊은 놈인디, 젊은 놈이 내 두 다리를 쩍 벌려 잡고 늙은 놈은 내 머리채를 잡자마자 공중으로 순식간에 휘익 날아오르는 것이여……."

도깨비들은 낙일도를 대여섯 바퀴나 빙빙 돌더니, '야, 심심한데 이년한테 제주도 구경이나 한번 시켜줄까?' 하고는 눈 깜짝할 새에 바다를 가로질러 제주도로 끌고 가더라고 했다. 한라산을 열두 바퀴나 빙빙 돌고 나서 도깨비들은 어느 마을로 내려가 제삿밥을 훔쳐다가 넙도댁과 함께 나눠먹기도 했다.

"두 놈들이 나를 다시 둘러메고 하늘을 쏜살같이 날아서 이리로 되돌아오는디, 시퍼런 바다 위에서 젊은 놈이 '야, 귀찮고 힘들어 죽겠응께 이년을 여기다가 내버리고 가자' 하니까, 늙은 놈이 말하기를 '지금까지 고생했는디, 이년을 제자리에 가져다놓고 그 대신 맛있는 보리개떡이나 얻어묵는 것이 좋겄다' 그러는 거여. 그래서 새빠구 꼬랑에 나를 다시 내려다주길래 시방 이렇게 내려왔지. 히히힛."

넙도댁의 이야기에 사람들은 두려움과 놀라움에 사로잡혀 '아이구, 저런저런' 하고 소리를 질렀다. 그 놀라운 이야기로 그날 온종일 우리 동네는 집집마다 처마가 들썩거렸다.

그날 오후, 동네 여자들은 너도나도 서둘러 보리쌀을 퍼내어 개떡을 찌느라고 야단법석들이었다. 여자들은 개떡을 함지에 담아 머리에 이고 저마다 산으로 올라갔다. 그리고 새빠구 주변 여기저기에 흩뿌려주며 도깨비들을 달래준 다음 내려왔다. 보리개떡을 주지 않으면 필시 그놈들이 다시 나타나 동네 사람들한테 해코지를 하려 들지 모른다고 했다. 덕분에 우리들은 난데없는 보리개떡을 신트림이 나도록 배불리 먹어보긴 했지만, 그 후로 오랫동안 밤만 되면 이불 속에서 가슴을 콩닥거리며 몸을 새우처럼 웅크린 채 잠이 들었다.

물론 그날 이후에도 넙도댁은 발작이 일어날 때마다 혼자 산속을 한바탕 휘젓고 다니다가 돌아오곤 했다. 그래도 그녀의 입에서 또 도깨비들을 따라 한라산 구경을 하고 왔다는 얘기는 더 이상 흘러나오지 않았다. 동네 사람들은 그날 산에 뿌려준 그 개떡이 용케 효험이 있었던 거라고 여기는 눈치였다.

그런데 오늘 아침, 그 넙도댁이 마침내 남편 강주병 씨의 손에 이끌려 육지 어딘가로 실려 나가게 된다는 거였다.

**

"그나저나, 넙도댁이 얌전히 배를 타려고 할라나?"

"그러게요. 실성한 사람이라 자칫 용을 쓰고 날뛸지도 모르는데, 배에 어떻게 싣고 나갈라고 그럴까. 바다로 뛰어들기라도 하면 어쩔라고."

"넙도댁이 그냥 순순히 따라나설 리가 만무하제라우. 그래서 새끼줄로 몸을 칭칭 묶어서 데리고 간답디다."

"세상에, 원, 그 꼴이 뭣이라냐! 그리도 심성 착하고 건강하던 사람이······."

마당가에 앉아 할머니 앞에서 한참을 조잘대던 뒷간네 아줌마는 얼른 점심을 차려야겠다며 집으로 돌아갔다.

점심밥을 먹고 있노라니, 넙도댁이 실려 나간다는 소식이 들려왔다. 나는 숟가락을 내던지고 할머니를 좇아 바닷가로 달음질을 쳤다. 사람들이 벌써 갯가에 나와 웅성거리고 있었다. 남자 어른들은 저만치서 듬성듬성 모여 어두운 표정으로 저마다 담배만 뻑뻑 피워대고, 여자들만 넙도댁의 주위에 한꺼번에 모여 있는 참이었다. 나는 할머니의 치맛자락을 붙잡은 채 넙도댁 곁으로 주춤주춤 다가갔다.

넙도댁은 아주 기이한 몰골로 바닷가 자갈밭 위에 통나무처럼 반듯이 눕혀져 있었다. 목과 머리통을 제외하고는 온몸을 옴짝달싹 못 하도록 무명천으로 칭칭 감아놓은 상태였다. 그것은 흡사 붕대로 단단히 묶어놓은 한 마리 커다란 북어처럼 보였다.

여자들이 빙 둘러서서 자신을 내려다보고 있는데도, 넙도댁은 그걸 아는지 모르는지 자갈밭 위에 홀로 반듯이 누운 채 구름 한 점 없이 맑은 겨울 하늘만 뚫어져라 올려다보고 있었다. 넙도댁의 얼굴은 이날따라 무척 낯설고 기이해 보였다. 치렁하던 머리채는 중동부터 싹둑

잘려 나간 단발로 변해 있어 우스꽝스럽고 볼썽사납기 그지없었다. 물론 그 끔찍한 가위질은 남편 강주병 씨의 솜씨였다.

공연히 눈앞이 시려와서 나는 문득 얼굴을 돌려버렸다. 한겨울임에도 유난히 푸근한 날씨였다. 하늘은 구름 한 점 없이 푸르고 햇살 또한 유리알처럼 맑고 따사로웠다. 대관절 넙도댁은 아까부터 뭘 저렇게 뚫어져라 쳐다보고만 있는 것일까. 나는 고개를 젖히고 그녀의 눈길을 따라 푸르디푸른 하늘을 올려다보았다.

그 순간 넙도댁의 입에서 노래가 흘러나오기 시작했다.

사아고옹의 뱃노오래 가아물거리며
삼학도 파도오 깊이 스며드는데……

아아, 어디서 그런 놀라운 힘이 솟아나는 것일까. 넙도댁은 가녀린 목의 실핏줄이 파랗게 떨리도록 온몸의 힘을 있는 대로 다 쥐어짜며 목청껏 그 노래를 부르고 있었다. 놀랍도록 맑고 구슬픈 목소리가 마을 앞 바닷가를 쩌렁쩌렁 울리며 퍼져나가기 시작했다.

그 순간 나는 보았다. 어느샌가 넙도댁의 두 눈에서는 눈물이 주르르 흘러내리기 시작했다. 한없이 맑고 투명한 눈물이었다. 넙도댁의 볼을 타고 하염없이 흘러내린 그 눈물은 이내 귓볼을 적시고 다시 자갈밭 속으로 방울방울 스며들었다.

한 곡이 끝나고 또 한 곡이 시작되었다. 넙도댁은 다만 「목포의 눈물」 그 한 가지 노래만 목이 터져라 계속해서 몇 번이나 되풀이해 불러댈 뿐이었다. 강주병 씨와 벌떡녀 아줌마의 남편 신 씨가 닻줄을 풀어 배를 끌고 기슭에 닿았을 때도, 그리고 붕대로 칭칭 감긴 그녀의 몸뚱이를 마을 남자들이 짐짝처럼 들어 올려 마침내 작은 목선의 뱃전에 내려놓았을 때까지도 그녀의 구슬픈 노랫소리는 여전히 흘러나오고 있었다.

이윽고 강주병 씨가 쪽배 위에 훌쩍 올라탔다. 육지까지는 멀고 위험한 길이었으므로 누군가 함께 가겠노라고 나섰지만, 강 씨는 한사코 마다하고 저 혼자 그 쪽배를 저어 갈 참이었다. 마침내 쪽배가 움직이기 시작했다. 그 순간 남편의 발밑에 미동조차 없이 누운 넙도댁의 노랫소리가 갑자기 커졌다.

부두의 새아악씨 아롱 젖은 옷자라락
이별의 누운물이냐 모옥포의 설움……

"오메에, 그래도 이것이 고향 떠나는 이별인 줄은 알고 있는갑구마이."

"에구에구, 지지리 복도 없는 불쌍한 것. 다시 돌아올 때는 예전같이 성한 사람 되어가꼬 만나자이…… 어흐흑."

"잘 가시오, 아짐. 꼭 건강해서 돌아오시요오!"

여자들이 너도나도 치맛자락을 훌렁 걷어 올려 눈물 콧물을 훔치며 울부짖었다.

"오메오메, 이놈의 험악한 세상! 어쩌다가 계집 팔자를 타고나서, 이리도 서럽고 모진 세상을 살아야 한단 말이냐아."

"아아, 잘 가거라. 이 불쌍한 사람아아. 아흐흑."

그중에서도 유독 서럽게 울부짖는 사람은 바로 업순네 아줌마였다. 성깔 고약한 남편한테 허구한 날 무지막지한 손찌검에 매타작을 당하며 사는 업순네는 새삼 제 설움에 겨워 그렇듯 목 놓아 통곡을 하고 있었다.

이윽고 쪽배는 저만치 육지의 남빛 산봉우리를 향하고 점점 멀어져갔다. 삐걱삐걱, 남편 강 씨의 노 젓는 소리에 장단을 맞추기나 하듯, 넙도댁의 구슬픈 노랫가락 역시 차츰차츰 수평선 너머로 희미해져가고 있었다.

마침내 쪽배가 주먹만 하게 작아지고 다시 콩알만 하게 졸아들었다. 노 젓는 강 씨의 모습조차 더 이상 보이지 않게 되었을 때에야 나는 천천히 돌아섰다. 그사이 마을 사람들은 모두 돌아가고 없었다. 혼자서 집을 향해 고샅길을 걸어 오르던 나는 자꾸만 뒤를 돌아다보곤 했다. 아직도 넙도댁의 그 노랫소리가 바로 귓가에서 들리는 것만 같았다.

넙도댁이 다시는 영영 돌아올 수 없게 되었다는 사실을 알게 된 것은 그로부터 불과 열흘이 채 지나지 않아서였다. 혼자 돌아온 강주병 씨가 넙도댁의 죽음을 직접 전해주었던 것이다.

강진읍에 있다는 무슨 기도원인가 뭔가 하는 정신병자 수용소에 데려간 첫날 밤, 넙도댁이 한밤중에 도망을 쳤다고 했다. 사흘 만에야 산골짜기 어느 저수지에서 물 위에 둥둥 떠 있는 넙도댁을 찾아냈고, 그 시신을 자기 손으로 직접 거두어 근처 공동묘지에 파묻어주고 돌아오는 길이노라고 강주병 씨는 퍽이나 담담하게 말했다.

그렇지만 마을 사람들은 고개를 갸웃거렸다. 사고는커녕 필시 강 씨가 제 손으로 일부러 물에 빠뜨려 죽게 해놓고서는 어물쩍 둘러대는 것이 틀림없다는 둥, 별의별 무섭고 흉흉하기 짝이 없는 소문들이 한동안 마을에 떠돌아다녔다. 하지만 이윽고 그것도 차츰 잠잠해져버렸다.

강주병 씨는 육지에서 돌아온 바로 그다음 날, 꽃섬에 있던 제주도 여자와 세 아이들을 이끌고 넙도댁이 혼자 지키던 집으로 당당하게 들어와 살게 되었다.

넙도댁이 죽었다는 소식을 전해 들은 그날 밤, 나는 마당으로 나가 담벼락에 오줌을 누면서 문득 밤하늘을 올려다보았다. 별이 유난히도 맑고 총총한 밤이었다. 난 알고 있었다. 그 초롱초롱한 별들의 세상 어딘가에는 이제 막 새로 돋아난 맑은 별 하나가 「목포의 눈물」을 부르고 있으리라는 사실을. 그건 말할 것도 없이 넙도댁 아줌마의 별일 터였다.

＊＊

세월이 아주 많이 흐른 뒤, 나는 외할머니 제사 때문에 고향에 다녀오신 어머니를 통해 강주병 씨의 소식을 알게 되었다. 넙도댁이 죽은 후 데리고 들어와 함께 살던 그 제주 해녀는 벌써 오래전에 먼저 세상을 떠났다. 강 씨는 그 후로도 두 번이나 새 여자를 얻었지만 결국엔 모두 헤어지고 말았는데, 말년에 여섯이나 되는 배다른 자식들마저 육지로 뿔뿔이 흩어져버렸다. 다 쓰러져가는 그 빈집에 혼자 남겨진 바람둥이 강 씨 노인은 결

90

국 곁에서 돌봐주는 피붙이 하나 없이 술병으로 시름시
름 앓던 끝에, 어느 해 여름 장마 때 쓸쓸히 세상을 떴다
고 한다.

5. 낙일도의 사랑

남녘 바다는 해마다 봄을 잉태한다.

겨울 내내 청동빛 몸뚱이를 뒤척이며 거대한 파충류처럼 무거운 신음을 토해내기도 하고, 밤낮으로 끙끙 안간힘을 쓰면서 바다는 제 몸 깊숙한 자궁 안에 봄을 안아 키워낸다. 그러다 때가 되면 이윽고 몸을 풀고 바다는 제 새끼를 육지로 떠나보내곤 한다. 그것은 해마다 되풀이 되는 바다의 출산이다.

섬사람들은 바다의 출산 시기가 바야흐로 무르익었다는 사실을 바다 물빛을 보고 알아차린다. 물빛이 해변에서부터 차츰 연초록색을 띠며 실타래처럼 하늘하늘 풀리기 시작하고, 한낮의 눈부신 햇살이 몰라보리만치 힘이 차올라 수면을 향해 텀벙텀벙 뛰어들기 시작한다면 그건 마침내 바다의 진통이 임박했다는 징조이다.

이즈음부터 바다는 부쩍 분주해진다. 빨간 집게발을 가진 꽃게를 비롯해 비단조개·뿔소라·각시고둥·가리비·전복·문어·낙지·해삼·말미잘 등등 개펄에 모여 사는 작고 하찮은 생물들이 저마다 햇볕을 쬐려고 뭍으로 엉금엉금 기어 나온다. 또 한편에선 노래미·볼락·양태·복어·각시도미·당멸치·나비·가오리·눈퉁멸·꽃돔·새우 따위 연안에 사는 온갖 물고기들이 지느러미를 하늘거리며 따뜻해진 수면으로 일제히 떠오르기 시작한다.

그리하여, 섬사람이라면 바로 이 순간부터 정작 한 해의 봄이 시작된다는 사실을 누구나 본능처럼 알아차리는 것이다.

올해는 예년에 비해 봄이 유난히 일찍 찾아왔다. 하지만 그건 낙일도 사람들에겐 그다지 반갑잖은 소식이다. 섬을 빙 둘러싸고 있는 수많은 해초 양식장 근처에선 일찌감치 정월 중순께부터 봄이 당도한 흔적이 보인다는 소문에 다들 은근히 걱정하고 있던 참이다.

농토가 부족한 섬 지역 주민들은 겨울철 바다 농사에 한 해의 생계가 걸린 까닭에 봄이 가급적 더디게 오기를 바란다. 왜냐면 김, 미역 같은 바다 농사란 본디 수온이 차고 쌀쌀한 날씨가 길어질수록 풍성한 수확이 가능한 까닭이다. 행여 날씨가 겨울답지 않게 헤프게 풀어지기 라도 하면 덩달아 수온이 상승하면서 애써 자란 해초가 수면에 잠긴 채 흐물흐물 녹아 문드러지고 만다. 그리되면 그해 겨울 바다 농사는 영 망조가 들고 마는 것이다.

하지만 그런 섬사람들의 심사 따윈 아랑곳없이 봄은 늘 제멋대로 들쑥날쑥 찾아들곤 한다. 재작년엔 김이 몇 해 만의 대풍작이었다. 물론 풍작이라고 마냥 좋아할 수만도 없다. 생산량이 늘어난 만큼 오히려 가격은 터무니없이 폭락하기 일쑤여서, 섬사람들은 한겨울 내내 모진 추위와 해풍 속에서 손발 부르트고 뼈마디가 녹아나도록 일한 노력이 허사가 되고 만다. 매년 양식장에 쏟아 넣는 시설비를 비롯해 그동안 조합으로부터 빌려 쓴 보조금이니 융자금 따위를 갚고 나면 도로 빈털터리 꼴이 되기도 한다.

그럼에도 순박하고 우직한 섬사람들은 설사 풍작으로 내일은 비록 헐값이 될망정 당장은 탐스럽게 치렁치렁 자라난 해초 잎들을 바라보는 것만으로도 마음은 절로 흐뭇하고 흡족해진다. 그 때문에 그들은 쌩쌩 부는 찬바람을 맞으며 새벽부터 한밤중까지 너나없이 분주히 몸을 움직이는 것이다. 섬사람들의 그런 가슴 넉넉함과 부지런함은 오랜 가난과 더불어 조상으로부터 대대로 물려받은 그들만의 특별한 유산인지도 모른다.

바야흐로 사월.

가파른 밭 언덕엔 샛노란 유채꽃들이 눈부시게 환한 모습으로 단장한 채 나른한 햇볕을 쬐고 있다. 밭이라야 하나같이 조막손만 하지만 이랑마다 돋아난 보리 이파리가 푸들푸들 풋물이 올라 있어, 저만치서 올려다보면 온통 때깔 고운 연녹색 옷감을 널어 말리고 있는 것만 같다.

산기슭에선 동백나무 군락이 윤기 자르르한 잎을 반짝이며 붉고 탐스러운 꽃잎을 흐드러지게 달고 나비와 벌들을 열심히 불러 모은다. 동네 앞 밭둑에선 조무래기 아이들이 쥐불놀이를 하느라 나일론 양말에 구멍 뻥뻥 뚫리는 줄조차 모르고 뛰어다닌다. 동구 밖 양지쪽에선 노인네들이 햇볕에 몸을 녹이며 옛이야기를 두런두런 주고받고, 그 곁에선 동네 개들까지 모여들어 함께 뒹구는 한가로운 정경이 펼쳐지는 것도 바로 이즈음이다.

육지 농촌 같으면야 겨우내 묵혀두었던 몸의 근육과 힘줄을 새로이 무장한 채 농부들이 들녘으로 나와 논갈이 밭갈이에 한참 분주할 즈음이지만, 섬사람들은 이 무렵에야 비로소 조금은 한가하고 느긋한 시간을 보낼 수 있는 것이다.

그래서인가. 겨울 내내 짜디짠 바닷물에 젖어 마를 새가 없던 작업복을 훌훌 벗어 던지고 나자마자 섬사람들은 불현듯 뭔가 견딜 수 없도록 심심하고 무료해지는 느낌과 함께 돌연 양쪽 겨드랑이 밑이 간지럽기 시작한다. 그러면 문득 고개를 갸우뚱 세운 채 그들은 몽롱해진 시선으로 저 멀리 북쪽 수평선 너머 아스라이 떠 있는 육지의 거뭇한 산봉우리들을 멍하니 바라보곤 한다.

* *

우리 마을의 봄은 언제나 빨래터에서 시작된다.

빨래터는 마을 서쪽 산기슭에 있다. 골짜기를 타고 흐르는 실개울이 평지와 잇닿는 지점에 움푹 파인 작은 물구덩이 하나를 만들어놓았는데, 거기가 빨래터다. 실개울은 늘 바닥이 보일락말락 했지만, 비가 내린 다음엔 제법 수량이 넘쳐흐를 정도였다. 그런 날은 어김없이 동네 여자들이 한꺼번에 몰려나와 밀린 빨래를 해치우는 것이다.

간밤 모처럼 봄비가 촉촉하게 내렸다. 오늘은 아침 설

거지를 마치자마자 함지를 머리에 이고 빨래터로 향하는 발걸음들이 분주하다. 빨래터는 벌써 한발 앞서 나온 여자들의 호들갑스런 웃음소리와 목청 높은 대화 소리로 사뭇 요란스럽다.

"으마, 뭣이 그리 재미있는고? 웃음소리에 누구네 집 바가지 깨지겠네요."

"난 또 누구라고? 새각시도 나오셨구마이."

"어따, 금동이네는 갈수록 얼굴이 달덩이같이 허옇게 피어나는구먼. 볼그작작 혈색이 돌고 살집도 오동통허니 허여멀쑥한 걸 보니께, 금동이 아재가 요사이 기운께나 써주시는 모양이네 그랴. 으히히."

"미쳤는갑소. 오자마자 별 칙칙헌 소리를 다 듣겠구만이라우, 내 참."

여자들이 공연히 끼득끼득 웃으며 질척한 농담을 던지는 바람에 젊은 금동이네의 귓볼이 살짝 붉어진다.

"하기야 금동이네만 할 때가 좋재. 아직 새각시 같은 호시절 아닌가."

"아유, 내 나이가 몇인디, 아직까장 새각시라요?"

"뭔 소리여? 오뉴월 열무김치도 살짝 삭아야 제맛이 난다고, 남정네 품에 안기는 맛도 지금 자네 나이 때가 진짜 새콤새콤하고 졸깃졸깃할 때라네."

"아암, 그렇고말고. 솔직히 나도 저 나이 때는 날마다 해 저물기만 기다려지더랑께. 하루 왼종일 밭일, 갯일에 허리 다리 어깨가 무너질 것만 같다가도, 밤에 서방한테 한바탕 오지게 시달리고 나면 신통허게도 온 삭신이 나긋나긋 풀리고, 입에서 홍타령이 절로 나오드랑께. 오흐흐훗."

"으마, 홍타령이 잘도 흘러나오기도 했겄다. 이 고약한 여편네. 즈이 서방은 밤낮으로 쟁기질하느라 헛바닥 빠지는 줄은 모르고. 쯧."

"뭔 쟁기질을 밤에도 한다요?"

"아, 온종일 뼈 빠지게 밭을 갈고, 저녁에 집에 돌아와 또 구들장 쟁기질까장 해줄라믄 거, 오죽이나 힘들고 고단허겄냐고. 그리고 보믄, 사내들도 불쌍하지."

입 걸죽하기로 소문난 덕심이네의 말에 빨래터엔 와르르 웃음꽃이 핀다.

"어따, 쟁기질도 다 밭 나름이여! 흙살 기름지고 자갈 한 톨 없는 문전옥답을 쟁기로 밭가는 일이사 무슨 힘이 들간디?"

"아니 그럼, 덕심이 자네가 문전옥답이라는 말씀이여? 허 참, 별일이네. 순전히 탱탱 묵은 자갈밭을 놓고 옥답이니 상답이니 하고 턱없이 어거지를 쓰고 있네."

98

"홍, 사람 무시허지 말어. 하기야 우리 서방님도 하룻밤에 이런 자갈밭 서너 마지기 정도는 너끈히 갈고도 꿈쩍없던 호시절이 있었네만. 이히히."

"어이구, 그쪽 집 양반이사 시방도 꿈쩍없겠등마는. 허리도 꼿꼿허고, 지게에 쌀 한 가마니는 너끈히 지고 다니지 않던가 말이여."

"어메, 그것도 다 옛말이여. 요즘에 쟁기질은 고사하고, 어쩌다 괭이질 한 번씩 해주는 것도 영 시원찮당께."

"여편네야, 정신 차리랑께. 곡괭이는커녕 이빨 빠진 호미질도 감지덕지헐 때가 금방 코앞에 닥칠 것이여."

덕심이네와 건임이네가 서로 지지 않고 주고받는 걸쭉한 입담에 다들 또 한바탕 웃음보따리를 펼친다.

빨래터란 게 본디 여자들만 모이는 곳이라, 으레 잔칫집 마당마냥 시끌벅적 요란스럽다. 그곳에서만은 너나없이 수다스럽고 시끄러워져, 피차 짓궂고 허물없는 얘기까지 주고받기 마련이다. 그러다 보니, 더러 우스갯소리 끝에 얼굴을 붉히고 티격태격 다투는 경우도 없지 않았다. 하지만 그녀들은 섬사람 특유의 거칠고 호방한 기질대로, 얼마 후면 언제 무슨 일이 있었나 싶게 스스럼없이 어울려 다시금 예의 그 걸쭉한 우스갯소리에 함께 배를 움켜쥐곤 한다.

"어, 저기 벌떡녀가 나타나시는구먼."

삼식이네가 좋알거렸다. 과연 벌떡녀가 머리에 대바구니를 인 채 엉덩이를 샐룩이며 다가오는 참이다.

"그거, 쑥 아닌가?"

용팔이네가 한마디 던진다. 벌떡녀 대바구니 속엔 갓 캐낸 연한 쑥 이파리가 제법 그득하다.

"예에, 우리 춘자 아부지가 입이 심심하다고 하길래, 오랜만에 쑥버무리 떡이나 해볼라고요."

벌떡녀는 헤실헤실 웃음을 흘리며 쪼그려 앉는다.

"쑥버무리 떡이라. 어따, 자네는 열녀일세 그랴. 서방님 군입거리 해드릴라고 어느새 쑥을 다 캐왔구먼."

웅팔이네가 짐짓 이죽거렸다. 공연히 아니꼬워서 하는 말인데, 벌떡녀는 속셈도 모르고 낼름 대꾸한다.

"아유, 열녀는 무신. 이런 걸로 열녀 소리를 들을 수 있담사 날이면 날마다 떡을 하겠소."

"허, 그렇다마다. 과연 벌떡녀다운 말씸이시. 안 그래도 밤낮없이 떡을 하니라고 이웃들까장 잠을 못 자게 할 정도니께."

"아니, 웅팔이 어무니. 누가…… 떡을 밤낮없이 뭐, 어쩐다고라우?"

뒤늦게 눈치를 챈 벌떡녀는 얼굴이 샛빨개져서 발끈

화를 낸다.

"세상에! 듣자듣자하니께…… 내가 언제 시끄럽게 합디까? 내가 뭘 어쨌다고 이웃 사람들이 잠을 못 잔단 말이요? 예?"

제법 앙칼스레 따지고 드는 벌떡녀의 반응에 빨래터가 일순 조용해진다. 하지만 물러설 웅팔이네가 아니다.

"어이구, 여장부 하나 나왔네! 나이 묵은 사람이 우스갯소리 한마디 한 걸 갖고 두 눈을 뒤집어 뜨고 대들면 어쩌겠다는 것이여?"

"나이를 묵었으면 점잖게 제 구녕으로 묵어야제. 아무리 손아랫사람이라고 그렇게 함부로 억지소리를 해도 된다요? 예?"

"뭐? 억지소리라니! 여기 있는 사람들한테 한번 물어봐. 한밤중에 '아이고 나 죽겄네' 하고 다 죽어가는 시늉을 하는 걸 이녁 귀로 들은 사람이 한둘인 줄 알어?"

"그건 또 무슨……."

웅팔이네는 한층 크게 떠들어댄다. 목청이 좋아 동네잔치 때마다 유행가며 육자배기로 한가락 하는 그녀다. 그 서슬에 눌렸는지 아니면 뭔가 켕기는 구석이 있는지, 벌떡녀는 금세 말을 더듬거리며 얼른 대꾸를 못 한다.

사실 웅팔이네가 틀린 얘기를 한 건 아니다. 마을 여

자들 사이에선 이미 좍하니 퍼져 있는 소문이다. 벌떡녀에 관한 그 이야기가 참말인지 아니면 그저 입살 사나운 누군가가 짓궂게 과장해낸 것인지는 확실치 않다. 어쨌거나 그것이 맨 처음 흘러나온 건 벌떡녀네 바로 앞집에 사는 용철이네 입에서였다.

**

어느 날, 늦가을이라 제법 쌀쌀한 날씨. 그날따라 초저녁부터 가랑비가 추저추적 흩뿌리고 있었는데, 한밤중 느닷없이 뒷집 쪽에서 괴이한 소리가 담을 넘어 흘러들더라고 했다. 처음 용철이네는 아마도 누군가 고뿔로 몸살이 나서 끙끙 앓고 있는 줄로만 여겼다. 그런데 잠자코 귀를 기울여 들어보니, 아무래도 어딘가 심상찮았다.

"아, 아이구. 나 죽네. 으으⋯⋯ 나 죽어⋯⋯."

분명 벌떡녀의 음성이었다.

때마침 그날은 벌떡녀 남편 두식이가 육지에서 막 돌아온 날이었다. 두식은 옹기 장수였다. 강진 칠량면의 큰 옹기가마에서 그릇을 받아다가 인근 섬 지역을 돌며 팔러 다녔다. 그날도 집 떠난 지 꼬박 달포 만에 돌아온 참이었다.

"으마마. 오랜만에 돌아온 남편하고 무슨 부부싸움을 저리 심하게 하고 있을꼬. 저러다 아무래도 두식이가 즈이 여편넬 때려 쥑이고 말겠네. 어쩌사 쓸꼬이!"

용철이네는 그대로 놔두었다간 무슨 일판이 나고야 말겠구나 싶어 와락 겁이 났다. 그녀는 잠든 남편을 부랴부랴 흔들어 깨웠다.

둘이서 조심조심 벌떡녀네 집 사립문 앞으로 다가가 집 안쪽을 들여다보았다. 그런데 묘한 일이었다. 어찌된 셈인지 안방은 불이 꺼져 있고, 다 죽어가는 듯한 벌떡녀의 고통스러운 신음소리만 여전히 흘러나왔다.

"오메, 별스런 일도 다 있네 그랴. 무슨 부부싸움을 불까지 꺼놓고 저리 험하게 하고 있을꼬……."

그 순간 사립문 너머로 머리를 집어넣고 동정을 살피던 남편이 소리를 빽 질렀다.

"이 방정맞은 여편네! 죽기는 누가 죽어? 가만 들어봐라. 저게 부부싸움이여? 이 음탕한 여편네가 곤히 자는 사람을 끌고 나와설랑 순 바보로 만들고 있네! 에라이!"

남편은 다짜고짜 손바닥으로 그녀의 뺨을 철썩 올려붙이고는 코를 씩씩거리며 집으로 돌아가버렸다. 공짜로 볼때기를 얻어맞은 게 자못 억울하고 분했던지, 용철이네는 다음 날 이웃 여자들에게 그 얘길 부지런히 퍼뜨렸다. 발 없는 소문은 금세 온 동네에 자르르 퍼져 나갔다.

* *

민례라는 엄연한 이름을 놔두고 벌떡녀라는 고약한 별명을 얻게 된 것도 알고 보면 그런 연유에서였다. 실제로 마을 여자들 가운데 벌떡녀를 곱게 보는 이는 거의 없었다. 성깔이 까다롭거나 심성이 고약해서도 아니었다. 오히려 그녀는 지나치다 싶을 만큼 사람들에게, 특히나 사내들에게 사근사근하고 아양스레 구는 게 탈이라면 탈이었다.

여자들이 벌떡녀를 미워하는 까닭도 필시 거기에 있을 터였다. 눈꼬리가 달팽이마냥 간드러지게 휘어진 것이야 부모한테 물려받은 특징이니 누군들 까탈을 잡아 시비를 걸 수는 없었으나, 그런 두 눈을 남자들 앞에서 사르르 내리뜬 채 헤실헤실 눈웃음을 치는 것만으로도 동네 여자들의 부아통을 건드리기엔 충분했다.

실제로 몇 차례 말썽이 있기도 했다. 동네 남정네 누구누구하고 눈이 맞은 것 같더라는 둥 예사로운 사이가 아닌 눈치더라는 둥 소문이 심심찮게 돌기도 했다. 하지만 정작 뚜렷하게 꼬리가 잡힌 적은 아직 없었으므로,

대부분 입에서 입으로 숙덕숙덕 옮겨 다니던 소문도 종
내는 제풀에 슬그머니 가라앉곤 했던 것이다.

"어따, 이제 그만들 좀 해두라고. 춘자 어미가 아무리
속이 좋다제만, 그렇게 너무 놀려대면 쓰겠능가."

귀덕이네가 곁에서 점잖게 나무라는 시늉으로 슬쩍
말머리를 돌렸다.

"어디 좀 보세나. 요즘 쑥에 물이 올라서 맛이 제법 괜
찮을 것이구만."

"그래서 밀가루에다 쑥 조까 넣고 버무리를 해 먹어볼
생각이어라우."

벌떡녀는 어느새 비윗장 좋게도 헤실헤실 웃으며 대
답한다. 그 말에 응팔이네가 다시금 이죽거린다.

"아믄, 자네가 맹근 떡인디, 그 맛이 오죽이나 졸깃졸
깃허겠능가? 안 그래?"

"안 그래도, 우리 춘자 아부지가 떡 먹고 싶다고 애들
같이 어찌나 졸라대는지, 호호."

"어이구, 참 좋기도 하겠네. 이왕이면 화포리 장터에
나가서 떡을 쳐오지 그래?"

"오늘은 그냥 집 마당에서 절구통에 넣고 쳐볼 생각이
어라우."

"마당에서?"

"예에."

옹팔이네는 시침을 뚝 떼고 능청을 부린다. 여자들이 참다못해 고개를 처박고 킥킥거리기 시작했다.

"거참, 참말로 볼만허겠네 그랴. 대낮부터 마당에서 두 내외가 절구통 꺼내놓고 오순도순, 쿵덕쿵덕 신나게 떡을 치는 꼴이 말여!"

기어코 빨래터의 여자들이 다들 허리를 그러안고 데굴데굴 구르며 웃음을 터뜨렸다.

"뭐, 이눔의 여편네가! 아무리 찢어진 주둥이라고, 뭣이 어째?"

뒤늦게 말귀가 트인 듯 벌떡녀가 파르르 몸을 떨며 발딱 일어서서 고함을 쳤다. 물론 고분고분 물러설 옹팔이네가 아니다.

"허, 이 천하의 악물 좀 봐! 주둥이라니! 어디서 배워 묵은 버르장머리여?"

"주둥이가 아니면, 아구지라고 해줄까? 나잇살 처묵은 값을 제대로 하란 말이여!"

"오메, 뭣이 어째야? 이런 순 화냥년이 어따 대고 함부로 삿대질이냐!"

"오오냐. 자알 만났다. 네년이 그런 새빨간 거짓말을 동리에 퍼뜨리고 다니는 줄 내가 진즉부터 알고 있었다.

어디 한번 대봐라! 네 눈깔로 내가 화냥질하는 걸 봤더
냐? 응?"

벌떡녀가 팔뚝을 걷고 와락 덤벼들었다. 응팔이네도
재빨리 열 손가락을 펴들고 머리채를 쥐어뜯을 자세를
취했다. 놀란 아낙네들이 한꺼번에 달려들어 두 여자를
간신히 뜯어말리는 데 성공했다. 덕분에 두 여자의 머리
털은 무사히 붙어 있게 되었지만, 그녀들은 한동안 고함
소리와 험악한 욕지거리를 사납게 퍼부어대며 서로 으
르렁거렸다.

이날의 사건은 그걸로 그치지 않았다. 그날 저녁, 응
팔이네와 벌떡녀 집에선 똑같이 한바탕 소란이 벌어졌
다. 여편네들이 할 일 없이 몰려다니면서 동네방네 창피
스럽게 싸움질이나 하고 다닌다며, 응팔네 아버지와 춘
자네 아버지가 각기 여자들을 고양이 쥐 잡듯이 한바탕
혼찌검을 내주었던 것이다.

6. 약산 할멈의 기둥뿌리

"아이고, 이 양반이 어째 또 이러신다요? 주책없이!"

젖가슴을 더듬는 영감의 손을 팔꿈치로 힘껏 내지르면서 약산 할멈은 잠결에 빽 소리를 질렀다. 제 목소리에 소스라치게 놀라 번쩍 눈을 떴다. 꿈이었다. 좁은 방 안은 숯덩이 같은 어둠이 가득 차 있었다.

할멈은 무심코 손을 뻗어 옆자리를 더듬어보았다. 하지만 손에 잡히는 건 눅눅하고 퀴퀴한 냄새 풍기는 빈 이부자리뿐이다. 이내 약산 할멈의 가슴속에서 휘잉, 한 줄기 쓸쓸한 바람이 맴돌다 사라졌다.

"으마, 내가 시방 뭔 짓이라냐. 이미 죽은 영감이 어찌 곁에 누워 있을 거라고 원. 나도 갈 때가 다 되었능갑다이……."

할멈은 아무것도 잡히지 않는 허망한 손을 슬그머니 움츠리면서 혼자 뇌까렸다. 여러 해 전에 세상을 떠나, 지금은 집 건너편 밭 가운데 홀로 누워 있는 영감의 꿈이었다. 여느 때처럼 영감은 또 꿈속에서 할멈을 찾아왔던 거였다.

"참말 얄궂은 일도 다 있제. 어쩌면 그리도 생시에 하던 거맨키로 영락없이 똑같을꼬."

영락없게도 영감은 슬금슬금 곁으로 다가와 가슴을 더듬었고, 할멈은 꿈결에도 화들짝 놀라 그 손길을 짐짓 매몰차게 뿌리치고 말았던 것이다. 세상에, 그것이 꿈이라니…… 젖가슴에 역력히 전해져오던 그 저릿하고 아릿한 손가락의 감촉이 고작 허튼 꿈속의 일이었다는 사실이 도통 믿기지 않았다. 마냥 아쉽고 억울하기만 했다.

이즈음 들어 약산 할멈은 부쩍 외로움이 짙어진 느낌이었다. 텅 빈 오막살이집이 넓고 휑해 보이고, 아무도 찾아오는 이 없이 혼자 지새우는 밤은 견딜 수 없도록 누군가의 체온이 그리웠다.

가령 앞산 너머로 탐스러운 엉덩이를 드러낸 달님이 휘영청 떠오르는 가을밤이라든지, 백설기 같은 송이눈이 난분분 흩날려 쌓이는 그윽한 겨울밤, 혹은 팔다리가 녹작지근하게 풀려오는 춘삼월 봄날에 뒷산 머슴바위 근처에서 소쩍새란 놈이 영락없이 누구랑 입을 맞춰대는 시늉으로 쪽쪽쪽 하고 울어대는 밤 같은 때는 더욱 그러했다.

그럴 때면 약산 할멈은 까닭 모르게 맘 한구석이 싱숭생숭 뛰놀고, 쭈글쭈글한 아랫배 언저리가 바람이라도 든 것처럼 허전해와, 좀체 잠을 못 이루고 한밤중에 일어나 혼자 마당을 서성거리곤 했다.

"아무라도 있었으면. 그저 누구라도 곁에 누워 있어주기만 했으면. 그래서 나 아닌 다른 사람의 숨소리라도, 기침 소리만이라도 들을 수 있었으면⋯⋯."

그렇게 혼자 뇌까리며, 할멈은 밤 깊어 인적도 불빛도 없는 마을 쪽을 멍하니 내려다보기도 했다. 그러다 끝내 외로움을 견딜 수 없게 되면, 별안간 오줌 마려운 사람처럼 아랫배를 그러쥔 채 방 안으로 뛰어 들어갔다. 그리고 영감이 생전에 쓰던 베개를 껴안고 후두둑 방바닥에 쓰러져버리고 말았다.

잘 여문 수수 알곡으로 속을 채워 넣은 그 베개엔 영감의 체취가 고스란히 배어 있었다. 그걸 가슴에 꼬옥 안고 있노라면, 신통하게도 내내 허전하던 사지가 아슴

아슴 풀리면서 마음이 한결 편안해지는 거였다.

＊＊

할멈은 나이 열일곱에 낙일도로 시집을 왔다. 완도군 약산도가 친정이었으므로 사람들은 할멈을 약산댁 혹은 약산 할멈이라 불렀다.

열일곱 새색시 시절부터 예순한 살에 홀몸이 될 때까지, 할멈은 영감 앞에서 숨 한번 크게 쉬어보지 못한 채 평생을 살아왔다. 불에 달군 인두처럼 급하고 괴팍스럽기 이를 데 없는 영감의 성깔을 받아주느라고, 약산 할멈은 평생 남모르게 고생을 치러야 했다.

그런데 한 가지, 그 성깔 고약한 남편도 잠자리에서만은 그녀의 고집을 꺾지 못했다. 남편은 타고난 약질이었으므로, 그녀 쪽에서 먼저 가능한 한 남편과의 잠자리를 피하려고 애를 썼던 것이다. 살을 붙이고 사는 정이 없어서가 아니었다. 행여 남편의 건강을 해치게 될까 봐 두려워서였다.

"애야, 새악아, 네 남편은 너도 보다시피 몸이 방아깨비맨키로 허약해놔서, 한시라도 마음을 써서 보살펴주지 않으면 안 된다이. 저 사람이 천수대로 사느냐 마느

냐는 오로지 새각시인 너한테 달렸다이. 그러니께 내 말인즉슨, 잠자리를 너무 자주 가찹게 하지 말어라 이거여. 알아듣겄지야?"

시집온 이튿날, 호젓이 불러 앞에 앉혀두고 시어머니가 넌지시 다짐을 받던 말이 바로 그것이었다. 때문에 정작 마음은 불덩이 같으면서도, 남편이 초저녁부터 슬그머니 손을 건네는 것조차 한사코 매정스레 떨쳐내며 살아왔던 그녀였다.

그런데 오늘 밤은 영감도 뭔가 솔깃하니 생각이 당겼던 것일까. 비록 혼백으로나마 찾아온 영감을 생시의 버릇대로 그토록 맵차게 거절해버린 자신의 소행이 할멈은 뒤늦게 괘씸하고 후회스러울 뿐이었다.

할멈은 쪽문을 열고 툇마루로 기어 나왔다. 마루 밑에 놓아둔 요강을 꺼낸 다음 엉덩이를 까고 그 위에 걸터앉아 오줌을 누었다. 건너편 산등성이 위로 쪽박 같은 달이 덩그라니 떠올라 있었다. 그 아래쪽 산기슭엔 대대로 물려받아온 묵정밭이 있었고, 영감의 무덤은 바로 그 밭 한가운데 들어앉아 있었다.

할멈은 요강 위에 걸터앉아 흐린 눈을 연신 끔벅였다. 하지만 매정한 할망구를 원망하며 지금쯤 산길을 힘없이 걸어 되돌아가고 있을지도 모를 영감의 혼백은 어둠

속에서 보이지 않았다.

하기야 살아 있는 내 심정이 이럴 때, 그 캄캄하고 축축한 땅 밑에서 허구한 날 흙냄새 맡으며 드러누워 있는 영감의 속이야 오죽할까. 얼마나 외롭고 적적했으면 한밤중 꿈속에서까장 이 할망구를 찾아올 생각을 했겠는가 말여.

"에이구, 내가 미친년이여 참말로! 그냥 모르는 척허구 가만히 자빠져 있을 것을. 어째서 내가 그리 방정을 떨었을꼬. 오메에, 불쌍한 우리 영감. 쯔쯔쯔."

이젠 말라붙어 쭈구렁박이 다 된 젖퉁이를 손으로 가만히 쓸어보며, 약산 할멈은 아쉽고 안타까워서 헛바닥을 찼다. 다시 방으로 돌아와 누웠지만, 한번 달아나버린 잠은 아무래도 되돌아올 성싶지 않았다. 텅 빈 집 안은 스산하고 쓸쓸하기만 했다.

할멈은 영감과의 사이에 아들 하나 딸 하나를 두었다. 대대로 손이 귀하고 남자들의 명이 짧은 집안에서 그나마 모처럼 풍성한 자식 농사였으므로, 일찍이 과부가 된 시어머니는 죽는 날까지 며느리의 공로를 치하해 마지않았다.

약산 할멈은 딸을 일찌감치 육지로 시집을 보냈다, 지금은 사위가 강원도 어느 탄광에서 곡괭이질을 하여 먹고사는 모양이었으나 소식 왕래가 뜸했다. 아들은 저도 이제 곧 손자 볼 나이가 되어감에도, 배운 것 없이 서울로 나간 지 수십 년이 되도록 여태 집 한 칸 없이 단칸방에서 아이들까지 일곱 명이 한데 오글오글 모여 살고 있었다. 그런 처지에도 아들은 제 어미더러 서울로 올라와 함께 살자는 말은 빼먹지 않았다.

약산 할멈이 한사코 고집을 피워 시골집에 주저앉고만 까닭은 영감 때문이었다. 영감 혼자만 고향 흙속에 뎅그러니 남겨둔 채로 차마 떠날 수가 없어서였다. 안 그래도 영감은 꿈속에서 사흘이 멀다 하고 할멈을 찾아오는 참이었으니까. 만약 할멈 자신마저 훌쩍 섬을 떠나버리고 나면, 가엾은 영감의 혼백은 밤마다 빈집을 찾아와 사립문을 흔들어보다가 힘없이 되돌아갈 게 틀림없다는 생각이 들었다.

생각하면 장작개비같이 재미없고 까칠하기만 한 영감이었다. 생전에도 영감은 꼭 이랬다.

"어디서 이렇게 늦으셨수."

"흥, 여편네가 그런 것까지 알아서 뭣 할라구?"

밤늦게 사립으로 들어서는 걸 보고 반기는 할멈에게 영감은 맨날 뚝배기 깨지는 소리로 퉁명스럽게 쏘아붙이고는 툇마루에 털썩 주저앉거나 안방으로 문을 탁 닫고 들어가버렸다. 그런데 이즈음 꿈속에서도 영감은 그렇듯 생시와 똑같은 모습으로 불쑥 나타났다가 사라지곤 했다. 그럼에도 약산 할멈은 예나 지금이나 그런 멋대가리 없는 영감이 반갑기만 할 뿐 조금도 서운치가 않았다.

"영감, 외롭고 적적허드라도 쬐금만 참고 기다리시구랴. 내 금방 뒤따라 영감헌티 갈 텐께라우."

마치 영감 곁에 눕기라도 한 양, 할멈은 혼자서 이야기를 주고받았다. 그리고 동이 부옇게 터오기 시작할 무렵에야 잠이 들었다.

**　**

아침이었다.

여느 때처럼 부엌에 혼자 쪼그리고 앉아 식은 밥알을 억지로 흐물흐물 씹고 있노라니, 고개 너머 화포리에 사는 조카며느리가 불쑥 마당으로 찾아들었다.

"아유, 고모님 혼자 쓸쓸하게 진지를 들고 계시구마이."

"어따, 너가 무신 일이냐. 이렇게 아침부터?"

"고모님도 차암. 지난번 장날에 나랑 약속하신 거 잊

그 섬에 가고 싶다　　　　　　　　　　　　　　　　　　115

어묵었능갑소. 오늘이 주일날이랑께는?"

생글생글 웃음을 흘리는 젊은 조카며느리의 얼굴을 멍하니 건네다 보던 약산 할멈은 그제야 눈치를 챘다. 진즉부터 예배당엘 함께 나가자며 어지간히 쫓아다니던 아이였다. 지난번 반 어거지로 승낙을 했더니만, 기어코 여기까지 찾아온 거였다.

"글씨, 그런디 말이다. 어따, 나는 아직까장 맘이 썩 내키지가 않아야. 생전에 우리 영감은 예수쟁이라믄 펄쩍 뛰었는디……."

"고모님도 참. 돌아가신 고숙님은 물론이고 고모님도 담에 천당 가셔야지요. 그래야 두 분이 천당에서 오손도손 사실 것 아닌갑네. 하나님 믿고 기도하면 참으로 큰 축복을 받어라우."

"허기사, 따지고보믄 우리 조선 사람들도 다들 하늘님 이사 믿제이. 아, 하늘에서 비도 내려주고 햇볕도 내려 준께로 우리가 농사짓고 물고기도 잡아서 묵고살 수 있는 것인께. 그렇지마는, 아무래도 내 맘이……. "

"하늘님 말고 하나님이란께는! 하여간 오늘은 꼭 나 따라서 교회에 갑시다. 얼른 일어서시란께요, 고모님."

조카며느리의 성화에 못 이겨 약산 할멈은 결국 고개를 넘어 교회당까지 따라나섰다. 화포리에 교회가 생긴

건 오래전이었다. 할멈은 여태 단 한 번도 그 수상한 집엔 기웃거려본 적이 없었다. 특히나 그녀의 마을 사람들 대부분은 예수쟁이라면 무슨 머리 둘 달린 뱀이나 되듯 싫어했다. 교회니 뭐니 하는 것은 동리 수호신인 당집 신령님을 욕되게 하고 해롭게 하는 존재쯤으로 여기는 터였다.

화포리 교회당에 들어서는 순간까지도 할멈은 마음이 영 꺼림칙했다. 그런데 젊은 전도사와 신도들이 하나같이 반갑게 맞아주는 바람에 조금 마음이 놓였다. 또 찬송가라나 뭐라나 하는 신식 노래는 어렵고 알쏭달쏭했으나, 풍풍 눌러대는 풍금 소리만은 무척 신기하고 듣기에 좋았다.

기도를 올릴 때였다. 그냥 남들 하는 대로 눈을 감고 양 손바닥을 모은 채 마음속 소원을 말하면 된다고 조카며느리가 가르쳐주었다. 할멈은 시키는 대로 그렇게 했다.

"하늘님. 저어, 혹시래도 어디 지나댕기실 때 우리 집 영감이 눈에 띄거들랑, 부디 잊지 마시고 꼭 극락으로 찾아가라고, 영감한테 길을 일러주십시요이. 아, 그 주책없는 영감이 어째선지 저승으로 돌아갈 생각은 안 하고, 밤마다 집으로 찾아오는 통에 참말로 걱정스럽구만이라우.

아무쪼록 대자대비하신 하늘님께서 우리 영감님을 꼭 선처해주십사, 저가 이렇게 간절히 빌고 빕니다요."

집으로 돌아오는 길에, 조카며느리는 할멈의 기도 얘기를 듣자마자 한참을 박장대소했다. 그리고 하나님께서 그 소원을 듣고 반드시 고모부를 천당으로 인도해주실 거라고 장담을 했다. 그 말에 할멈은 마음이 꽤나 흡족했다. 그래서 내친김에 앞으로 예배당에 열심히 나가겠노라는 약속까지 덤으로 해주고 말았다.

바로 그날 밤.

어찌된 셈일까. 죽은 영감이 또다시 꿈속으로 불쑥 찾아왔다.

"어따메, 내가 그렇게 기도를 바치고 부탁을 했는디, 하늘님이 깜박 잊어부렀능갑네. 어째사 쓸꼬이!"

약산 할멈은 황황히 마당으로 나가 사립문을 열었다. 뜻밖에 이날 밤 영감은 무섭게 화가 난 얼굴이었다. 한쪽 손에 들린 흉측한 도끼를 보고 할멈은 깜짝 놀랐다.

"워메, 영감! 왜, 왜 이런다요?"

영감은 대꾸도 없이 마당으로 성큼 들어서더니 마루를 향해 부르르 달려갔다. 그리고 다짜고짜 도끼를 치켜들더니 집 기둥뿌리를 쿵, 쿵, 내리찍기 시작했다. 할멈은 기겁했다.

"아이고메! 집 무너지겄네! 무, 무신 짓이다요. 대관절 왜 이러요!'

하지만 영감은 소맷자락을 붙잡는 할멈의 손을 사납게 뿌리쳤다. 그리고 미친 사람처럼 쿵쿵 도끼질을 계속했다.

"아이고, 영감! 잘못했소. 내가 잘못했어라우!"

영문도 모른 채 할멈은 영감 바짓가랑이를 붙잡고 철버덕 주저앉았다. 왜 이런다요. 왜 이래요. 손바닥 발바닥을 싹싹 비벼대며 울다가, 할멈은 제 울음소리에 놀라 퍼뜩 눈을 떴다. 꿈이었다.

며칠 후, 아침 일찍 조카머느리가 다시 찾아왔다. 주일이라 교회당에 모시고 가겠다고 했다. 아궁이에 불을 지피고 있던 할멈은 짐짓 외면한 채로 고개를 절레절레 흔들었다.

"안 갈란다! 예배당 얘길 꺼낼라믄 앞으로 애당초 찾아오지도 말어라."

"예에? 그게 시방 무신 소리다요?"

"안 간당께. 내 눈에 흙이 들어가기 전까지는 절대 안 갈 것이여."

"고모님. 무신 일이 있었소?"

마침내 할멈의 입에서 땅이 꺼질 듯 무거운 한숨이 흘

러나왔다.

"와이고오, 말도 말거라. 요 며칠 그 고집불통 영감 손에 내 다리 몽뎅이가 몇 십번이나 부러지고 박살이 났는지 알기나 해? 그 영감탱이가 날 보고 황 씨 집안 기둥뿌리를 뽑아 묵을 여편네라고, 거 뭣이냐, 제사도 안 지내고 조상님께 절도 못 하게 하는 것들이 짐승이지 사람이냐고…… 아이고. 그러니께, 예수 귀신을 이 집에 불러들일 생각은 꿈도 꾸지 말라고, 안 그러믄 자기 손으로이 집 기둥뿌리를 도끼로 잘라버릴란께 그리 알라고, 아주 호랑이맨키로 무섭게 화를 내더란 말이여. 세상에! 내가 그런 영감의 고집을 어찌 꺾고 배겨낼 도리가 있겠냐? 응?"

부지깽이를 쥔 할멈의 얼굴에 수심이 가득했다. 조카며느리는 입을 딱 벌린 채 말이 없었다.

7. 곱사등이 별

인간은 모두 어디에서 온 것일까.

세상을 향해 조금씩 눈이 열리기 시작할 무렵, 그것은 내 마음속에 싹을 틔운 첫 번째 수수께끼였다.

내 나이 다섯 혹은 여섯 살이었을까. 어쩌면 그보다 훨씬 이전이었는지도 모른다. 미끈미끈한 양수를 온몸에 뒤집어쓴 채 어머니의 몸을 빠져나와 이 행성에 처음 얼굴을 드러내던 바로 그 순간에 마주친 최초의 의문.

내가 태어난 건 한낮이었다. 햇빛은 환하다 못해 창끝처럼 날카롭고 강렬했으며 섬 앞바다의 물결은 비단결처럼 부드럽고 아늑했다. 이유는 알 수 없지만, 내 두 눈은 태어날 때부터 절반쯤 열려 있었다고 한다. 거 참, 신통한 일도 다 있구마이. 어른들은 다들 놀라 탄성을 질렀다.

그날 내 눈에 처음 들어온 풍경은 눈부신 햇살로 가득 찬 하늘과 땅이었다. 내 콧속으로는 짭짤한 갯내와 해초 냄새가 흘러들고, 두 귀는 숲속 솔가지를 스치는 바람 소리며 마을 앞 해변을 가만가만 핥는 파도 소리를 감지했다. 물론 고통과 안도감이 뒤섞인 어머니의 숨소리와 할머니의 희열에 찬 탄성도 함께였다.

출생의 순간, 나는 완전히 지쳐 있었다. 생경한 빛과 소리와 냄새가 안겨준 두려움 때문에 난 첫 호흡마저 잊어버릴 정도였다. 이윽고 할머니의 거친 손바닥이 내 엉덩이를 찰싹 두들겼을 때 비로소 아앙, 울음을 터뜨릴 수 있었다. 그건 마침내 지구에 도착했음을 알리는 응답이었을 뿐, 결코 환희의 감탄사 따위는 아니었다. 나는 그저 마냥 두렵고 서럽기만 했던 것이다.

그 서러움의 정체는 무엇이었을까. 눈앞에 펼쳐진 이 낯선 행성에서의 예정된 삶과 시간에 대한 어떤 불길한 예감이었을까. 아니면 내가 이제 막 떠나온 세계—조금 전까지 나를 품어 안아주었던 저 아늑하고 포근한 세계를 향한 그리움과 안타까움 때문이었는지도 모른다.

어머니의 몸을 빠져나와, 그 이름 모를 섬의 후미진 골짜기에 작은 몸뚱이를 처음 내려놓았을 때 나는 또렷이 깨달았다. 그 낯익은 세계로 다시는 영영 되돌아갈 수 없으리라는 사실을. 그곳의 평화와 사랑스러움과 따뜻함 대신, 이 낯선 행성에서 미지의 시간과 운명을 내 몫으로 고스란히 받아들여야 한다는 걸.

놀랍게도 나는 방금 떠나온 그 낯익은 세계를 전혀 기억하지 못했다. 누군가 내 기억의 서랍을 통째로 훔쳐 달아나버린 것만 같았다. 슬픔과 절망에 사로잡혀 나는 바락바락 울기 시작했다. 그때부터 나는 울보가 되었다. 아무리 달래어도 포대기 속에서 대책 없이 마냥 울고 또 울어대는 이상한 아이.

난 고향으로 돌아가고 싶었다. 두고 온 고향의 기억을 되찾아야만 했다. 그렇지 않으면 그 고향을 영원히 잃고 말리라는 두려움에 나는 안타까움과 하소연을 담아 서럽게 울어대었다. 하지만 어머니는 그때마다 당신의 젖꼭지로 내 입을 간단히 틀어막아버렸다. 그리하여 매정한 어머니의 젖꼭지를 하릴없이 빨면서 나는 깨달았던 것이다. 내 고향에 대한 수수께끼는 당분간 혼자 가슴속에 묻어놓아야 한다는 걸.

그때부터 나는 말을 배우기 시작했다. 두 무릎으로 기

는 법, 두 발로 땅을 딛고 걷는 법, 땅 위를 달리는 법까지 차례로 성실하게 배워 익혔다. 마침내 인간의 말을 다 배웠다고 믿었을 무렵, 난 겨우 다섯 살이었다.

내 눈에 비친 세상의 온갖 사물들은 모조리 의문투성이였다.

꽃은 왜 피어날까. 바람은 어디서 윙윙 불어오고, 돌멩이는 왜 땅바닥을 굴러다닐까. 풀잎은 어째서 똑같이 푸른 색깔일까. 왜 여자들은 치마를 입어야만 하고 남자들 턱밑엔 고슴도치 털이 돋아날까. 손톱 발톱은 살일까 아니면 뼈일까. 냄새나는 검은 진흙 속에서 굼실대는 지렁이를 향해 힘껏 오줌을 갈기고 나면, 어김없이 그날 밤 내 고추가 퉁퉁 부어오르면서 아파오는 까닭은 무엇일까…….

그런 온갖 생뚱맞은 의문들 가운데 일부는 훗날 학교에서 선생님이 가르쳐주었다. 비는 구름이 변해 땅으로 떨어지는 거란다. 바다가 매일 두 번씩 들고 나는 까닭은 달의 인력 때문이고, 올챙이는 뒷다리부터 먼저 생겨난단다…….

그럼에도 여전히 풀리지 않는 의문들은 수백 수천 가지나 남아 있었다. 고양이와 송아지, 꽃과 나비, 돼지와 염소, 낙지와 꽃게, 문어와 고둥, 분꽃과 맨드라미, 굴뚝

새와 땅강아지, 방아깨비와 올빼미, 때때시 벌과 잠자리…… 그리고 무엇보다도 지구상의 이토록 많은 인간들이란 대체 어디에서, 어떻게, 무슨 목적으로 이곳을 찾아온 것인지, 그 누구도 내게 가르쳐주지 않았다.

**

어느 날이었다. 유난히도 뜨거운 8월의 해가 산 너머로 사라지고 난 저녁. 우리는 늦은 밥상을 물리고 나서, 마당에 평상을 내놓고 식구들끼리 모여 앉아 땀을 식히고 있었다.

그 무렵 우리 집 식구들은 두 패로 나뉘어 따로 생활하고 있었다. 새로 구한 직장 때문에 아버지는 어머니와 큰누나, 큰형 그리고 남동생을 이끌고 육지에서 셋방을 얻어 살았다. 대신 섬의 조부모 밑에 남겨진 것은 작은누나, 작은형, 나, 그렇게 셋뿐이었다.

문득 사립 쪽에서 할머니의 기척이 들렸다. 할머니는 저녁상을 치우자마자 옆집을 들여다본다고 나간 참이었다.

"아이구, 어째야 쓸꼬. 검단네도 참말, 복이라곤 지지리도 없는가 봐. 쯔쯔쯔."

할머니는 한껏 어두운 얼굴로 평상에 털썩 주저앉았다. 검단네는 이웃집 반임이의 엄마였다. 낯빛이 가무잡잡한 그녀는 추자도에서 시집을 왔다고 했다. 검단네는 딸만 하나 낳은 과부였다. 전쟁 때 육지 어딘가로 끌려가 총에 맞아 죽었다는 반임이의 아버지를 나는 본 적이 없었다. 내가 태어나기 훨씬 전의 일이었으니까. 할아버지가 물었다.

"왜. 그 아일 들여다보긴 했능가? 병세가 어떻든고?"

할머니는 고개를 저었다.

"아무래도 틀린 거 같어라우. 숨은 간신히 꼴딱꼴딱 쉬는디, 눈도 못 뜨고 아예 인사불성입디다. 손발을 만져봤드니, 그새 피가 식어가는 눈치여라우. 오늘 밤을 넘기기나 할라는지 원. 쯔쯔쯔."

"허 참, 검단네가 불쌍해서 어쩔꼬. 자식이라곤 그거 딱 하나뿐인디, 이젠 그 아이마저 잃게 생겼으니……."

"그러게요. 차라리 애당초 생겨나지 않았으면 좋았을 것을. 에이구. 몸뚱이가 젓가락마냥 앙상하니 말라가꼬, 촛불같이 가물가물 꺼져가는 모습이 어찌나 가련하고 불쌍한지 원."

"검단네는 어떻든가?"

"어쩌기는요. 그걸 품에 부둥켜안고 아예 혼이 빠져서

허수아비 꼴로 앉아 있습디다."

할머니는 연신 혀를 찼다.

"할마이, 참말이라우? 반임이가 죽는다고요?"

누나가 별안간 겁먹은 목소리로 물었다.

"쉬잇, 아이들은 그런 소리를 하면 안 된다. 너희들은
그냥 모르는 척하고 있거라이."

부채를 흔들어 모기를 쫓아내면서 할아버지가 낮은
목소리로 꾸짖었다. 형은 어느 틈에 할아버지 무릎을 벤
채 잠들어 있었다.

"흐유. 사람 산다는 일이 대관절 뭣인지……."

할머니가 혼잣말로 뇌까렸다. 그 곁에서 누나는 양 무
릎을 세우고 조용히 앉아 있었다. 금방이라도 울음이 쏟
아질 듯한 표정이었다.

'죽는다고. 반임이가…… 꼽새, 낙타등, 반임이가…….'

나도 슬그머니 할머니 무릎을 베고 누웠다. 그리고 새
우처럼 몸을 웅크린 채 누나처럼 뭔가 생각을 모아보려
고 애썼다. 하지만 눈앞에 맨 먼저 떠오른 것은 색색으
로 물들인 종이 고깔들로 알록달록 꾸며진 꽃상여였다.

어어허어이 어어허어라, 나는 가네 나 떠나가네

북망산천 머나먼 길, 이제 가면 언제 다시 올까나

나는 가요 나 홀로 떠나가요, *어어허어이 어어허어
라……*.

어른들의 구슬픈 노랫소리와 함께 동구 밖을 벗어나
뒷산 비탈길을 흔들흔들 올라가는 꽃상여가 눈앞에 떠
올랐다. 그 화려한 꽃상여 안에 반듯이 눕혀진 반임이의
모습, 그리고 그녀의 등 한가운데 불룩 솟은 그 흉하고
기이한 혹 덩이의 모습도…….

**

반임이는 태어날 때부터 꼽추였다. 꼽새. 낙타등. 동
네 아이들은 누구나 반임이를 그렇게 불렀다.
반임이는 학교에 다니지 않았다. 아무도 그녀의 진짜
나이를 알지 못했다. 열 살, 아니 진짜는 열여섯 살이라
는 말도 있었다. 내 키보다 작은 걸 보면 열 살이 맞을 성
싶지만, 누렇게 병색이 도는 낯빛이며 한없이 어둡고 슬
퍼 보이는 눈, 또 기이하리만치 가늘고 길쭉한 팔다리를
보면 열여섯 살이란 말이 진짜 같기도 했다. 어쨌거나
우리들보다 나이가 훨씬 많은 게 분명했다. 그럼에도 어
째선지 아이들은 너나없이 반임이를 어린아이라고 믿고

있었다. 그 누구도 그녀를 누나, 언니라고 부르지 않았다. 나도 마찬가지였다.

"니들, 그거 알아? 곱사등이는 원래 나이를 안 먹는다 드라. 백 년이 지나도 아이 모습이라여."

언젠가 한 아이가 그렇게 말했다. 놀랍고 신기했다. 우리는 다들 그 말을 믿었다. 그러고 보니, 반임이의 키는 몇 해가 지나도 매양 그대로인 것 같았다.

반임이는 집안에만 틀어박혀 지냈다. 하지만 나는 이 따금씩 반임이를 볼 수 있었다. 우리 집과 반임이네 집은 한 골목에 있었으니까. 무더운 여름 한낮 같은 때, 그 집 뒷마당 감나무 그늘에 혼자 나와 앉은 반임이의 모습은 한 마리 매미처럼 조그맣고 가냘파 보였다.

지난해 겨울.

골목을 지나던 우리는 열린 사립문 틈으로 우연히 반임이를 발견했다. 마당 양지쪽 담장 아래서 그녀는 혼자서 병든 닭처럼 몸을 웅크린 채 가만히 앉아 있었다. 해바라기를 하던 참인지, 얼굴이 하늘로 향해 있었다. 울타리 뒤에 숨어 우리는 그 모습을 훔쳐보았다.

"저거 봐. 꼽새가 시방 뭘 하고 있냐?"

"햐아, 모래를 씹어 묵고 있는 중이네."

"모래를?"

우리는 놀란 눈으로 용식이를 쳐다보았다.

"바보들, 자연 시간에 안 배웠냐? 닭은 뱃속에 밥통이 두 개씩 달려 있단 말이다. 모이주머니랑 모래주머니. 왜냐면 닭은 이빨이 없응께로, 모이를 삼킨 다음에 모래주머니로 잘게 부숴서 소화를 시킨단 말이여. 그래서 꼽새도 모래를 먹고 있는 거랑께."

"그러믄, 저 혹 안에 모래가 들어 있는 거 아니까?"

"맞다! 모래주머니가 틀림없당께."

뜻밖의 비밀을 알아낸 우리는 잔뜩 흥분해서 수군거렸다. 바로 그때 반임이가 흠칫하며 이쪽을 돌아보았다. 용식이가 냉큼 흙 한 줌을 집어서 마당 안쪽을 향해 힘껏 흩뿌렸다.

"꼽새야! 모래 한번 먹어봐라. 구구구. 꼬꼬댁!"

화들짝 놀라 일어서려던 반임이의 몸뚱이가 한순간 땅바닥으로 맥없이 허물어져버렸다. 햇살 때문에 눈앞이 깜깜해진 모양이었다. 그걸 보고 우리는 또 한바탕 낄낄거렸다.

"구구구. 구구우우. 꼬꼬댁 꼬꼬."

"반임아, 모래 먹어봐. 얼른 먹으란께!"

용식이는 아예 마당 안으로 들어가 모이를 뿌려주는 시늉까지 했다. 그 순간 누군가 마루로 우르르 달려 나오는 소리가 났다.

"이 나쁜 놈들. 거기 가만 있거라!"

검단네 아줌마였다. 간이 철렁 내려앉았다. 우리는 걸음아 나 살려라 하고 정신없이 도망치기 시작했다.

그 기억이 떠오르자 나는 마음이 한층 무거워졌다. 뒤늦게 반임이와 검단네 아줌마한테 미안하고 죄스러운 마음이었다. 반임이의 작은 몸뚱이와 창백하고 야윈 얼굴이 자꾸 눈앞에 떠올랐다. 할머니 무릎에 누워 나는 말없이 밤하늘을 올려다보았다. 오늘따라 유난히도 많은 별이 한꺼번에 쏟아져 나와 저마다 은빛 지느러미를 흔들며 반짝반짝 헤엄쳐 다니고 있었다.

"할마이."

"으응."

"나는 어디서 생겨 나왔어?"

불현듯 내 입에서 그 말이 툭 튀어나왔다. 할머니는 잠시 내 얼굴을 물끄러미 내려다보았다.

"우리 철이가 어디서 생겨났느냐고? 가만있자. 엄마 배꼽에서 생겨났다고, 할마이가 저번에 말해줬던 거 같은디?"

맥이 빠지는 기분이었다. 그까짓 거야 당연히 나도 안

다. 온 세상 아이들은 너나없이 엄마 배꼽에서 나온다는 사실을 모르는 바보가 어디 있겠는가. 그 비밀을 안 뒤부터 난 어머니의 배꼽을 유심히 훔쳐보곤 했다. 냄비 꼭지와 달팽이를 닮은 그 작고 이상한 구멍을 통해 아이가 어떻게 빠져나올 수 있는지 미심쩍긴 했지만, 필시 어른들에겐 꼬마들은 모르는 신통한 재주가 있을 터였다.

"아니, 엄마 배 속 말고. 그보다 훨씬 전에 나는 어디서 살고 있다가 왔으까?"

"오라. 우리 철이가 어디 숨었다가 이 세상에 왔느냐고? 글쎄다. 대체 어떤 세상에서 살다 여기까장 용케 찾아왔을꼬?"

살랑살랑. 내 얼굴에 부채 바람을 보내며 할머니는 빙긋이 미소를 지었다. 밤하늘을 올려다보며 뭔가 한참 생각하는 눈치였다.

"맞어. 우리 철이는 말이다. 예전에는 저어기, 아주 멀고 먼 하늘나라에서 살고 있었단다."

"하늘나라에? 별들이랑 함께 말야, 할마이?"

나는 깜짝 놀라 손가락으로 하늘을 가리키며 소리를 질렀다. 정말이지 너무나 놀랍고 신비한 대답이었다. 한순간 나의 양쪽 귓바퀴가 달팽이의 그것처럼 머리 위로 쑤욱 하고 엄청나게 부풀어 오르는 느낌이었다.

"아암, 그렇다마다. 우리 철이도 별이었단다."

"참말로? 내가 진짜 별이었어?"

"그러엄. 별 중에서도 제일 크고 또록또록하니 여문 별이었제."

"와아, 그럼 할마이는? 엄마랑 누나랑도 다 별이었어?"

"엄마도 누나도 다들 이쁘고 얌전한 별이었고말고. 우리 동네 사람들도 모두 다 그랬단다. 그때도 이 할마이는 이빨 빠진 쭈그렁 별이었지만 말여. 오흐흐."

할머니를 닮은 별? 이가 없는 별이라니, 참말 우습고 이상한 별이지 뭐야. 나와 누나는 덩달아 깔깔거렸다.

그런데 그게 전부가 아니었다. 할머니는 더욱 놀라운 비밀을 가르쳐주었다.

"악아, 내 귀한 손자들아. 사람은 말이다. 한때는 모두가 너나없이 별이었단다. 저 한없이 넓은 하늘에서 다들 높고도 귀하게 떠서 반짝이다가, 어느 날 차례대로 하나씩 땅으로 내려와선 제각기 사람 모습을 하고 태어나는 법이란다. 그래서 어떤 별은 부잣집에 태어나고, 또 어떤 별은 가난하고 궁색한 집 처마 밑에서 생겨나기도 한단다. 서울이나 목포 같은 도시에 내려오는 별도 있고, 우리처럼 이렇게 아주 쬐그맣고 바람 많은 섬을 찾아서 내려오는 별도 있는 법이여…… 그러니까 이 세상에 많고 많은 사람들 중에서 별이 아닌 사람은 아무도 없단다. 못생긴 얼굴이건 예쁘고 잘난 얼굴이건, 가난뱅이든 부자이건 간에, 사람은 알고 보면 누구나 똑같이 귀하고 소중한 별이란 말이여…… 그런데도, 세상 사람들은 언제부턴가 그런 사연일랑 깡그리 잊어먹고 말았단다. 본디는 자신이 저어기, 저 한없이 높은 하늘에서 살다가 아주 잠시 여기 내려와 살고 있는 귀하고 예쁜 별이라는 사실을 잊어버리고, 욕심 많게 아등바등 서로 싸움질을 하거나 평생토록 악착을 부리느라 허덕이며 살다가 끝내는 너나없이 빈손으로 쓸쓸하게 눈을 감고 떠나게 되는 것이여……."

"그럼 사람은 언제 하늘로 다시 올라가는 거여, 할마이?"

나는 손가락으로 별을 가리키며 물었다.

"으응, 사람이 죽으면 말이여. 그날 밤에 혼자 아무도 몰래 하늘로 되돌아가서 다시금 별이 되는 거란다."

"아아, 그러면 할마이는 언제 죽을 거여? 그때는 할마이도 저어기, 하늘에서 살겠네?"

"요 고얀 녀석 보게나. 흐응, 그래. 이 할망구가 죽으면 저 높은 곳에서 날마다 요 아래를 내려다봄서, 어이,

우리 철이 녀석이 어디서 뭘 하고 있나 하고 똑똑히 지켜볼 것이여. 알았제?"

"야아! 그랬었구나! 별이었어, 내가, 내가 별이었단께!"

연신 탄성을 터뜨리며 나는 무한한 환희와 경이로움에 차올라 하늘을 올려다보았다.

아, 거기 먹지 같은 하늘엔 헤아릴 수 없이 많은 별들이 가득히 흩어져서 나를 내려다보고 있었다. 하늘은 거대한 보석 상자였다. 이따금 부드럽고 가느다란 실구름이 그 아름답고 영롱한 보석들을 말갛게 닦아내며 조용히 스쳐 흘러가곤 했다.

내 머리 위로는 어디선가 바람이 불어와 가만가만 지나가고, 마을 서쪽의 벼랑 기슭을 핥는 파도 소리와 이름 모를 해초들의 상큼한 냄새가 끊일 듯 말 듯 우리들의 주변을 맴돌다 흩어지곤 했다.

별 하나, 별 둘, 별 셋, 별 넷……

나는 손에 닿을 듯 눈앞에 또록또록 돋아난 그것들의 이름을 입 속으로 가만히 불러보았다. 제 이름이 불릴 때마다 별들은 나를 향해 단풍잎 같은 손바닥을 반짝반짝 흔들어주곤 했다.

놀랍게도, 모래알보다 더 많은 그 별들은 저마다 다

른 얼굴 모습을 하고 있었다. 더러 서로 닮은 별들이 있긴 했지만, 똑같이 생긴 별은 단 한 개도 없었다. 그제야 나는 어째서 이 세상 사람들 얼굴 모습이 그렇듯 저마다 다르게 생겼는지를 알 것 같았다.

비로소 그동안 줄곧 가슴에 묻어두었던 오랜 의문을 풀어낸 것만 같아 기분이 좋았다. 바로 그때였다. 갑자기 어디선가 이상한 소리가 들려오기 시작했다.

"아이고오. 아아이이고오……오."

울음소리. 누군가 목을 놓아 커다랗게 울고 있는 소리였다. 나는 겁이 나서 할머니 무릎을 움켜쥐었다. 방 안에 먼저 들어가 있던 할아버지가 장지문을 열고 밖을 내다보았다. 그 난데없는 울음소린 분명 담 너머 반임이네 집 쪽에서였다.

"할마이, 누가 막 울어. 무슨 일이여?"

"글쎄다. 저건 검단네 울음소리 같은디……."

할머니는 몸을 일으켜 마당 귀퉁이까지 다가갔다. 그리고 까치발을 하고 돌담 너머로 귀를 기울인 채 한참을 서 있었다.

"아이고오. 불쌍한 내 딸아. 잘 가거라아, 한 많고 설움 많은 이 세상, 미련 없이 훨훨 떠나가거라. 아아아, 그러기에 뭣 헐라고 이 모진 세상을 애당초 찾아왔었드냐

아. 이제라도 부디부디 좋은 세상 찾아가서, 남들처럼 성하고 건강한 몸을 얻어 갖고서, 못다 누린 행복을 맘껏 누리고 살아보거라. 아이고오. 천지에 가엾고 불쌍한 내 딸. 잘 가거라. 반임아아……."

울음소리는 어느새 노랫가락으로 변해 담장을 넘어오고 있었다.

나는 평상 위에 웅크리고 누운 채 그 이상한 울음을 듣고 있었다. 까닭 없이 두 다리가 후들후들 떨려오면서 가슴이 두근거렸다. 그것도 모르고 형은 곁에서 쿨쿨 잠을 자고 있었다.

"무슨 일이라든가?"

힘없이 되돌아오는 할머니에게 마루 위에서 할아버지가 물었다.

"기어코 그 불쌍한 목숨이 떠나간 모양이어라우."

"누구? 반임이가 말이여?"

할아버지가 놀란 기색으로 되물었다. 할머니는 평상에 주저앉으며 깊은 한숨을 내쉬었다.

"쯔쯔쯧. 약 한 첩 제대로 지어 먹여보지도 못했다고 즈이 어미가 발을 굴러 쌌더니만, 기어코 황천길로 떠난 모양이제…… 하기야 어찌 생각하면 차라리 그쪽이 나은 것인지도 모르제. 더 오래 살아 있어본들 무슨 좋은 날을 얼매나 볼 수 있을 거라고. 어차피 다아 저 타고난 팔자인 것을. 에이그, 불쌍한 검단네는 또 어떻게 살아 갈꼬…… 쯔쯔쯔."

나는 할머니 무릎을 힘껏 끌어안으며 몸을 잔뜩 웅크렸다. 어째선지 목안이 뻐근해지고 가슴에선 쿵쿵 소리가 났다. 그사이 하늘엔 아까보다 더 많은 별들이 쏟아져 나와 반짝이고 있었다.

'죽었다, 반임이가 죽었다. 곱사등이, 낙타등 반임이가…… 죽었다, 죽었다…….'

나는 몇 번이나 입 속으로 그 말을 되뇌어보았다. 분명히 뭔가 무섭고 엄청난 일이 벌어진 거였다. 하지만 난 죽음이 무엇인지 짐작조차 할 수 없었다.

반임이는 왜 죽었을까. 어째서 인간은 모두 언젠간 죽어야만 하는 걸까. 기철이네 아버지랑 금순이네 할머니가 그러했듯이, 이젠 반임이도 꽃상여를 타고 고개를 넘어가게 되는 것일까. 혼자 그런저런 생각을 떠올리며 나는 몸을 더욱 웅크렸다. 별안간 온몸이 춥게 느껴졌다. 이상한 일이었다. 한여름인데도 왠지 자꾸만 오슬오슬 몸이 떨려왔다.

'죽었다. 반임이가 죽었다…….'

어느 순간 나는 문득 깨달았다. 이젠 영영 반임이를

볼 수 없으리라는 사실을.

따뜻한 양지쪽 담벼락에 기대어 앉아 병든 닭처럼 햇볕을 쬐고 있는 모습도, 빠끔 열린 사립문 앞에 홀로 앉아서, 학교 가는 우리들을 한없이 부러움에 차서 지켜보곤 하던 그 쓸쓸한 눈빛도 이젠 다시는 볼 수 없으리라.

곱사등이라고 놀려대는 아이들을 향해 욕을 퍼붓다가 끝내 제풀에 먼저 엉엉 울음을 터뜨리던 모습도. 그리고 언제가 내가 요에 오줌을 싼 날 아침, 키를 머리에 둘러쓴 채 바가지에 소금을 받으러 갔을 때, 부엌문 뒤에서 흐물흐물 수줍게 웃음을 흘리던 그 말라깽이 얼굴도…….

순간 내 가슴속에서 호르르, 무엇인가가 쏟아져 내렸다. 그건 옹달샘이었다. 이내 그 작은 옹달샘에서 아주 가늘고 슬픈 물줄기 하나가 퐁퐁 쏟아져 나오기 시작했다.

"미안해…… 내가 잘못했어, 누나. 반임이 누나야……."

나도 모르게 그렇게 중얼거렸다.

어째서일까. 별안간 코끝이 맹맹해지면서, 투명한 얼음 조각을 억지로 삼킨 것마냥 목구멍이 싸하니 시려왔다. 까닭 모르게 눈물 한 방울이 핑글 돌아났다. 행여 누가 알아차릴까 봐 나는 별들이 흐드러지게 피어난 밤하늘을 오래오래 올려다보았다.

마당가에 모아놓은 마른 쑥대 더미에 할머니가 모깃불을 피우기 시작했다. 타닥타닥 소리를 내며 불꽃이 호르르 타들어가면서 이내 연기가 뭉클뭉클 피어올랐다. 연기는 마당을 한 바퀴 천천히 휘감아 돈 다음, 담을 훌쩍 넘어 반임이 누나네 집 지붕 위에서 한바탕 맴을 돌고 나더니 마침내 공중으로 높이 떠오르기 시작했다. 검단네의 목쉰 울음소리도 연기를 따라 아득히 흩어지고 있었다.

실타래처럼 부드럽게 흩어져 밤하늘 저 멀리로 소리 없이 떠오르고 있는 그 흰 연기의 기둥은 마치도 하늘로 이어진 구름다리 같아 보였다. 어쩌면 반임이 누나가 지금 저 구름다리를 타고 하늘나라로 올라가고 있는지도 모른다고 나는 생각했다.

그때였다. 문득 하늘 한 귀퉁이에서 별똥별 하나가 휙 하고 떨어져 내리는 광경을 나는 보았다. 눈 깜짝할 찰나에 반짝 빛나던 그것은 이내 어둠 속으로 흔적도 없이 사라져버리고 말았다.

'아아! 저거 봐! 별이, 별이 울고 있어!'

놀라움에 사로잡혀 나는 속으로 외쳤다. 아마도 그건 반임이 누나였는지도 모른다는 생각이 들었다. 정말, 별똥별이 사라진 방향도 바로 반임이 누나네 집 쪽이었다.

'아아 그래. 반임이 누나일 거야. 틀림없어.'

나는 두 손을 가슴에 얹은 채 눈을 크게 떴다. 그리고 밤하늘에 이제 막 갓 태어난 낯선 별 하나를 찾아내려 애를 썼다. 나는 알고 있었기 때문이다. 새로 생겨난 그 반짝이는 작은 별이야말로 바로 반임이 누나의 별이라는 사실을. 그리고 그 별은 이젠 더 이상 등에 흉한 혹 덩이 따윈 달고 있지 않을 거라는 사실도 말이다.

나는 할머니의 허리를 두 팔로 힘껏 끌어안았다. 자꾸만 눈시울이 뜨거워졌다.

8. 돼지꿈

저녁이 되자 우리 셋은 은근히 신바람이 났다. 저마다 콧구멍을 벌름거리며 부엌 앞을 얼씬거리다가 몇 차례 할머니한테 야단을 맞았지만, 금세 조바심이 나서 부엌 쪽으로 다가가 안을 기웃거렸다.

"녀석들, 또 나왔구나. 원, 남들이 보면 할마이가 맨날 아이들 배를 곯리는 줄 알겠네. 거기서 아무리 기다려도 소용없단 말여. 내일 아침까지는 이 떡에는 아무도 손을 못 대."

아궁이에 불을 때면서 할머니는 말했다.

"떡 먹으려고 그러는 거 아녀. 그냥 옆에서 구경만 하고 있을께라우."

"흥, 누가 모를 줄 알고. 다 익으면 한쪽 얻어먹어볼 속셈인 걸 모를 줄 알고?"

할머니가 빙그레 웃었다. 우리는 입맛을 다시며 아예 부엌 문턱 앞에 옹기종기 앉았다. 다들 기분이 한껏 들떠 있었다. 아궁이 위에 걸려 있는 가마솥 덕분이었다. 내일 아침 내 생일상에 올릴 떡이 그 솥 안에서 익어가는 중이었다.

할머니는 마른 솔가지를 툭툭 분질러 아궁이 속으로 밀어 넣었다. 불길을 타고 솔가지가 호르르 타올랐다. 주홍색 불꽃에서 전해오는 따스한 온기가 내 얼굴을 기분 좋게 어루만졌다.

불아, 어서어서 타거라. 떡아, 빨리빨리 익어라. 나는 속으로 응원을 하며 가마솥을 살펴보았다. 하지만 가마솥에선 좀처럼 김이 피어오르지 않았다.

"할마이. 내가 장작개비 더 갖고 올까라우?"

누나 역시 조바심이 이는 눈치였다. 어째선지 할머니는 땔감을 아주 감질날 정도로 조금씩만 아궁이 속으로 밀어 넣고 있었다.

"아이구, 춘례가 오늘은 웬일이여. 이 깜깜한 밤에 뒤란 헛간에까지 가서 땔나무를 가져오겠다 이 말이제?

그럴 필요 없어야. 시루떡 찔 때는 불길이 급해선 안 된다. 잘못하다가는 떡이 설익게 되거든."

"할마이. 내일 아침에 쌀밥도 하지라우 ?"

이번엔 형이 물었다.

"오냐."

"참말? 보리는 하나도 안 넣은 진짜 하얀 쌀밥?"

"아암. 내일이 어떤 날인디, 이 할미가 금덩이 같은 손자들 입에 보리밥을 먹인단 말이냐."

"와아. 신난다!"

우리는 짝짝짝 손뼉을 쳤다. 그런 모양을 건네다보며 할머니는 한숨을 내쉬었다.

"원, 그렇게나 좋을꼬. 니들 입에 허연 쌀밥을 맘껏 먹게 해줄 날이 언제나 올라나."

할머니는 어딘가 쓸쓸한 표정을 했지만, 우리는 마냥 행복한 기대에 부풀었다.

사실 내가 세상에서 가장 먹고 싶은 음식은 하얀 쌀밥이었다. 흰 눈덩이마냥 그릇에 소복이 쌓아 올린 순 쌀밥을 먹을 수 있는 기회란 일 년에 고작 대여섯 번에 불과했다. 설날과 추석, 제삿날 그리고 할아버지 생신 같은 날 말이다. 물론 그런 날엔 평소엔 구경하기 힘든 과일이며 소고기, 떡, 부침개까지 먹을 수 있었다. 당연히 우리 조무래기들은 그때를 손꼽아 기다렸다.

대부분의 섬이 그러하듯, 낙일도는 좁은 땅덩이에 토질이 몹시 척박했다. 농사라고 해봐야 하나같이 비탈진 땅의 작은 밭뙈기뿐이었다. 특히 우리 마을은 논이라곤 전혀 없어서 애당초 벼농사는 구경할 수 없었다. 어른들은 쟁깃날이 들어갈 수 있는 산비탈이나 둔덕이면 어디에나 밭을 만들어, 해마다 고구마, 조, 보리, 녹두, 콩, 마늘 따위를 오밀조밀 심어 가꾸었다. 때문에 주식은 대부분 밭에서 나온 작물들이었다. 아침저녁 집집마다 가마솥에 보리쌀 삶아내는 냄새가 풀풀 풍겨 나왔다. 보리쌀은 매번 솥에서 두 번씩 삶아내야 했다. 안 그러면 껍질이 거칠어 씹기도 힘들고 소화가 잘 되지 않았다.

추수철이 끝나면 마을 어른들은 육지로 나가 쌀을 사왔다. 당연히 섬사람들은 쌀을 금싸라기마냥 비싸고 귀하게 여겼다. 보리쌀 8할에 쌀알 2할 정도가 섞인 시커먼 보리밥을 거의 일 년 내내 주식으로 먹고 살았다. 어쩌다 흉년이라도 들면, 점심은 아예 고구마로 대신하곤 했다.

"흐응, 내 생일 때는 미역국밖에 안 주더니만, 철이는 시루떡까지 해주네. 치잇."

누나가 볼멘소리를 했다.

"어허, 가시나들 생일은 미역국만 묵어도 충분하제. 정 억울하면 너도 고추 달고 나오지 그랬더냐? 흐흐."

"피이, 그까짓 거 좀 달고 나왔다고……."

누나는 억울한 표정으로 쫑알거렸지만, 형과 나는 내심 으쓱해졌다. 사내아이들하고 계집애는 다르지. 춘례너야 다음에 시집가서 남의 집 사람이 되면 그만이제만, 우리 집안 대들보가 될 사람은 니들 삼형제여. 할머니도 할아버지도 늘 그렇게 말했었다. 그때마다 누나는 문득 풀이 죽어 속상한 표정을 짓곤 했다.

"할마이. 저어기…… 어무니는 내일 안 와요?"

나는 가마솥을 올려다보며 물었다. 내 생일날 엄마가 있으면 얼마나 좋을까. 멀리 육지에서 따로 살고 있는 식구들 생각이 나서 나는 조금 우울해졌다.

"왜, 어무니 얼굴 보고 싶지야?"

"으응."

"이번엔 못 온단다. 느이 어미가 집을 비우면 느이 아부지랑 아이들 밥은 누가 차려줄 것이여? 두어 달만 기다리면 또 오겠다고, 저번에 그러지 않든?"

새삼스레 애처로운 눈빛을 하고 할머니는 우리들을 차례로 바라보았다.

"가만, 오늘 보니 우리 손주 녀석들이 다 컸구나. 이

녀석들아, 할미가 너희들을 전부 이 손으로 다 받아냈단
다. 그뿐인 줄 알어? 너희들 생겨날 때 태몽을 꾼 사람이
바로 나여."

"태몽이 뭐야, 할마이?"

"이쁜 아기가 이제 곧 너희 집으로 찾아올 테니, 얼른
맞이할 준비를 하거라 하고 하느님이 미리 알려주시는 꿈
이란다. 준이 네가 찾아온 날은 커다란 호랑이를 보았제."

"와아, 내가 호랑이였다고?"

"암. 아주 늠름하고 힘센 호랑이었제. 저 뒷산 부엉이
바위 꼭대기에서 꺼르릉, 소리를 지르더니 내 앞으로 훌
쩍 뛰어내리더란 말여."

"나는 뭐였어, 할마이?"

이번엔 춘례 누나가 바싹 다가앉으며 물었다.

"너는 아주 이쁜 학이었단다. 목이 아주 기다랗고 근
사한 학이었는디, 온몸이 눈같이 희고 깨끗한 깃털로 덮
여 있드라. 큰 소나무 위에 그 새가 앉아 있기에 오호라,
이번엔 꽃같이 이쁜 딸내미가 찾아올 모양인갑다 했더
니만, 정말로 춘례가 나왔지 뭐여."

호호호. 누나는 흡족한 듯 소리 내어 웃었다. 이번엔
내 차례였다.

"철이? 응, 너는 돼지였단다. 털이 검고 토실토실하게

살찐 돼지였어."

"아하하하. 돼지, 돼지!"

"얀마, 넌 이제부터 밥 먹을 때 꿀꿀꿀 소리를 내야해. 알았제?"

누나와 형은 좋아라 손뼉을 쳤다. 나는 속이 상했다. 세상에! 하필이면 구정물이나 더 달라고 꽥꽥대는 그 지저분한 돼지가 나였다니.

"아마 훤한 대낮이었제. 꿈속에서 이 할마이가 마루에 앉아 있는디, 느닷없이 커다란 돼지 한 마리가 마당에서 어슬렁거리고 있더라니께."

"이히힛. 돼지가 어슬렁거리드란다."

"처음에 나는 그놈이 황소인 줄 알았당께. 그런데 뒷다리 사이에 큼지막한 불알 주머니를 딜룽딜룽 차고 있더란 말여. 오메, 꿈속에도 얼매나 오지고 반가웠는지! 오흐흐."

"주머니? 그것이 뭣인디?"

눈치 없게도 형이 물었다.

"그것도 몰라? 너도 그걸 달고 있음서 그래. 꼬치랑 나란히 붙어 있는 거 말여."

"아아, 이거어? 이히히. 그 돼지도 이것이 있었구나."

"그런디 참 신통하지. 철이 네가 엄마 배 속에서 나오던 날 밤에도 내가 꿈을 꾸었는디, 바로 그 돼지가 또 눈에 뵈더란 말이다."

**

내가 태어나던 날, 할머니는 새벽에 맨 먼저 눈을 떴다.

"거 참, 무슨 이런 괴상망측한 꿈이 다 있을꼬."

할머니는 이불 속에서 혼자 중얼거렸다.

꿈은 이랬다.

무대는 들판이거나 고개 너머 묵정밭 같기도 했다. 주위엔 어디에나 무릎까지 차오른 풀 더미들이 무성하게 얼크러져 있고, 그 풀밭에 주저앉아 할머니는 발톱을 깎고 있었다. 할머니는 한 손은 엄지발가락을 잡고 다른 손으로 손톱깎이를 또각또각 움직여나갔다. 그런데 이상한 일이었다. 아무리 해도 그 발가락 하나를 마저 깎지 못해서 할머니는 끙끙거렸다. 어찌된 영문인가 싶어 자세히 들여다보던 할머니는 화들짝 놀랐다. 별안간 발가락이 점점 부풀어 오르더니, 순식간에 몸집이 어마어마한 돼지로 변해버렸다.

"아이구머, 무슨 이런 변괴가 다 있당가!"

질겁한 할머니는 벌떡 일어나 허겁지겁 도망을 쳤다.

숨넘어가도록 풀밭을 달려 밭둑 위로 훌쩍 뛰어오르는 순간, 별안간 치마가 홀러덩 벗겨져 내렸다. 와이고오, 이건 또 뭣이여! 망신일세! 비명을 지르며 엉겁결에 치마를 추슬러 올리다가 할머니는 퍼뜩 잠에서 깨어났다.

"얄궂어라. 처녀 때라면 틀림없이 중신아비가 찾아들 꿈인디 말이여……."

고개를 갸웃거리며 궁리해봐도 그럴듯한 해몽이 나오지 않았다.

그날, 아침상을 물리자마자 할머니는 우리 막내 고모 순분이를 데리고 밭일 나갈 차비를 했다. 순분이 고모는 스무 살이었다. 만삭인 어머니도 따라나서려 했다.

"어멈은 집에 남아 있거라. 배가 수박 통만 해 가꼬 어딜 나온다고 그러냐."

"괜찮어라우. 아직 해산일이 한참 남았는디……."

못미더워 말렸지만 한사코 어머니도 따라나섰다. 세 사람은 제각기 바구니와 호미 한 자루씩을 챙겨 들고 집을 나섰다.

고개 너머 묵정밭에 다다른 그녀들은 밭고랑에 앉아서 부지런히 호미질을 해나갔다. 반나절쯤 지났을까. 어머니의 배 안에 웅크리고 누워 있던 나는 부쩍 호기심이 당기기 시작했다. 차츰 어머니의 배 위로 느껴지는 따사로운 햇살의 감촉, 밭고랑의 흙냄새와 후덥지근한 훈기에 숨이 답답해졌다. 끝내 갑갑증을 참지 못한 나는 두 발로 어머니의 배를 쿵쿵 차기 시작했다.

"아이구, 아이구우."

예상대로 어머니는 밭고랑에 풀썩 주저앉더니, 한껏 부풀어 오른 배를 그러안고 비명을 질렀다. 할머니와 고모가 호미를 팽개치고 달려왔다. 해산 기미가 분명했다. 두 사람은 번갈아 산모를 등에 업고 내달리기 시작했다. 밭고랑을 건너고, 골짜기를 지나서, 바다가 내려다보이는 고개 기슭에 이르렀다.

하지만 정작 누구보다 고통스러운 쪽은 나였다. 업은 사람의 등과 어머니의 육중한 몸집 사이에 낀 나는, 이러다간 세상 구경도 하기 전에 납작 짓눌린 오징어 꼴이 되는 게 아닌가 싶은 두려움에 사지를 필사적으로 버둥거렸다.

"아이구, 안돼라우. 지금, 지금……."

마침내 어머니의 다급한 비명이 터지고, 두 사람은 황급히 산모를 내려놓았다. 키 큰 소나무들로 에워싸인 어느 무덤가 잔디밭이었다. 숙련된 산파답게 할머니는 소매를 걷어붙였다. 그사이 막내 고모는 마을을 향해 발바닥이 뜨겁도록 내달렸다. 할머니는 당장 자신의 치마를 훌러덩 벗어 풀밭에 깔았다. 그러고 보니, 간밤 꿈이 신통하게 들어맞은 거였다.

"아이구, 아아!"

"힘을 써! 눈이 툭 튀어나오도록 힘을 써보란 말이여!"

두 여인이 함께 내지르는 고함과 비명, 응원 소리가 건너편 골짜기까지 쩌렁쩌렁 울려 퍼졌다.

배 속에 웅크리고 있던 나는 마침내 눈앞이 조금씩 열리기 시작하는 걸 느꼈다. 맨 먼저 눈부시게 환한 햇살이 새어 들어왔고, 이어 바람 소리, 파도 소리 그리고 어머니와 할머니의 힘찬 고함 소리가 또렷하게 들려왔다. 마지막 안간힘으로 사지를 버둥대며 나는 바깥을 향해 조금씩조금씩 온몸을 밀어내기 시작했다. 이윽고 머리끝이 서늘해지면서 몸뚱이가 일순 가벼워졌을 때, 나는 마침내 이 낯선 행성에 무사히 도착했음을 깨달았다.

가위가 없었으므로, 할머니는 사금파리를 이용하여 탯줄을 어렵사리 끊어내었다. 그것은 물그릇으로 쓰려고 바구니에 담아온 사기대접을 즉석에서 호미로 두들겨 깨어 급조해낸 거였다.

"아이고, 나왔네 나왔어! 우리 새끼가 나왔단 말여!"

시뻘건 내 몸을 무 뽑아내듯 두 손으로 쑤욱 뽑아 들자마자 할머니의 입에선 엄청난 환호성이 터져 나왔다.

그리고 속곳 차림이라는 사실조차 잊은 채, 나를 번쩍 치켜들고서 풀밭 위에서 징경징경 춤을 추었다. 내 눈앞에선 푸르른 봄날의 하늘과 소나무와 태양이 한꺼번에 뱅뱅 맴을 돌았다. 어지럼증에 나는 하마터면 숨이 꼴깍 넘어갈 뻔했다.

"나왔네, 내 새끼! 내 손으로 받은 귀하고 귀한 우리 손주가! 꿈이 맞았네. 돼지꿈이 영락없이 딱 들어맞았다고!"

그때 저만치 고개를 넘어 허겁지겁 뛰어 내려오던 사람들 눈에 그 광경이 들어왔다. 막내 고모가 구원 병력으로 급히 모집해온 동네 여자들이었다. 그들은 저만치 무덤가에서 괴성을 지르며 속곳 차림으로 춤을 추고 있는 할머니가 실성한 것이 아닐까 의심했다. 그런데 갑자기 그 실성한 노인이 뭔가를 부둥켜안고서 이쪽으로 내달려오기 시작했다. 순간 불길한 예감에 순분이 고모는 물동이를 껴안은 채 땅바닥에 풀썩 주저앉고 말았다.

한데, 뜻밖에 할머니의 고함 소리는 이랬다.

"이것 봐! 나왔네! 우리 아기가 나왔어!"

"오메오메, 그래라우? 아들이요 딸이요?"

여자들이 달려가 둥글게 에워쌌다. 허리에 속 고쟁이 하나만 달랑 두른 할머니는 한껏 자랑스럽게 외쳐대었다.

"고추여 고추! 아, 내가 손을 집어넣자마자 토실토실 여문 불알주머니가 물크덩 하고 잽히더란께! 세상에, 어찌나 오지든지!"

할머니는 그 작은 생명을 껴안고 춤을 추면서 연신 함박웃음을 터뜨리고 있었다.

9. 잘한다, 업순네!

"업순네한테 신이 내렸단다!"

소문이 온 마을에 좍 퍼졌다.

업순네가 한밤중에 두 눈을 허옇게 뒤집어 뜬 채 온몸을 부들부들 떨어대더니, 방 문짝을 우당탕 열어젖히고 튀어나가 마당이며 골목을 개구리마냥 펄쩍펄쩍 뛰어다니더라고 했다. 놀라 잠을 깬 그 집 식구들이 한꺼번에 달려들어 붙잡으려 했지만, 무서운 힘으로 날뛰는 그녀를 아예 당해낼 수 없었다는 거였다.

"말도 말게. 그 장작개비 같은 몸뚱이 어디서 그런 엄청난 힘이 솟는지 몰라. 남서방이 허리를 그러안고 안간

힘을 써도 금세 쏙 빠져나오더랑께!"

"으마, 남서방 힘이 장사인디, 허깨비 업순네가 그걸 어찌 당해낸당가?"

"아, 그러니까 신이 들렸다는 것이제!"

"한밤중에 공동묘지에서 업순네를 찾아냈다면서?"

"말도 마. 칠흑 같은 밤중에 혼자 무덤 위에 올라가 너울너울 춤을 추고 있더라네."

"세상에, 그것이 참말인가?"

"어젯밤에도 한바탕 난리가 났었제. 청년들이 남포등 켜들고 사방으로 찾아다녔는디, 자넨 그것도 몰랐등가?"

"기척이야 나도 들었제만, 무섬증이 들어 방 안에 가만히 누워 있었제."

"어째 마을에 자꾸 흉흉한 일들만 생기네. 넙도댁 그리 된 게 엊그젠디, 이번엔 또 업순네까지."

"그러고 보니, 시방 업순네 하는 짓이 넙도댁이랑 영락없이 똑같네 그려."

"똑같기는? 넙도댁은 실성한 것이고, 업순네는 신이 내려서 그런 것이제."

"어따, 어차피 그거나 저거나 피장파장이여."

"넙도댁 생각이 나네. 박복하고 불쌍한 그 여편네……."

"복 없고 불쌍한 거야 업순네도 마찬가질세. 환갑이 다 되어서도 걸핏하면 북어 패듯 두들겨 패는 그 무지막지한 서방 밑에서 숨도 못 쉬고 살고 있으니, 어디 그게 사람 사는 꼴인가? 아이구, 몹쓸 놈의 세상. 여자로 태어난 죄로 평생 사내들 종노릇만 하다 늙어죽을 팔자라니!"

"넙도댁이나 업순네 처지가 나는 조금은 이해가 됩디다. 세상에, 오죽하면 저렇게 되었을까 싶어서라우. 솔직히 나도 차라리 확 실성해서 당장에 뛰쳐나가고 싶을 때가 한두 번이 아니란께요."

"어따, 너나없이 다들 똑같은 신세여. 그냥 팔자인갑다 여기고 살아야제, 달리 어쩔 것인가."

"오늘 밤 업순네 집에 오는 무당은 누구라던가?"

"생월도 큰무당이랍디다. 저번에 광숙이네 집 씻김굿 했던 그 할멈 말이요. 남서방이 지난 장날에 생월도로 건너가 직접 택일을 해 왔답디다."

"흥! 그 인간이 똥줄께나 탔구먼. 자기 발로 무당을 직접 찾아간 걸 보니."

"그나저나 이참에 우리 마을에도 진짜로 무당이 하나 나오는 거 아녀?"

"무슨 소리?"

"아, 업순네 말이여. 누구건 신병이 한번 들게 되면 그 사람은 어차피 무당 안 되고는 못 배긴다고들 하지 않

그 섬에 가고 싶다　　　　157

던가? 신령님 명령을 한사코 거부했다간 종내 시름시름
앓다 죽든가, 아니면 병신이 되고 만다든디?"

"신내림 얘기야 들어봤지만, 설마 업순네한테 닥칠 줄
은 진짜 몰랐소."

"혹시 예전에 업순네 친정 쪽에 무슨 무당 내력이 있
었다든가?"

"듣기엔 친정이 아니고, 시가 쪽 귀신이 씌었답디다."

"시가 쪽 귀신?"

"예에. 시부모 귀신이랑 처녀 때 죽은 시누이 귀신이
들었노라고, 업순네가 자기 입으로 그랬다고 합디다."

"이 일을 어쩔꼬!"

"여하튼 오늘 저녁 굿판이 제법 구경할 만하겠네."

아침부터 큰새암 주위가 시끌벅적했다. 다들 물동이
를 내려놓고 온통 업순네 얘기뿐이었다. 몇십 가구가 고
막껍질 같은 지붕을 옹기종기 맞대고 살아가는 호젓한
동네였다. 매양 단조롭고 변함없는 일상에서 돌연 불거
진 그 사건은 놀라움과 호기심을 한껏 불러일으켰다. 게
다가 업순네 집에서 굿판까지 연다는 사실에 분위기는
후끈 달아올랐다. 명절을 빼면 달리 이렇다 할 오락이나
놀이라곤 없는 섬마을에서 굿판은 일종의 축제였다. 어
느 집에선가 성주굿, 살풀이굿, 씻김굿, 액막이굿이 벌

어지면 너나없이 은근히 가슴이 설렜다.

이번 굿은 그 어느 때보다 특별한 데가 있었다. 업순네의 신내림은 뜻밖의 사건이었다. 무당이 되려면 필수 조건으로 무병巫病을 앓아야 한다는 사실 정도는 누구나 알고 있었다. 평소 우리 마을엔 따로 정해진 무당이 없었으므로, 굿을 벌이려면 그때마다 다른 섬의 무당을 불러들여야만 했다. 만일 업순네의 기이한 행동이 정말로 무병이라면, 조만간 우리 마을에도 진짜 무당이 탄생할 수도 있었다.

**

업순네는 가엾은 여자였다. 타고난 복이라곤 돼지 꼬리만큼도 안 되는지, 일 년 열두 달을 눈물과 한숨으로 보내다시피 했다.

그녀의 기구한 팔자는 우리 마을 남서방에게 시집을 온 순간부터 시작되었다. 남서방은 외아들이었다. 그의 아버지가 오십 대에 들어서야 간신히 얻은 삼대독자. 갓난아이 때부터 어른이 될 때까지 금이야 옥이야, 온 식구가 임금님처럼 떠받들어 키워낸 아들. 그래선지 세상에 귀중한 사람은 오로지 저 하나밖에 없는 줄 아는, 한

껏 버르장머리 없고 안하무인인 위인이 바로 남서방이
었다.

당연히 업순네의 시어머니는 아들 손자 욕심이 대단
했다. 그녀가 최고로 치는 며느릿감은 무엇보다 엉덩이
가 크고 실팍해야만 했다. 얼굴 생김이야 좀다 반죽해놓
은 보리개떡 같더라도 함께 살다 보면 정이 붙기도 하는
법이지만, 자궁이 부실해 생산이 여의치 못한 여자는 두
고두고 우환거리라는 게 그녀의 믿음이었다.

어느 날이었다. 영감이 웬 처녀아이 하나를 며느릿감
이랍시고 불쑥 데리고 나타났다. 수숫대마냥 호리호리
한 뼈대와 빈약한 몸피를 보자마자 시어머니는 당장 고
개를 외로 꼬아버렸다. 하지만 결국 그녀는 황소 같은
영감의 고집과 불호령에 눌려 마지못해 업순네를 며느
리로 맞아들였다.

업순네의 친정은 섬 반대편 마을인 동백리였다. 아버
지가 고깃배 한 척과 목 좋은 어장을 소유한 덕택에 그
녀는 읍내에 있는 중학교까지 마칠 수 있었다. 사실 낙
일도에선 그만한 학력을 가진 여자도 드물었다. 그런데
어느 해 태풍에 업순네 아버지는 고깃배와 함께 물속으
로 가라앉아버렸다. 요행으로 시신을 수습하긴 했으나
그 일로 집안은 일순에 몰락하고 말았다.

남서방의 아버지는 그녀 친정아버지와 오랜 친구였
다. 인정 많은 그는 불행하게 죽은 친구의 딸을 데려와
며느리를 삼은 거였다. 하지만 나이 어린 며느리를 아끼
고 감싸주던 시아버지 역시 오래 살지 못했다. 그때부터
업순네의 혹독한 시집살이는 시작되었다.

업순네는 우리 마을에서 남편한테 가장 많이 두들겨
맞는 여자, 눈물을 가장 많이 흘리는 여자였다. 그녀의
고난은 몇 해 전 그 성깔 고약한 시어머니가 죽은 뒤에도
여전히 계속되었다. 둘 다 어느덧 환갑을 훌쩍 넘긴 나이
임에도 남서방의 무지막지한 손찌검은 변함이 없었다.

"아으으, 사, 사람 살려유, 아아, 제발, 제발……."

뭔가 와장창 부서지고 깨지는 소리. 금방 숨넘어가는
듯한 여자의 비명 사이로 터져 나오는 사내의 고함과 욕
설. 그 끔찍한 소리만으로도 마을 여자들은 짐승 같은
남서방의 무지막지한 주먹질과 발길질을 눈앞에 떠올리
며 너나없이 손으로 귀를 틀어막고 진저리를 쳤다.

사실 남서방은 겉모습만 보면 그저 우직하고 순박한
사내 같았다. 평소엔 곧잘 웃음을 실실 흘리는 표정이
착해 보이기까지 했다. 그런데 어째선지 아내 업순네 앞
에선 무서운 폭군으로 돌변했다. 술에 취하면 아예 짐승
같았다. 그런 순간엔 이웃 사람도 마을 어른들의 충고도

아랑곳없었다.

황소처럼 떡 벌어진 어깨, 절구통 같은 허리와 허벅지와 팔뚝을 가진 남서방은 아내에게 퍼붓는 욕설과 끔찍스러운 손찌검 말고도 몇 가지 남다른 재주가 있었다. 일순간 확 치솟는 불같은 성격, 덩치만큼이나 대단한 식욕, 그리고 허수아비 같은 업순네의 몸뚱이를 빌려 일곱 명이나 되는 아이들을 쉬지 않고 생산해내는 왕성한 번식력까지.

업순네는 그런 남편 밑에서 천한 몸종마냥 숨도 제대로 못 쉬고 지냈다. 겁 많고 양순해 빠진 그녀는 말대꾸는커녕 눈길도 마주치지 못했다. 하도 오래 주눅이 든 탓인지, 집 바깥에서도 마찬가지였다. 마을 여자들과 함께일 때도 반벙어리마냥 입을 봉한 채 혼자 힘없이 피식 웃고 마는 게 전부였다. 길을 걸을 때도 허깨비 같은 몸집에 등을 호미처럼 구부린 채 맥없이 허청허청 움직였다. 남편한테 한바탕 손찌검을 당하고 난 며칠 동안은 더욱 그랬다. 퉁퉁 부은 멍투성이 얼굴에 퀭한 눈빛을 한 채 넋 빠진 사람처럼 스산하게 허둥거렸다.

그러나 업순네의 원래 모습은 전혀 그렇지 않았다. 어린아이마냥 밝고 웃음이 헤픈 새댁. 까르르르. 거침없이 웃음을 터뜨릴 때마다 드러나던 희고 가지런한 치아와 명

랑한 웃음소리. 그것이 동네 여자들 기억 속에 아스라이 남아 있는, 갓 시집온 무렵의 어린 업순네 모습이었다.

업순네가 이상해지기 시작한 건 몇 달 전부터였다. 사람들은 그것을 막내딸 미순의 불행과 연관이 있으리라 추측했다. 미순이 시집간 지 3년 만에 친정을 찾았다가 돌아간 다음부터 업순네의 기이한 행동이 시작되었기 때문이다.

자식들을 향한 업순네의 애정은 워낙 깊고 각별했다. 그중에서도 미순은 그녀의 전부나 마찬가지였다. 팔남매 중 막내인 미순은 고운 심성만큼이나 용모도 빼어났는데, 고작 열여덟 살인 그 아이를 남서방은 어째선지 급작스럽게 서둘러 시집을 보내버렸다. 상대는 열두 살이나 많은, 오랫동안 폐질을 앓아 골골댄다는 소문까지 있는 읍내 부잣집 아들이었다. 마을에선 아비가 돈 욕심에 딸을 팔아먹은 거라고 뒤에서 다들 수군거렸다.

과연 소문은 사실인가 보았다. 얼마 후 남서방은 마을에서 가장 넓고 기름진 밭을 통째로 사들였고, 낡은 지붕도 번쩍거리는 값비싼 함석으로 말쑥하게 단장했다. 하지만 그 병약한 부잣집 사위는 3년을 못 넘기고 병으로 덜컥 죽고 말았다. 겨우 스물두 살에 아이까지 딸린 과부가 된 미순이 친정집을 찾아왔던 날, 업순네는 딸을 부둥

커안고 하염없이 눈물만 흘렸다. 선창가에서 그 모습을 지켜보던 마을 여자들도 덩달아 눈물 콧물을 훔쳤다.

그렇게 사흘 밤을 지내고 막내딸이 시댁으로 되돌아 간 후, 업순네는 완전히 정신 나간 사람처럼 변해버렸 다. 밭에서 일을 하다 말고 딸깍 손을 놓은 채 혼자 연신 뭐라고 중얼중얼하고, 길을 가다가도 우뚝 멈춰 서서 바 다 건너 육지 어딘가를 넋 놓고 하염없이 바라보기도 했 다. 그런 순간엔 업순네의 눈빛이 흡사 도깨비불처럼 시 퍼렇게 타오르더라고 했다.

**

어느덧 땅거미가 내리기 시작했다. 아랫마을로 향하 는 어른들 모습이 담 너머로 눈에 띄었다. 할머니는 저 녁상을 치우자마자 일찌감치 혼자서 집을 나섰다.

"철이야. 굿판엔 절대 얼씬도 할 생각 말어라이. 애들 한테는 잡귀신이 옮겨붙을지도 모른단 말이여."

하지만 할머니의 당부에도 불구하고 나는 누나와 함 께 할아버지 몰래 집을 빠져나왔다. 해묵은 소나무 한 그루가 마당가에 서 있는 업순네의 집은 벌써부터 잔칫 집 분위기였다. 구경 나온 사람들이 돌담 밖에까지 삼삼오오 모여 있었다. 우리는 마당 안으로 들어가 어른들 틈으로 고개를 집어넣었다. 아직 초저녁임에도 마당 한쪽에선 장작불이 활활 타오르고, 집 처마와 기둥에도 남포등이 여럿 내걸려 있었다.

"어따, 고삿상이 제법 거창하네. 언제 저리도 푸짐하게 준비했을꼬?"

"업순네가 밤잠 안 자고 장만한 솜씨라네."

"아니, 그런 정신으로 어떻게?"

"신들린 순간에만 잠시 그렇지, 신통하게도 금세 맑은 정신이 되돌아온다네. 저 봐. 시방은 저렇게 멀쩡하니 앉아 있잖은가."

어른들도 저마다 은근히 들뜬 기색이었다. 널따란 그 집 안마당엔 멍석이 깔리고, 한가운데엔 열두 폭짜리 큰 병풍이 세워졌다. 고삿상 위엔 떡시루와 함께 큼직한 돼지머리 하나가 쟁반에 턱을 괸 채 넙죽 엎디어 있었다. 나는 겁먹은 눈으로 연신 그쪽을 돌아다보았다. 돼지 표정이 영락없이 나를 향해 히죽히죽 웃는 것만 같았다.

이윽고 굿판이 열리려는지, 징 소리와 장구 소리가 슬슬 분위기를 잡기 시작했다. 울긋불긋 차려입은 늙은 무당이 양손에 부채와 방울을 쥔 채 멍석 중앙으로 천천히 걸어 나왔다. 고삿상을 중심으로 오른쪽엔 박수무당인 사내 둘이 자리 잡고 앉아 징, 북, 장구를 번갈아 두드렸다. 그사이 업순네는 부엌과 마당을 오가며 무당의 심부름을 하느라 분주했다.

"오메, 저거 업순네 아닌가? 어디서 선녀가 내려온 줄 알았구먼."

"세상에, 저 여편네가 오늘 저녁엔 완전히 딴사람일세."

"그 얘기 들었나? 남서방이 돼지까지 한 마리 잡았다네."

"별일이구먼. 남서방 같은 구두쇠가 웬일로?"

"그것도 제법 큰 돼지라네. 오늘 밤 여기 모인 사람들 죄다 한 볼때기씩 맛보게 될 모양이여."

"허 참, 살다 보니 남서방한테 고깃점 얻어먹는 날도 있구먼. 흐흐."

어른들이 귓속말로 수군거렸다.

해가 산 너머로 지고 어둠이 찾아들었다. 마당 안팎은 이미 구경꾼들로 가득했다. 남포등 불빛, 고삿상 위의 촛불들, 그리고 마당가의 장작불 덕분에 주위가 제법 환하게 밝았다. 노인들은 안방이며 대청마루에 올라앉았고, 마당엔 구경꾼들이 굿판을 둥글게 에워싸고 있었다.

고삿상 위엔 지방紙榜 셋이 놓였는데, 거기엔 남서방의

부모와 오래전 처녀의 몸으로 물에 빠져 죽은 여동생 이름이 적혀 있었다. 상 위엔 흰 쌀알이 그득히 담긴 밥그릇 여러 개가 놓였고, 그릇마다 수저와 불 켜진 양초가 하나씩 꽂혀 있었다. 무당이 목을 다듬느라 큼, 큼 하고 큰 소리로 기침을 하더니 고삿상을 눈으로 쓱 휘둘러보았다. 차림새가 제법 풍성해 뵈는지, 무당할멈의 상기된 얼굴에 흡족한 웃음이 떠올랐다.

"자아, 오늘 밤 고사를 청해 올릴 이 집 주인들은 요 앞으로 나오시게들!"

늙은 무당이 큰 소리로 외쳤다. 이내 남서방과 업순네가 불려 나와 굿판 한가운데에 무릎을 꿇고 나란히 앉혀졌다. 거구의 남서방 옆에 앉혀진 업순네의 체구는 절반도 안 되었다. 모든 시선이 일제히 두 사람에게 모아졌다.

뜻밖에도 두 사람의 표정은 전혀 딴판이었다. 그건 참으로 낯설고 기이한 풍경이었다. 둘 사이에 뭔가 완전히 뒤바뀌어버린 느낌이었다. 어째선지 남서방은 기가 반쯤 죽은 채 엉거주춤 주저앉아 있었다. 함부로 남의 채소밭에 뛰어들었다가 코뚜레를 잡혀 끌려 나온 황소처럼 시무룩하고 부루퉁한 표정에다가 불안과 조바심이 역력한 기색이었다.

한편 업순네의 표정은 놀랍도록 침착했다. 눈처럼 희

고 깨끗한 치마저고리 차림의 모습은 더없이 곱고 단아했다. 작고 야윈 얼굴은 여전히 창백했지만, 온몸에서는 어딘지 모르게 깊고 옹골찬 기운이 담겨 있는 듯했다.

"으마, 저기 업순네 이쁜 것 좀 보소!"

"자넨 여태 모르고 있었나? 업순네는 이런 섬 구석에 두기 아까운 얼굴이여. 곰 같은 남서방이 제 복도 몰라보고, 순전히 깨진 개밥그릇 굴리듯 하는 것이제."

"맞어. 저래 뵈도 업순네는 중학교까지 나온 여자여. 우리 같은 까막눈이랑은 다르다고."

"흥, 그래봤자 어디다 쓰게? 계집 팔자 뒤웅박이라고, 서방 하나 잘못 만나면 그날로 인생 폭삭 쪼그라들고 마는 것이여."

난 연신 눈을 깜박거렸다. 저 사람이 진짜 업순네 아줌마일까. 눈부시게 하얀 치마저고리. 곱게 쪽진 머리에 단정히 꽂은 은비녀. 무릎을 꿇고 두 손을 가슴에 합장한 채 그림자처럼 고요히 앉아 있는 그 여인이 내겐 어쩐지 낯설고 신비롭기까지 했다.

그녀는 분명 우리가 아는 업순네가 아니었다. 허깨비처럼 주눅이 들어 항상 어깨를 축 늘어뜨린 채 비실비실 걸어다니던 여자. 한없이 음울한 얼굴에 생기라곤 찾아볼 수 없던 여자는 그 어디에도 없었다. 이 순간 그녀의 눈빛은 우물처럼 깊고 조용하게 가라앉아 있었다. 고개를 들고 양 무릎을 단정히 모아 앉은 모습은 어딘지 기이한 여유로움마저 느껴졌다.

두덩 두덩 두덩덩. 징 징 지잉징······.

신명나게 두드려대는 박수들의 장단 가락에 맞추어, 마침내 무당할멈은 길고 단조로운 음조의 사설을 풀어놓기 시작했다.

늙어 늙어 천년수야, 다시 젊지 못하리라
저승길이 멀다 해도 아차 한 번 죽어지면
대문 밖이 바로 저승이라네······
두덩 두덩덩 두두덩덩.
지잉 지잉 징 징.

무당의 구슬픈 넋두리 가락이 집 안팎을 휘감으며 밤하늘 멀리멀리 퍼져 나갔다. 손에 쥔 방울을 짤랑짤랑 쉴 새 없이 흔들어대는 할멈의 몸놀림엔 차츰 신명이 오르고, 박수무당의 징 소리, 장구 소리도 갈수록 흥에 겨웠다. 굿판이 부쩍 활기를 띠면서 구경꾼들의 어깨와 엉

덩이도 덩달아 샐룩샐룩 흔들렸다. 멍석 위에서 업순네
는 춤추는 무당을 향해 합장하며 연신 머리를 조아리고
또 조아렸다. 그 곁에서 남서방도 얼떨떨한 기색으로 마
지못해 덩달아 절을 했다.

이번엔 혼맞이 차례였다. 무당과 박수들은 다 같이 일
어나 사립문 밖으로 자리를 옮겼다. 바다에 빠져 죽은
처녀의 혼이 집으로 들어오지 못하고 허공을 떠돌고 있
는 까닭에, 그 억울한 혼을 집안으로 불러들이기 위한
굿이었다. 무당들에게 자리를 비켜주느라, 구경하던 사
람들 속에서 잠시 작은 소란이 일었다.

혼이로다 혼이로다, 이 혼이 뉘 혼인가.
불쌍한 남씨 처녀 떠돌이 혼이로다
혼이 되어 오셨거든
이젠 멀리 가지 마옵시고 이 자리에 찾아들어
부디 우리 정성을 받아줍소사······.

무당이 너울너울 춤을 추며 다시 마당 안으로 들어섰
다. 구경꾼들도 다시금 우르르 뒤따라 들어왔다. 누군가
접시에 시루떡을 담아 사람들에게 두루 돌렸다. 누나와
나도 큼직한 시루떡을 하나씩 받아 들었다. 꿀맛이었다.

아, 오늘 같은 날만 늘 계속되었으면…….

나는 이번엔 우리 할머니가 업순네처럼 귀신에 씌었으면 좋겠다고 생각했다. 그다음엔 벌떡녀 아줌마에게 신이 내리고, 그담엔 뒷간네 아줌마가…… 그렇게 온 동네 여자들이 번갈아 차례로 귀신에 씐다면 마을에선 밤마다 이런 굿판이 열릴 테고, 덕분에 우리는 떡을 실컷 얻어먹을 수 있을 터였다.

마침내 본격적인 굿판이 문을 열었다. 무당할멈이 멍석 위에서 펄쩍펄쩍 뛰어 오르기 시작했다. 고무공이 튀듯, 할멈의 버선발은 가볍고 빠르게 통통 뛰어올랐다. 징 징 지잉징. 두덩 두덩 둥더덩. 징과 장구가 숨 가쁘게 울리고, 무당의 몸이 나비처럼 가볍게 마당 이쪽저쪽을 휩쓸고 다녔다. 바로 그 순간이었다.

"아! 저, 저것 봐라! 온다, 신이 온다."

"오오, 내린다. 신이 내린다."

"참말로! 업순네한테 신이 내리고 있당께!"

여기저기서 흥분한 목소리가 들려왔다. 과연 눈앞에 놀라운 일이 벌어지고 있었다. 바닥에 벌렁 드러누운 업순네의 몸뚱이가 멍석 위를 마구 데굴데굴 굴러다니기 시작했다. 두 눈의 흰자위를 다 드러낸 채 그녀의 두 팔이 뭔가를 움켜잡으려는 양 허공을 마구 휘저었다. 무당

의 몸놀림이 더욱 빨라지고 장구 소리, 징 소리도 한껏
자지러졌다.

이내 업순네의 허깨비 같은 몸이 별안간 튕기듯 발딱
일어나더니, 무서운 기세로 펄쩍펄쩍 뛰어오르기 시작
했다. 무당도 뛰고 업순네도 뛰었다. 발가락 끝이 땅에
닿는지 마는지 분간할 수도 없게 빠르고 어지러운 발놀
림. 기괴하게 비틀리며 움쭐움쭐 솟구치고 요동하는 몸
뚱이. 아아, 그랬다. 업순네는 하나의 공이었다. 엄청난
탄력으로 허공을 향해 펄쩍펄쩍 솟구쳐 뛰어 오르고, 팽
이마냥 빠르게 빙글빙글 맴을 돌았다. 그 놀라운 광경
앞에서 모두들 입이 딱 벌어졌다. 특히나 남서방의 낯빛
은 종잇장처럼 허옇게 질려 있었다.

징 징 징지징. 두둥 두둥 둥더덩,

그런 어느 순간이었다. 업순네의 몸이 팽그르르 맴을
돌더니, 허수아비처럼 멍석 위로 풀썩 허물어져버렸다.
징과 장구 소리가 뚝 그치고 무당의 격렬한 몸짓도 동시
에 정지했다. 구경꾼들의 겁에 질린 시선이 쓰러진 업순
네의 몸에 일제히 모아졌다.

"오메, 어쩐다냐. 저러다 진짜로 큰일이 나는 거 아니
여?"

누나가 곁에서 내 귀에 대고 다급하게 속삭였다. 바닥

에 널브러진 그녀는 꼭 죽은 사람 같았다. 순식간에 마당 안팎은 물속처럼 고요해져버렸다. 무당할멈도, 박수무당들도, 구경꾼들도, 남서방도 똑같이 돌처럼 굳은 채 그녀의 허깨비 같은 몸뚱이를 지켜보고 있었다.

그 순간 업순네가 자리에서 벌떡 일어났다. 그녀는 마당 한가운데에 우뚝 선 채로 주위를 한 바퀴 천천히 휘둘러보았다. 그때 나는 우물같이 깊고 검은 그녀의 눈을 보았다. 벌겋게 핏발 선 무서운 눈. 기이한 광채를 띤 그녀의 시선은 마침내 남서방 앞에서 뚝하고 정지했다.

"오빠! 나요. 내가 왔소. 병순이가 왔소!"

돌연 업순네 입에서 웬 젊은 여자의 목소리가 튀어나왔다. 어어억! 남서방이 숨넘어가듯 비명을 질렀다. 구경꾼들의 탄식과 경악에 찬 속삭임도 거의 동시에 터져나왔다.

"오메메, 혼이 나왔네! 손님이 나왔당께!"

"저게 누군가! 남서방 여동생 병순이 아니여?"

"맞어라우. 참말로 병순이 목소리가 틀림없단께요!"

업순네는 성큼성큼 발을 옮겨 남서방 앞으로 다가섰다. 이내 낯선 여인의 음성이 그녀의 목구멍에서 또 한 번 흘러나왔다.

"오빠, 나요. 나를 모르겠소?"

"아, 아이고! 이, 이런……."

"나요. 병순이오. 이젠 여동생 목소리도 영영 잊어버렸소?"

"오, 오냐. 내 알고말고. 병순아……."

낯빛이 종잇장처럼 변한 남서방이 주춤주춤 뒤로 물러앉았다. 그 어린 여자의 목소리가 이번엔 애절한 하소연으로 바뀌었다.

"오빠. 서럽고 불쌍하게 죽은 병순이가 돌아왔소. 처녀로 죽은 죄로 지금껏 저승에도 못 들고, 끝도 가도 없는 천지 허공을 정처 없이 떠돌다가 오라버니 부르는 소리에 이렇게 허위허위 달려온 병순이라오. 오빠, 어이하여 날 이리도 뒤늦게 부르셨소. 불쌍한 여동생을 그리도 까맣게 잊어버렸다가 오늘에야 이 불쌍한 년을 왜 찾아 불러주셨소? 아이고, 오빠. 이 내 한을 풀어주시오. 원통하고 절통한 이 내 슬픔을 부디부디 풀어주시오. 아아아."

"오냐오냐. 벼, 병순아. 잘 알았다. 내가 이제부터 너한테 뭐, 뭣을 어떻게 해주면 되겠느냐?"

"오빠, 눈앞이 캄캄하고 숨이 막혀 견딜 수가 없소. 천길 만길 물 밑에 가라앉아 물결 따라 떠도는 이 내 시신을 거두어서, 고향 뒷산 곱고 보드라운 흙으로 고이고이 덮어주시오. 절절히 맺힌 이 내 한을 부디 풀어주시오.

어흐윽."

"오, 오냐. 알았다. 네 소원을 알았응께, 이제는 돌아 가서 편히 눈을 감거라. 이 오래비가 꼭 그렇게 해줄 텐 께, 그만 돌아가란 말이여."

손을 벌벌 떨면서 남서방은 다 죽어가는 소리로 웅얼 거렸다.

징 징 지잉징. 더덩 둥덩 둥더덩.

방울 소리와 함께 무당할멈이 하얀 넋전 다발을 움켜 쥔 채 허공으로 펄쩍펄쩍 뛰어올랐다. 그러자 아악, 비 명을 지르며 업순네의 몸뚱이가 또 한 번 털썩 멍석 위 로 허물어졌다. 아까처럼 온몸으로 데굴데굴 땅바닥을 구르다가 돌연 발딱 일어섰을 때, 그녀의 얼굴은 놀랍게 도 놋쇠로 만든 불화로처럼 시뻘겋게 달아올라 있었다.

업순네는 두 팔을 활짝 펼쳤다. 그리고 작은 새처럼 너울너울 춤추며 빙글빙글 맴을 돌더니, 땅바닥에 펄썩 주저앉아 별안간 커다랗게 울음을 터뜨렸다.

"아이고, 내 팔자여! 원통하고 불쌍한 내 팔자여!"

어느새 업순네의 뺨 위로 눈물이 철철 흘러내렸다. 그 울음소리가 너무 슬퍼서 나도 모르게 눈물이 찔끔 돈아났다.

그때였다. 눈앞에 엄청난 일이 벌어졌다. 아으으읏! 기괴한 외침과 함께 업순네는 갈퀴 같은 손으로 남서방의 멱살을 와락 움켜쥐었던 것이다. 그와 함께 무시무시한 고함 소리가 그녀의 목구멍에서 터져 나왔다.

"이노옴! 너 잘 만났다! 네놈이 바로 여기 있었구나앗!"

모두들 기겁을 했다. 그건 분명 무덤 속에 있는 업순네 시아버지의 음성이었다.

멱살을 잡힌 채 남서방은 두 팔을 허우적거리며 업순네의 힘에 질질 끌려갔다. 실로 무시무시한 힘이었다.

"이, 이년이 미, 미쳐서 환장을 했나, 가, 감히 어디서……."

"뭣이 어째! 천하에 불효막심한 놈! 이노옴! 내가 누군 줄 아느냐? 네 애비다! 제 애비도 몰라보고 어디서 감히."

그 순간 업순네의 손바닥이 남서방의 뺨을 세차게 후려쳤다.

"철썩!"

"어이쿠! 이, 이런!."

"이놈! 이 짐승보다 못한 놈아! 이 애비가 너를 어떻게

176

키웠더냐! 이 배은망덕한 놈!"

"철썩! 철썩!"

"아이쿠! 아, 아이쿠메!"

눈 깜짝할 새에 남서방 볼따구니에 벼락이 연거푸 떨어졌다.

"이노옴! 눈이 있거든 네놈의 애비 꼬락서니 좀 보거라! 이게 어디 집이냐! 물구덩이여, 온통 물구덩이! 내 팔다리가 다 썩어간다! 머리에도 갈비뼈에도 온통 소나무 뿌리가 천지여! 네놈이 어찌 나를 이런 물구덩이에다 처박아놓았느냐! 이 불효막심한 노옴!"

"철썩. 철썩."

완전히 얼이 빠진 남서방은 미처 피하지도 못하고 속절없이 뺨을 얻어맞을 뿐이었다. 얼굴을 감싸 쥔 남서방의 손가락 사이로 검붉은 코피가 한 줄기 주르르 흘러내렸다. 남서방은 끝내 무릎을 꿇고 털썩 주저앉아 처량하게 울부짖었다.

"아이고, 아버님. 자, 잘못했습니다!"

"이 짐승보다 못한 놈! 왜 팔아묵었느냐? 착하고 예쁜 우리 미순이를 네놈이 억지 생과부로 만들어놓았어. 나쁜 놈! 악독한 놈! 이 짐승보다 못한 놈!"

"어흐흑. 아버님. 용서해주십시오. 저, 저가 죽일 놈입니다아. 아이고오!"

한바탕 무섭게 내리치던 업순네의 매서운 손바닥이 이윽고 멈추었다.

그녀는 자신의 발 앞에 엎드린 사내의 곰 같은 몸집을 잠자코 쏘아보더니, 이윽고 말없이 돌아섰다. 바로 그때 그녀의 얼굴에 얼핏 떠올랐다 사라지는 기묘한 미소의 흔적을 나는 얼핏 본 것도 같았다.

그날 밤, 그 뜻밖의 광경에 마을 사람들이 받은 충격은 실로 엄청난 것이었다. 훗날까지도 이따금 자신의 눈을 의심하고 기억을 의심할 정도였다. 좀 전에 내 두 눈으로 본 것이 과연 헛것이 아닌 진짜였을까. 굿이 끝나고 시루떡이며 삶은 돼지고기 몇 점씩을 얻어먹은 후 집으로 돌아오는 길에, 사람들은 뭔가 한바탕 요상하고도 희한한 꿈을 꾸고 난 것처럼 하나같이 어리둥절한 표정이었다.

**

그날 밤 굿을 마치고 나서 무당할멈은 심각한 표정으로 남서방에게 말했다.

"아까 조상님께서 찾아오셔서 하신 말씀이 무슨 뜻인지 아시겠소? 아무래도 묫자리에 큰 탈이 난 것 같소. 속히 조상님 유택부터 확인해보시구랴."

　며칠 후, 남서방은 무당할멈이 일러준 대로 인부들을 불러 모아 뒷산으로 올라갔다. 그리고 내심 반신반의하면서 선산에 묻힌 부모의 묘를 조심스레 파보았다. 과연 놀랍고도 신기한 일이었다. 모든 게 무당의 말 그대로였다. 어디서 흘러든 것일까. 무덤 내부는 물론이고 관 속까지 온통 물이 가득 들어차 있었던 것이다. 물에 흥건히 잠겨 있었던 탓인지, 시신들은 제대로 탈골이 안 된 채 흙속에 여태 흉측한 모습으로 남아 있는 상태였다.

　그 엄청난 광경을 자신의 눈으로 확인한 남서방은 무덤 앞에 엎드려 오랫동안 꺼이꺼이 통곡을 했다. 그것은 진심으로 죄책감과 후회에 가득 찬 울음이었다. 그도 그럴 것이, 남서방은 자기 부모에 대한 효성 하나만은 누구 못지않게 지극한 사람이었던 것이다.

　그 일이 있고 나서, 남서방의 못된 손찌검 버릇도 한동안 잠잠해진 듯싶었다. 걸핏하면 들려오던 업순네의 매맞는 소리도 더는 들리지 않았다. 그와 함께 또 다른 믿기 어려운 소문도 나돌았다. 업순네가 사랑채에 소박한 신당을 차려놓고 매달 초이렛날이면 작은 제상을 차려 기도를 올리기 시작했는데, 놀랍게도 남서방이 그 사실을 짐짓 모르는 척해준다는 거였다.

세상에, 사람은 오래 살고 볼 일이라고, 조상님 덕에 남서방도 이젠 철든 모양이라고, 어쨌건 그 못된 버르장 머리를 고치기만 한다면 그보다 좋은 일이 어디 있겠느 냐고, 마을 사람들은 고개를 끄덕였다.

**

두어 달 후였다,

초여름으로 접어든 어느 날, 마을 앞 바닷가 솔밭이 일찌감치 마을 여인네들로 북적였다. 이날은 모처럼 마을 부녀회에서 닭 추렴을 하기로 한 참이었다. 다들 눈코 뜰 새 없이 바쁜 보리 수확 철을 보내고 나서, 잠시 한숨도 돌릴 겸 여자들끼리 한데 모여 닭백숙이라도 끓여 먹자고 약속했던 것이다. 벌써부터 솔밭 한쪽엔 큼지막한 가마솥이 내걸리고 자갈밭에는 짚으로 짠 멍석이 깔려 있었다. 공터 한쪽에선 장작불을 피워 물을 팔팔 끓여내고, 다른 쪽에선 예닐곱 마리의 토종닭을 잡아 손질하느라 분주했다.

그런 어느 순간이었다. 느닷없이 어디선가 귀에 익숙한 소리가 시끄럽게 터져 나왔다. 와장창. 우당탕탕. 아이고오. 사람 죽네에…… 뭔가가 부서지고 망가지고 깨뜨려지는 소리. 그리고 웬 여자의 다급한 비명소리. 그 소리는 솔밭에서 빤히 올려다뵈는 집, 바로 남서방의 집에서였다.

"오메! 업순네 소리 아닌가?"

"아이고. 그 짐승 같은 놈, 또 병이 도졌구만!"

"어쩐지 한동안 잠잠하다 싶드랑께. 다들 얼릉 가보세나!"

여자들은 하던 일을 팽개치고 다 같이 업순네 집을 향해 종종걸음을 쳤다. 그렇지만 차마 마당 안으로 들어설 용기는 나지 않았다. 그녀들은 일단 골목에서 멈춘 다음, 담장 너머로 다 같이 머리통을 한껏 기다랗게 뽑아 올렸다.

과연 짐작대로였다. 마당 안에선 한바탕 난리법석이 벌어진 참이었다. 깨진 사기그릇, 수저, 촛대, 물들인 종이로 만든 울긋불긋한 조화 따위가 제멋대로 땅바닥에 나뒹굴고 있었다. 방 안에선 업순네의 울음소리가 다급하게 터져 나왔다.

"땅바닥에 저것이 뭣이란가?"

"업순네가 신당神堂이랍시고 행랑방에 차려놓았던 것들 아닌가라우?"

"맞어. 굿할 때 쓰는 물건들이구만."

담 너머에서 여자들이 수군대고 있을 때였다. 방문이 왈칵 열리더니, 남서방이 우악스러운 손으로 업순네의 머리채를 움켜쥔 채 마당으로 질질 끌고 나왔다. 그리고 이내 또 한 차례 손찌검을 하려고 남서방이 주먹을 머리 위로 번쩍 치켜올렸을 때였다. 그 순간 놀라운 일이 벌어졌다. 돌연 업순네의 허깨비 같은 몸뚱이가 발딱 일어서더니, 남서방의 뺨을 손바닥으로 철썩철썩, 연거푸 두 차례나 후려갈겼다. 번개 같은 동작이었다.

"아니, 이년이 감히!"

기가 막힌 남서방이 두 눈을 치뜨며 웅얼거렸다.

"뭣이 어째? 이노옴! 내가 누군 줄 아느냐? 내가 네 어미다. 이 천하에 불효막심헌 놈아!"

순간 엄청난 고함이 업순네의 입에서 쩌렁쩌렁 울려 나왔다. 남서방은 얼이 빠져 입을 쩍 벌린 채 멍하니 굳어 있을 뿐이었다.

"아이쿠! 이 드, 등신 같은 년이, 어, 어따 대고……."

"뭐? 이 후레자식 놈아. 어미 보고 뭣이 어쩌고 어째? 다시 한번 말해봐라! 이놈! 이 못된 놈아!"

업순네는 이미 똥빛이 된 남편의 얼굴을 연신 철썩철썩, 후려치며 고함을 질렀다. 한순간에 그녀는 사납고 표독스런 살쾡이로 변해 있었다. 남서방은 이미 완전히 얼이 빠져나간 상태였다. 그 무서운 여자가 업순네 아닌 어머니의 혼령이라니, 그는 그저 대책 없이 두들겨 맞을 뿐이었다.

담 너머로 그 광경을 지켜보던 여자들은 약속이나 한 듯 일제히 두 주먹을 불끈 쥐었다. 그리고 함께 입을 모야 외치기 시작했다.

"잘한다 업순네! 우리 업순네!"

"그래그래, 쳐라! 또 쳐라!"

"아이고, 씨언허다! 속이 다 씨언해!"

"쎄게! 더 쎄게! 더, 더······."

10. 소동이 아저씨

여름 어느 날.

종일 열기를 내뿜으며 머리 위에서 이글거리던 해가 서편으로 차츰 기울어갈 때였다. 여러 해 전 광주로 이사를 가서 철물점을 열었다는 삼종 씨가 오랜만에 우리 마을에 나타났다. 그는 옥님이 이모의 큰오빠였다. 삼종 씨는 혼자가 아니었다. 동행이 한 사람 더 있었다.

그들 두 사람이 처음 동구 밖에 모습을 드러냈을 때 마을 사람들은 고개를 갸웃거렸다. 말쑥한 양복에 넥타이를 맨 삼종 씨가 앞장을 서고, 그 뒤로 꾀죄죄한 웬 낯선 사내 하나가 어딘지 어색한 기색으로 어정어정 따라

왔다. 그 사내는 나무로 짠 묵직한 엿판을 등에 지고 있었다. 얼추 쉰 살 가까운 나이로 뵈는 사내의 검고 주름진 얼굴은 오래 세상을 떠돌아다니며 묻은 궁기와 고생의 흔적이 한눈에도 역력했다. 옷차림 역시 허름하고 궁색한 티가 줄줄 흘렀다.

동행이라기엔 전혀 어울리지 않는 두 사람은 비탈진 언덕으로 접어들더니, 어느새 옥님이 이모네 집으로 향하고 있었다.

"저기 앞에 가는 사람, 삼종이 아녀?"

"맞구먼. 광주에서 철물 장사로 제법 성공했다더니, 신수가 아주 훤해졌구마이."

"그 뒤에 따라가는 사람은 누구여?"

"글쎄, 행색으로 봐서는 떠돌이 장꾼 아니면 엿장수 같아 뵈는디?"

"누구기는? 아마 옥님이네 집에 있는 고물 나부랭이 따위나 챙겨가라고, 삼종이가 엿장수를 불러온 모양이제."

옥님이 이모네 집으로 들어가는 그들의 뒷모습을 바라보며 어른들은 말했다. 옥님이 이모네 집은 마을 초입의 산기슭에 저 혼자 널름 서 있는 외딴집이어서, 그 집을 출입하는 사람의 모습이 마을에서 훤히 올려다보였던 것이다.

그리고 한 시간도 채 지나지 않아서였다. 누구 입에서 시작되었는지 모를 흥미진진한 소문이 온 마을에 좌르르 퍼졌다.

'바보 옥님이가 시집을 가게 됐다지 뭐냐. 광주에 사는 큰오빠 삼종 씨가 웬 노총각 하나를 구해 왔는데, 아까 본 그 낯선 중늙은이가 바로 신랑감이라더라. 그 늙은 총각이 지고 온 커다란 등짐 안에는 옷이랑 고무신 같은, 옥님이에게 줄 선물이 들어 있다더라. 아까 삼종 씨가 그 남자를 데리고 들어가 옥님이랑 서로 인사를 나누도록 자리를 만들어주었다지 뭐냐…….'

그 소문은 마을 사람들의 호기심을 단숨에 풍선처럼 부풀어 오르게 만들었다. 안 그래도 남의 일에 말 많고 소문 많은 동네였다. 더구나 이번 소문의 주인공은 다름 아닌 옥님이 이모였다. 손바닥만 한 우리 마을에서 서른 아홉 살 노처녀인 그녀야말로 언제고 마르지 않는 풍성한 얘깃거리이자 우스갯소리의 원천이었다. 평생을 바다와 더불어 살아가는 섬사람 특유의 기질답게 활달하고 호방한 마을 사람들은 서로 만나면 으레 걸쭉한 농담이나 이웃들에 관한 악의 없는 뒷얘기를 나누었다. 그중에서도 옥님이 이모의 존재는 변함없는 최고의 웃음보따리 역할을 해왔던 것이다.

그날 초저녁이었다.

우리 집 식구들은 모처럼 푸짐한 저녁밥을 먹었다. 낮에 할아버지가 낚시질을 나가 제법 큰 물고기를 여러 마리 잡아온 덕분이었다. 할머니와 누나가 부엌에서 설거지를 하는 동안, 나는 모깃불 피울 준비를 했다. 형과 함께 마른 쑥대며 건초 따위를 한 아름 안아다가 마당 가운데 쌓고 있는데, 누군가 사립문으로 불쑥 들어섰다.

"사돈 어르신. 그동안 별고 없으신가라우?"

양복 차림에 넥타이를 맨 뚱뚱한 남자는 할아버지께 머리를 꾸벅 숙여 인사했다.

"이게 누구여. 삼종이 아닌가?"

"으마, 사돈이 웬일이신가. 이게 몇 년 만이라요?"

부엌에서 나온 할머니도 그를 반갑게 맞았다. 옥님이 이모의 큰오빠를 그때 나는 처음으로 보았다. 삼종 씨는 들고 온 소주병을 건네주고 마루에 올라앉았다. 할머니의 명령에 따라 주춤거리며 인사를 했을 때, 삼종 씨는 우리들 손에 동전을 하나씩 쥐여주었다. 나는 삼종 씨가 굉장한 부자임에 틀림없다고 생각했다.

"사업허기도 바쁠 텐디, 어찌 이리 짬을 내서 오셨는가?"

"예. 마침 읍내에 볼일이 있어서 내려왔다가, 동생들 얼굴이라도 보고 가려고 고향에 들렀습니다. 그리고 저기……."

그때 사립 쪽에서 인기척이 났다. 돌아보니 웬 낯선 아저씨가 문간 옆에 엉거주춤 서 있었다. 아까 동구 밖에서 보았던 바로 그 사내였다. 사립문 바깥에선 벌써 동네 아줌마들 몇이 호기심에 찬 눈빛으로 안쪽을 기웃거리고 있었다. 아마도 삼종 씨와 그 사내의 뒤를 졸졸 따라온 눈치였다.

"저 양반은 뉘신고. 함께 오신 분이면 잠시 들어오시라고 하게나."

"예에. 안 그래도 사돈어른께 드릴 말씀이 있어 이렇게 찾아왔습니다만. 여보게, 이리 들어와서 인사 올리게나."

삼종 씨가 손짓해 부르자 사내는 어색한 걸음으로 다가왔다. 그리고 마당에 서서 허리를 넙죽 숙여 인사를 했다. 그 틈에 여자들도 덩달아 마당 안으로 슬금슬금 들어섰다.

"어따, 아주머니들도 차암. 우리 옥님이가 시집을 간다는디, 어째서 동네 사람들이 더 야단들인가 모르겠네요, 허허."

삼종 씨가 사람 좋은 얼굴로 너털웃음을 터뜨렸다. 할머니가 깜짝 놀라며 반색을 했다.

"그게 참말이오, 사돈? 아, 신랑감이 누군디?"

"지금 여기 눈앞에 있잖습니까. 이 사람이 바로 신랑감이올시다 허허."

"아이고, 그래요? 세상에, 이리 좋은 일이 또 있을꼬!"

순간 마당에 모인 사람들 눈길이 일제히 사내에게 쏠렸다. 사내는 잔뜩 쑥스러워하는 기색으로 마당 가운데 놓인 평상 귀퉁이에 엉거주춤 걸터앉아 있었다.

"으마, 저 영감이 진짜로 옥님이 신랑감이여?"

"영감이라니, 뭔 소리여. 아직 그 정도까지는 아닌 거 같구마는."

"딱 본께로, 쉰 살은 넘었네. 등이랑 어깻죽지가 그새 구부정하잖은가."

"어따, 나이 따위가 뭔 문제여? 옥님이한테는 이 도령만큼이나 과분한 신랑이구만."

아줌마들 속닥거리는 소리가 내 귀에까지 들려왔다.

삼종 씨가 자초지종을 털어놓았다. 그 사내를 삼종 씨가 광주에서부터 일부러 데려왔다는 소문은 틀린 거였다. 또 사내가 등에 지고 온 건 엿판이었고, 그 안에 들어 있는 것 역시 패물이나 비단은커녕 진짜 엿이라고 했다.

흰엿과 갱엿 말고도 콩엿, 깨엿까지 있었다.

삼종 씨가 사내를 만난 건 이날 아침 완도읍내의 연락선 부두에서였다. 낙일도로 떠날 여객선을 기다리느라 무료하던 차에 사내에게 엿 한 가닥을 사 먹으면서 이런저런 얘기를 물어보았다. 그러다 사내가 마침 일정한 주거지도 마땅히 없는 데다가 곁에 달린 식구도 없이 살아가는 고단한 처지임을 알게 되었다.

얘기를 나누다 보니 삼종 씨는 문득 고향집에 혼자 살고 있는 여동생이 생각나더라고 했다. 요모조모 뜯어보니, 사내가 조금 얼뜬 구석은 있는 듯해도 떠돌뱅이 엿장수치고는 심성이 착해 뵈고 온순해 보였다. 그래서 혹시나 하고 옥님이 얘기를 꺼내어 넌지시 의중을 떠보았더니만, 용케도 마다않고 순순히 따라나서더라고 했다.

"오라, 그랬었구먼. 우리는 또⋯⋯."

"아, 백번 잘된 일이구먼! 이번에 아주 옥님이 사돈이랑 짝을 맞춰주시구랴."

"그야 뭐 자기들끼리 피차 맘이 맞아 그러겠다고만 하면, 저로서야 정말 좋은 일이지요. 그런데 과연 어떨른지⋯⋯."

삼종 씨는 싱글벙글 웃으며 손으로 뒷머리를 긁적였다.

"그래, 댁 성함이 어떻게 되시우?"

할아버지가 낯선 사내에게 물었다. 평상에 앉아 있던 사내가 당황하며 대답했다.

"아이구, 말씀 낮추시지요. 성은 김이고 이름은 소동이라고 하는구먼요."

"김이라, 본관은 어디시고?"

"그냥 김해라는 것만 알고 있습니다."

"거, 양반 가문의 후손이구먼. 그럼 고향은?"

"태어나기는 구례에서 났습니다만, 어려서 부모 돌아가신 후로는 줄곧 혼자 떠돌아 댕기느라고 마땅히 고향이라고 할 곳도 없네요. 나이는 올해 마흔하고 일곱이고라우."

사내가 연신 머리를 조아리듯 하며 말했다. 체구는 크지 않아도 건강해 보이는 모습이었다. 무릎 위에 놓인 투박한 손과 주름진 얼굴이 지나온 인생 내력을 짐작게 했다. 남의 집 머슴살이에서부터 도시의 기차역 부근에서 지게꾼도 하고, 손수레꾼, 잡역부, 심지어 뱀 잡는 땅꾼에 이르기까지 별의별 일을 다 경험했으며, 몇 해 전부터는 고물 장수 겸 엿장수 일로 시골 이곳저곳을 유람 삼아 돌아다니는 참이라고 했다.

"저 같은 처지에 무슨 결혼 같은 것을 애당초 꿈이라도 꿔보았겠습니까. 손위로 누이 하나가 있긴 했는디,

일찍 남의집살이를 내보낸 바람에 어릴 때 헤어져서 얼굴도 기억이 안 나는구만요."

그러면서도 사내는 싱글싱글 웃어 보였다.

"으따, 첫인상이 아주 선량한 사람 같구먼. 참말로 잘되었소. 이것도 다 하늘이 내려준 인연 같은디, 삼종이 아재 말씀대로 마음 딱 잡고 우리 마을에 눌러살도록 해보시구랴. 옥님이 그 사람이야 세상에 둘도 없이 착한 여자랍니다. 게다가 진짜로 흠집 하나 없는 숫처녀란 말이오. 솔직히 아저씨 나이에 처녀장가라니, 어디 감히 꿈이라도 꿔보겠소? 안 그래요?"

이장댁의 말에 모두들 와르르 웃었다. 물론 두 사람의 결합이 이뤄지기를 진심으로 바라는 웃음이었다. 사내도 히죽 웃음을 흘리더니, 때마침 할머니가 사발에 담아 내온 막걸리를 벌컥벌컥 들이마셨다. 목이 꽤 말랐던 눈치였다.

한동안 이런저런 얘기들이 웃음 속에 오갔다. 잠시 후 사내가 주춤주춤 일어나더니 할머니에게 다가갔다.

"저어, 초면에 대단히 죄송스럽습니다마는, 수건 좀 빌릴 수 있을까라우."

"수건이요?"

"예에. 실은 길을 나선지 여러 날 돼놔서 몸이 조끔 더

럽구먼요. 흐흐, 우선 어디서 대충 등이라도 씻어냈으면
해서 그럽니다만……."

사내는 연신 머리를 긁적이며 말했다.

"아, 그러다마다요. 내가 수건 한 장 내줄 텐께, 우리
손주를 따라서 빨래터에 얼릉 댕겨오시구랴."

할머니는 방에 들어가 깨끗한 수건을 꺼내주면서, 형
에게 앞장서 함께 다녀오라고 말했다. 이장댁이 손바닥
을 딱 치며 웃었다.

"어따, 그 양반 보기보담 속이 응큼허구먼! 첫날밤 치
를라고 몸단장을 하겠다는 소리 아닌갑네. 오호호."

"속이 썩 여물어 뵈지는 않아도, 성격 하나는 그런대
로 무던한 사람 같습니다. 궂은일도 싫은 소리 없이 잘
할 것 같고."

삼종 씨가 말했다.

"아, 그렇다마다. 둘이서 살림을 차릴 수만 있다면 더
없이 좋은 일이제. 저 양반도 평생 떠돌뱅이로 사느니,
맘 잡고 여기 눌러살면 오죽이나 좋겠소?"

사내가 작은형을 앞세우고 나가자마자 여자들이 일제
히 입을 열었다.

"그나저나 아까 첫 대면을 했다든디, 옥님이는 신랑감
보고 뭐라고 합디까?"

"저 친구야 뭐 그리 싫은 눈치는 아닌 거 같습디다. 그런데 어째 옥님이가 조금……."

삼종 씨가 왠지 고개를 갸웃하면서 대답했다.

"아니 왜, 옥님이가 저는 싫다고 그럽디여?"

"내가 일단 두 사람을 앉혀놓고 얘기를 꺼냈지라우. 옥님아, 너도 이제는 늙어갈 나이가 아니냐. 텅 빈 집에서 이렇게 너 혼자 적적하게 지내고 있는 걸 생각할 때마다 오빠들 마음도 편안치가 않구나. 그러니 이제부터는 이 사람이랑 둘이서 오순도순 함께 살아보면 어떻겠느냐 하고 말입니다."

"그랬더니요?"

"첨에는 절대로 싫다고 발을 동동 구릅디다. 생판 처음 보는 남자랑 어떻게 한집에 같이 있느냐고요. 그래도 내가 한사코 구슬리고 달래고 해봤지요. 아니, 그렇게 성가실 일이 뭣이 있겠느냐. 저 사람이 삭은 마룻장도 갈아주고, 비 오면 지붕도 고쳐주고, 닭장도 새로 만들어주고, 텃밭 일까지도 대신 해줄 터이니 너한테도 훨씬 좋은 일이 아니냐. 세상 사람들 모두가 하는 결혼이란 것이 알고 보면 간단하고 별것도 아니란다. 그냥 남들 하듯이 끼니때 되면 마주 앉아서 밥 먹고, 낮에는 나가서 일하고, 그러다 밤이 되면 한방에서 이불 펴놓고 잠을 자고, 아침이 되면 또 일어나고…… 그냥 그러기만 하면 되는 일이라고 말입니다."

한참을 그렇게 타이르고 달래고 했더니, 그녀는 차츰 오빠의 말에 고개를 끄덕이는 눈치더라고 했다. 그러면서도 대뜸 혀 짧은 소리로 이러더라는 거였다.

"흐응, 몬라라우 몬라! 나 혼자 지내기도 좁아 죽겠는디, 이 방에서 어뜨케 저 남자랑 둘이 밥을 묵고 잠도 자고 하라는지 당최 모르겠당께!"

삼종 씨 말에 사람들 눈이 다 같이 똥그래졌다. 지난봄 벌떡녀 아줌마의 친정 오빠 사건을 기억하고 있는 그들로서는 옥님이 이모가 그 엿장수 사내를 선선히 받아들이기로 했다는 사실이 얼른 믿기지 않았던 것이다. 남자와 한방에서 잠을 잔다는 것이 무슨 뜻인지 과연 옥님이가 알고 있기나 한 것인가. 다들 고개를 갸웃거리는 건 그래서였다.

얼마 후 사내는 작은형을 앞세우고 돌아왔다. 목욕을 한 덕분인지, 사내의 얼굴이 아까보다 한결 환해 보였다.

**

어느덧 밤이 이슥한 시각이었다. 짓궂은 동네 여자들

십여 명은 그때까지도 집에 돌아가지 않고 옥님이네 집 근처에서 서성대는 참이었다. 과연 옥님이가 그 늙은 신랑을 어떻게 맞아들이는가를 기어코 눈으로 확인해보겠다는 심보들이었다. 그녀들이 사립문 밖에서 속닥속닥 키득키득하고 있을 때, 마당 안에서 삼종 씨가 모습을 드러냈다. 양복저고리를 벗어 한 손에 든 채였다.

"웬일들이요. 여태 집에 돌아가지 않고?"

사립문 앞에 모여 있는 여자들을 보고 삼종 씨는 의아한 표정이었다.

"아따, 옥님이 시집가는 첫날밤인디, 우리가 궁금하고 걱정도 돼서 그러지라우."

"그러엄. 신방 구경은 하고 가야제, 어찌 그냥 갈 수 있겠소?"

"허허, 첫날밤은 무슨……."

"옛적부터 내려온 미풍양속인디, 그걸 빼먹고 그냥 지나치면 안 되지라우. 그래야 신랑 신부 금슬도 좋아진다고들 하든디. 오흐흐."

여자들 익살에 삼종 씨도 웃으며 말했다.

"그나저나 우리 옥님이가 다행히 저 사람이랑 정 붙이고 살게 되었으면 좋겠습니다만."

"어따, 옥님이 저도 명색이 여자인디, 한평생 혼자 살

기가 얼마나 적적하고 고단한 일이란 걸 설마 모를랍디까?"

"여하튼 오늘 밤을 일단 지내고 보면, 피차 인연이 맞는지 아닌지 알 수 있겠지요. 제발 그렇게만 된다면 당장이라도 날을 잡아 혼인식도 올려주고, 농사지어 먹고 살 만큼 밭도 몇 마지기 마련해줄 생각입니다만."

삼종 씨의 말에 여자들은 마치 자기들 일이나 된 듯 지레 즐거워들 했다.

"그렇고말고요. 그야말로 우리 마을의 큰 경사지라우. 혼인날엔 우리 부녀회가 쌀을 걷어가꼬 떡시루째 부조를 할 것잉께, 신부 집에선 도야지 큰놈 한 마리는 잡어야겠소이. 오호호."

"까짓 도야지가 문제요? 송아지를 잡아도 안 아깝지라우. 허허."

사람 좋은 삼종 씨는 진짜로 혼인 날짜라도 잡은 것마냥 너털웃음을 터뜨리며 마을로 먼저 내려갔다. 이날 밤은 한마을 친구 집에서 자겠다고 했다. 이제 집 안엔 옥님이와 그 엿장수 사내 단둘만 남아 있는 셈이었다.

마침내 한 무리의 여자들은 한껏 발소리를 죽인 채 뒤란으로 살금살금 들어섰다. 옥님이의 방엔 뒤란 쪽으로 작은 장지문 하나가 나 있었다. 한 아낙이 침 묻힌 손가락으로 창호지를 조심스레 뚫은 다음, 그 구멍에 한쪽 눈을 바싹 들이밀었다.

문구멍 사이로 방 안 풍경이 한눈에 들어왔다. 낡은 반닫이 위에 엉성하니 뭉뚱그려진 채 얹혀 있는 꾀죄죄한 이불, 그리고 벽에 어수선하게 걸린 옥님이의 칙칙한 옷가지들이 보였다.

방 윗목 한쪽엔 호롱불이 흐릿한 불빛을 흘리고 있고, 때마침 엿장수 사내는 방 한가운데에 우두커니 앉아 있었다. 마치 장바닥에 끌려 나온 숫염소마냥 사내는 얼떨떨하고 우스꽝스러운 모습이었다. 초조한 듯 방 안을 두리번대고 마당 쪽에 연신 귀를 기울이는 눈치였다. 그걸 훔쳐보는 여자들에게선 꼴딱꼴딱 침 삼키는 소리가 절로 흘러나왔다.

"어라, 옥님이는 어딜 가고, 방 안에 신랑 혼자만 앉아 있을꼬?"

"여태 설거지를 하는 참인가? 장독대 쪽에서 딸그락대는 기척이 나는구먼."

"설거지는 무신? 신방에 들기 전에 옥님이도 몸단장을 하고 있는 중이겄제. 오흐흐."

"오메, 옥님이도 속이 숭악허구마이! 어흐홋."

문밖에서 여자들이 한껏 목소리를 죽인 채 속닥이고

있을 때였다. 그때까지 방바닥에 엉거주춤 주저앉아 있던 엿장수 사내가 문득 몸을 일으켰다. 그리고 혼자 무슨 생각을 했는지, 반닫이 위의 이불을 서둘러 끌어내리더니 그걸 아랫목에 얌전히 펼쳐놓았다. 말할 것도 없이 그것은 평소 옥님이 혼자만 쓰는 이불이었다. 몇 해가 지나도록 제대로 물 구경 한번 못 해본 터라 온통 땟물에 절어 퀴퀴한 냄새가 잔뜩 밴 꼬락서니였다.

이불을 편 다음 늙은 신랑은 재빨리 겉옷을 훌훌 벗기 시작했다. 사내의 속옷 역시 낡고 허름해 보였다. 양쪽 겨드랑이와 무릎 쪽엔 구멍까지 숭숭 뚫려 있어서, 어차피 옥님이의 이불을 타박할 만한 처지도 못 되었다. 어쨌거나, 겉옷을 훌훌 벗어 던지고 완전히 알몸뚱이가 된 사내는 냉큼 이불을 들추고 방바닥에 척 드러눕는 거였다.

"에그머니! 저 위인 허는 짓 좀 봐라이. 아주 팔자 좋게 훌러덩 벗고 이불 속에서 차분히 기다리는구먼."

"알고 보니 여간 응큼한 사람이 아닐세? 늙은 말이 풋콩만 찾는다더라고, 속셈이 아조 눌눌허구만 그래!"

"거참, 요상허네. 첫날밤에 신부가 신랑을 기다리는 법인디, 거꾸로 신랑이 먼저 이불 속에서 기다리는 법도 있당가?"

여자들은 이제 곧 눈앞에 벌어질 흥미진진한 광경들

을 저마다 떠올려보았다. 그러자 일제히 가슴이 화끈거리고 목구멍으로 군침이 꿀꺽꿀꺽 넘어가기 시작했다. 마침내 방문이 덜컥 열리는 소리와 함께 옥님이가 방 안으로 들어섰다. 문틈으로 훔쳐보는 여자들의 눈알이 일제히 화등잔만 하게 커졌다.

"왔네, 왔어! 신부가 들어왔당께!"

"어디 어디? 나도 조까 들여다보자고."

"오메, 조용히들 좀 해. 다 들리겄구만!"

맘이 조급해진 여자들이 서로 머리통을 부딪치며 너도나도 방문 창호지에 손가락으로 구멍을 뚫어놓았다.

그녀들은 하나같이 기대에 잔뜩 부풀어 있었다. 아무리 얼뜨기 옥님이라지만, 어쨌거나 이게 첫날밤이잖은가. 비록 연지 곤지 찍고 머리에 족두리까지 드리운 다소곳한 새색시 모습은 아닐지라도, 최소한 이날만은 얼굴이랑 손발 씻기 정도의 몸단장은 마치고 신방에 등장할 거라는 믿음이 있었다.

그런데 문을 열고 들어선 신부의 행색은 너무나 의외였다. 여느 때처럼 땟물과 흙먼지에 전 몸빼 바지와 후줄근한 무명 저고리 차림. 그나마도 한쪽 바짓가랑이는 무릎께까지 둘둘 말아 올린 채였다. 시커먼 누룽지마냥 때가 엉겨 붙은 맨발. 까치집마냥 부풀어 오른 머리

채······.

그건 초야의 신방으로 들어서는 새각시 모습은 고사하고, 영락없이 방죽에서 미나리를 캐다 말고 뒤가 급해서 지금 막 부리나케 변소로 뛰어든 형색이었다.

"어이구, 옥님이 저년 꼬락서니 좀 봐. 콧물이라도 닦을 것이제, 쯧쯧."

"으따, 뒤에서 자꾸 밀지 좀 말란께."

"아, 나도 조끔만 구경하자고."

여자들은 창호지 문구멍을 서로 차지하려고 궁둥이 싸움질을 벌였다.

옥님은 방 안에 들어서자마자 잠시 그 자리에 멀뚱히 서 있었다. 그러다 돌연 엿장수 사내가 누워 있는 아랫목을 향해 우르르 달려들었다.

"오메메, 이불! 내 이불!"

비명을 꽥 지르며 옥님이는 이불을 두 손으로 움켜쥐고 홱 잡아 젖혔다. 순간 다소곳이 누워 신부를 기다리고 있던 엿장수 사내의 볼품없는 알몸뚱이가 확 드러났다.

"와이고, 이 나쁜 도둑놈! 빠리빠리 이더나랑께! 이거 내 이불인디, 어째서 너가 덮고 자빠져 있냐 마디여!"

머리끝까지 화가 난 옥님이는 이불을 그러안고 와와 고함을 질렀다. 기겁한 늙은 새신랑은 반쯤 얼이 빠진 채 자리에서 벌떡 일어났다.

"여, 여보시게! 우리 두, 둘이는 이제부텀 함께 사, 살 게 될 사이인디……."

사내는 허둥거리며 엉겁결에 새신부의 무릎을 붙잡고 웅얼거렸다.

"놔다이! 노당께! 이 나쁜 놈, 어디서 내 이불을 훔텨 갈라고!"

"아, 아니 그게 아니고, 허 참! 여보시게, 이녁 오빠가 아까 그러지 않았소? 앞으로 우리 두, 둘이서 이불 덮고 나, 나란히 잠을 자라고 말이오."

"몬라, 몬라! 나는 그런 거 몬라! 이더케 쬐깐한 방에서 어뜨케 둘이가 잠을 잔단 말여? 나가라이! 빠리 나가랑께! 너는 마당에서 자든지 허깐에서 자든지 맘대로 하랑께! 이놈, 이 나쁜 놈아!"

마침내 그녀는 엿장수 사내의 등허리와 정강이를 발로 마구 걷어차기 시작했다. 아이쿠! 아이쿠! 느닷없이 방 안에서 사내의 비명이 터져 나왔다.

"옥님 씨. 자, 잠깐만 내, 내 얘기를 들어보시라니께. 아이쿠."

사내는 연신 비명을 내지르며 방 안을 무릎으로 엉금 엉금 기어다녔다.

"듣기 시러! 나가라! 빠리빠리 나가랑께! 이 도둔놈아아!"

악이 받친 옥님이는 막무가내였다. 숨 돌릴 겨를 없이 사납게 발로 차고 손으로 할퀴고 꼬집어대었다. 끝내 사내는 벗어둔 옷을 그러쥔 채 알몸으로 우당탕 문을 박차고 뛰쳐나갔다. 문구멍으로 지켜보던 여자들의 입이 동시에 딱 벌어졌다.

"세상에! 대관절 뭔 짓이라냐!"

"아이고, 저 늙은 신랑이 옥님이한테 맞아 죽게 생겼네!"

"쯧쯧. 그러게 내가 뭐라던가? 저 한심한 위인이 그 이치를 어찌 알겠느냐고. 옥님이 신방 구경한답시고, 야밤중에 이리 죽치고 있는 우리들도 똑같이 넋 빠진 인생들이구면."

기가 막혀 어안이 벙벙해진 여자들은 문밖에서 일제히 너도나도 한마디씩 떠들어댔다. 뒤늦게 방 안에서 눈치를 챈 옥님이가 벼락같이 고함을 질렀다.

"아니, 거그 누구여! 어튼 비러묵을 년들이 시방 우디 집에 들어와 난리를 친다냐!"

순간 음마 뜨거라 하고 여자들이 우르르 흩어져 달아났다.

그녀들은 때마침 마당에서 엿장수 사내하고 덜컥 마주쳤다.

"누, 누구요?"

한쪽 다리에 엉거주춤 바짓가랑이를 꿴 채로 사내가 놀라 소리쳤다. 맨발로 방에서 쫓겨나와 거기서 허둥지둥 옷을 입으려던 참이었다.

"오메, 미안해서 어쩌까라우! 우리는 신방 좀 구경할라고 온 사람들인디."

그러자 사내는 그녀들을 흘깃 쳐다보고는 툴툴거렸다.

"신방이라니! 흥, 까딱했으면 송장 하나 칠 뻔했소. 젠장, 나 같은 놈 팔자에 장가는 무슨……."

사내의 풀 죽은 모습이 우습기도 하고 한편으로는 측은하기도 했다. 여자들은 사내를 슬슬 달래기 시작했다.

"아무리 그렇더라도, 이 밤중에 어디로 가실라고요, 아저씨."

"말도 마슈. 이 집에서 하룻밤 지냈다가는 뼈다귀도 못 추리겠소. 허 참, 뭣이 육갑헌다등마는, 무슨 여자가 저리 살쾡이마냥 사납고 독살스럽다요? 사내 두어 놈이 덤벼도 못 당허겠습디다 원."

졸지에 얻어맞은 볼따구니를 손바닥으로 감싸 쥔 채 사내는 볼멘소리를 했다. 그리고 토방에서 제 고무신을 찾아 신더니, 마루 위에 벗어둔 엿판을 등에 지고 일어섰다.

"아따, 아저씨. 옥님이가 워낙 뭘 모르는 형편이잖소. 그렇다고 그냥 이렇게 쉽게 포기하고 훌쩍 가버리믄 안 되지라우. 한 번만 더 살살 어르고 달래보시구랴."

"맞어라우. 두 사람 다 홀몸으로 늙어가는 처지인디, 서로 정 붙이고 살면 피차에 좋은 일이제라우. 안 그려요?"

여자들은 둘이 맺어지기를 진심으로 바랐다. 사내의 마음을 어떻게든 돌려놓고 싶었다.

"나도 아까 저 여자네 오빠한테 들어서 사정이야 대충 알고 있소. 그렇지만 꼭 불침 맞은 살쾡이처럼 저리도 그악스런 여자랑 어찌 함께 살겠소? 나, 그냥 갈랍니다. 나 같은 놈 팔자에 무슨 각시 복을 바라겠능가라우. 허 참, 재수가 없을라니께 별 고약헌……."

"어따, 제발 그러지 말고 방으로 살짝 들어가 한 번만 더 구슬려보시랑께요. 아, 저도 명색이 여자인디, 생판 초면인 남자 품에 옳다꾸나 하고 안길 수야 없을 테지라우. 쑥스럽고 부끄러울 텐디."

"그르믄요. 옥님이 아짐이 정신이 조끔 덜 여물어서 그렇제, 사실은 더없이 심성 착하고 유순한 사람이어라우."

다를 입이 마르도록 어르고 부추기는 덕분에 사내도 맘이 차츰 누그러지는 눈치였다.

"뭐, 듣고 보니 그러기도 하겠구만요. 나도 성질이 조까 급한 편이라 그랬는디······."

"오메, 생각 잘하셨소. 그래야지라우. 오호흐."

여자들 표정이 금세 환해졌다. 사내는 짊어졌던 엿판을 못 이기는 척 다시 땅바닥에 벗어놓았다. 그리고 옥님이의 방 앞으로 엉거주춤 걸음을 옮기기 시작했다. 여자들은 가슴을 졸이며 사내의 일거일동을 뒤에서 지켜보고 있었다.

방 안엔 벌써 호롱불이 꺼져 있었다. 드릉 드르릉. 그새 잠이 들었는지, 옥님이의 코 고는 소리가 창호지 문을 우렁차게 흔들어대는 참이었다.

"옳지, 얼른 안으로 들어가보시오. 모르는 척 이불 덮고 오늘 밤만 지내고 나면 내일부터는 아무 일도 없을 것인께."

여자들이 사내의 등을 재차 떠밀었다. 이윽고 사내는 쭈뼛대며 문을 가만히 열고 안으로 들어갔다. 여자들은 문에 귀를 바싹 붙인 채 동정을 살폈다. 사내가 옷을 벗는 걸까. 뭔가 조심스레 바스락거리는 소리가 들리는가 싶더니, 이내 방 안이 잠잠해졌다.

"인제는 되었네. 괜히 신랑 각시 방해하지 말고 우리도 집으로 돌아가세나."

여자들은 비로소 마음이 놓였다. 흐뭇한 웃음을 애써 참으며 발끝을 세워 다들 조용히 마당을 빠져나왔다.

참말로 잘된 일이여. 아암, 더없이 잘된 일이고말고. 과연 내일 아침 옥님이가 어떤 표정을 하고 나타날 것인고? 여자들은 새삼 흐뭇해하며 마을을 향해 줄을 지어 언덕길을 내려가기 시작했다. 마치 자기네가 둘을 맺어준 중신아비라도 되는 양, 절로 기분이 좋았다.

바로 그때였다. 별안간 등 뒤에서 외마디 비명소리가 터져 나왔다.

"와이고오, 사, 사람 살려!"

숨넘어가는 사내의 비명과 함께 성난 여자의 괴성이 터져 나왔다.

"으마, 저건 또 뭣이여! 그 늙은 신랑 목소린디?"

"뭔 일이 터졌네! 당장 올라가보세!"

여자들은 되돌아서 허겁지겁 뛰어 올라갔다. 사립문에 막 다다랐을 때, 사립문짝을 와지끈 젖히고 누군가 후다닥 뛰쳐나왔다. 팬티 한 장만 달랑 걸친 반벌거숭이 사내였다. 그는 제 머리통을 두 손으로 감싸 쥔 채 사립문 앞 땅바닥에 풀썩 주저앉았다.

"오메, 나 죽네! 아이고, 저년이 생사람 잡네! 아으, 내 머리통!"

다 죽어가는 시늉으로 끙끙대는 사내를 그녀들이 에 워쌌다.

"으마, 정신 차리시요!"

"아니, 신방에 든 신랑이 별안간 이게 무슨 꼴이라요?"

"머리가 깨진 모양인디. 어따가 찧었소?"

아낙네들의 말에 사내가 오만상을 찌푸리며 빽, 고함 을 질렀다.

"듣기 싫소! 아줌씨들 때문에 무담씨 내 골통만 박살 날 뻔했단 말요!"

아이구구. 사내는 비명을 지르면서도 용케 방 안에서 챙겨온 겉옷을 허둥지둥 꿰어 입고 있었다.

"골통이 깨져라우?"

"그렇단 말요! 저 독살스런 여자가 살인을 할라고 했 다니께. 오메메, 여기 내 뒤통수 조까 봐주시오. 박이 터 진 거 같은디. 세상에, 이것이 무슨 날벼락이여!"

이장댁이 징징대는 사내의 머리통에 남폿불을 들이대 고 살펴보았다. 달걀만 한 혹 덩이 한 개가 툭 불거져 있 었다.

그때 옥님이가 마루로 튀어나오더니, 항아리 깨지는

소리로 악을 썼다.

"이 도둔놈아, 나가! 빠리빠리 우디 집에서 나가란 말여!"

큼직한 다듬이 방망이를 쥐고 흔들며, 옥님이가 마루 위에서 으르렁댔다. 여자들이 황급히 옥님이를 가로막았다.

"이게 무신 행패냐? 하마터면 생사람 눈알 빠질 뻔했잖어?"

"몬나, 저 도둔놈 누깔 빠디든 말든 나는 몬나. 저놈, 아주 나뿐 놈이여!"

"대관절 저 아저씨가 뭘 어쨌기에?"

"저놈이 아까도 내 이불을 홈터갈라고 하등마는, 나 잠든 새에 또 몰래 들어와서 내 돈을 홈터갈라고 했단께. 도둔놈!"

옥님은 대뜸 속곳 춤에서 예의 그 돈주머니를 꺼내 쥐고 흔들며 연신 목청을 높였다. 순간 여자들의 입이 일제히 딱 벌어졌다. 그리고 누가 먼저랄 것도 없이 한꺼번에 흥건한 웃음이 와르르 쏟아져 나왔다.

"뭐? 또 그 돈주머니냐! 아이구, 이 한심한 것아!"

"오호호호. 아이고, 배야. 뱃가죽 땡겨 나 죽겄네에!"

"빌어묵을 여편네들일세. 남은 골 깨져 죽어가는디,

뭣이 좋아서 저렇게 낄낄대는고? 에이, 미친……."

어안이 벙벙해진 사내가 혼자 씨부렁대며 옷을 털고 일어났다. 그리고 서둘러 엿판 지게를 찾아 등에 짊어졌다. 누군가 뒤에서 물었다.

"아저씨, 이대로 그냥 가실라고요?"

"아니믄? 이놈의 집구석에 있다가 진짜로 송장 꼴이 되란 말요? 아이고, 문어 먹통 같은 저년 쌍판대기, 두 번 볼까 무섭소!."

"머시 어째? 이 도둔놈아, 빨리 나가랑께!"

옥님이가 방망이를 흔들며 고함을 치자 사내는 깜짝 놀라 언덕길로 핑 내달았다. 여자들도 별수 없이 돌아서서 엿장수 사내를 뒤따라 힘없이 걸음을 옮겼다. 한동안 침묵 속에 여럿의 발소리만 들렸다.

이윽고 마을 초입의 갈랫길에 이르렀다.

"아저씨, 오늘 밤 어디 묵을 데라도 정해놓았소?"

이장댁이 걱정스레 물었다.

"춧, 여기는 눈 째지고 나서 처음 와본 동네인디, 나한테 잘 곳이 어디 있겠소?"

"오메 그럼, 우리 작은댁으로 가보십시다. 마침 빈 방이 하나 있응께라우."

광숙이네가 말했다.

덕분에 사내는 하룻밤을 그나마 지붕 아래서 혼자 지낼 수 있었다.

* *

이튿날, 사내는 아침부터 엿판을 짊어지고 마을을 돌았다.

"엿이오! 엿 사시오! 둘이 먹다 하나가 죽어도 모를 호박엿!"

쩔꺽, 쩔꺽, 엿가위 치는 소리와 함께 외쳐대는 사내의 목소리가 왠지 구슬프게 들렸다. 신혼 첫날밤은커녕 머리에 커다란 혹만 한 개 얻었을 뿐인 그 사내가 못내 측은하고 안쓰러워서, 마을 여자들이 나서서 엿을 후하게 팔아주었다. 덕분에 이날 하루 우리 마을 사람들은 난생처음 볼따구니가 먹먹하도록 엿을 실컷 먹게 되었다.

이날은 마침 토요일이었다. 점심 무렵 학교에서 돌아오던 우리들은 고갯마루에서 그 엿장수 사내와 마주쳤다. 그는 마침 무덤가 풀밭에 등짐을 내려놓고 앉아 땀을 식히는 참이었다. 그는 우리를 보자마자 손짓을 했다.

"이리 와봐라. 내가 엿 줄 텐께."

그는 가위를 툭툭 쳐서 우리에게 갱엿을 한 가닥씩

나누어주었다. 사내에게선 역한 막걸리 냄새가 풍겨 나왔다.

"어따, 다행히 느이들 몫은 남아 있구나. 동네 아줌씨들 덕에 엿 세 판을 몽땅 팔아치웠구마이."

사내는 문득 내 얼굴을 찬찬히 내려다보더니, 혼자 씨익 웃었다.

"오라. 어제 저녁에 봤던 그 집 꼬맹이로구나. 이 마지막 토막은 널 주마. 하마터면 너랑 나랑 팔자에 없는 사돈지간이 될 뻔했응께. 흐흐."

공연히 내 얼굴이 붉어졌다. 우리는 엿을 입에 넣고 신나게 오물거렸다. 유난히 달고 맛있는 엿이었다. 저만치 고개 아래로 마을 전경이 내려다보였다. 활처럼 둥글게 휘어져 나간 해안의 흰 모래밭, 연녹색 물빛으로 고요히 잠들어 있는 앞바다, 그리고 동백나무 사이로 옹기종기 들어앉은 초가지붕들이 마치 고막껍질처럼 보였다. 그것들을 한동안 멀거니 내려다보던 사내의 입에서 후우, 한숨이 흘러나왔다.

"허어, 조오타! 이런 동네서 한세월 살아봤으면 참말로 좋겠네. 이놈들아, 이렇게 좋은 고향을 가졌다는 것이 얼마나 행복한 일인지, 느이들은 아마 모를 것이여."

혼잣말처럼 뇌까리다가 사내는 우리를 돌아보며 또 씨

익 웃었다. 그 웃음이 무척이나 쓸쓸하고 서글퍼 보였다.

"자아, 이젠 슬슬 가봐야제! 가도 가도 끝없는 천리길
이다만, 어쩔 것이냐. 살아 있응께, 어디든 가기는 가봐
야제. 이 녀석들아. 잘들 있거라!"

사내는 끙 소리를 내며 엿판을 등에 지고 일어났다.
그리고 이내 혼자 노래를 흥얼거리며 휘적휘적 걸음을
옮기기 시작했다.

어이 가리, 나 어이 가리
황성 천릿길을 어이 홀로 갈거나.
오늘 밤은 가다가 어디서 자고
내일은 또 어디서 잠에 들까나…….

우리는 마을을 향해 고갯길을 내려오기 시작했다. 등
뒤로 사내의 노랫소리가 점점 멀어졌다. 고갯마루 위에
서 나는 다시 한번 뒤를 돌아다보았다. 저만치 빈 엿판
을 등에 진 사내의 모습이 이제 막 산모퉁이를 돌아 아
스라이 지워지고 있었다.

11. 천하장사 황설봉

추석이 되려면 한참 전인데도 마을은 벌써부터 술렁거렸다. 송편 먹을 생각에 손가락을 헤아리는 아이들뿐만 아니었다. 어른들 역시 가슴을 설레며 가벼운 흥분상태에 빠져 있었다. 마을 씨름 선수로 뽑힌 두 사람이야 말할 것도 없었다. 시합 두어 달 전부터 두 사람은 아예 일손을 놓고 바닷가 모래밭에서 연습에 열중했다.

매년 추석날이면 우리 섬에선 면민 체육대회가 열리곤 했다. 낙일도의 열두 개 마을 대표선수들이 갑포리 초등학교 운동장에 모여 달리기, 배구, 씨름대회를 했다. 자기네 마을의 명예가 걸린 일이었으므로 동네마다 좋은 성적을 거두기 위해 애를 썼고, 매년 새롭게 정해지는 마을 간의 순위에 신경을 곤두세우곤 했다.

사실 우리 마을은 꽤 오랫동안 성적이 영 신통치 않았다. 특히 배구 종목은 으레 첫판부터 나가떨어지기 일쑤였다. 마을 규모가 상대적으로 작기도 하려니와 무엇보다 연습할 마땅한 장소가 없다는 점이 큰 약점이었다. 학교 운동장이 있는 갑포리나 장터가 있는 화포리 사람들은 마음껏 연습을 할 수 있었지만, 손바닥만 한 공터조차 없는 우리 마을에선 바닷가 모래밭에서 맨발로 경중경중 뛰어다녀야 했다. 그러다가 막상 학교 운동장에서 열리는 시합 땐 아무래도 허둥거릴 수밖에 없었다.

달리기 종목 역시 마찬가지였다. 재작년 삼수네 작은형이 마라톤에서 삼등을 했을 뿐, 네 명이 이어달리는 계주 종목에선 단 한 번도 입상한 적이 없었다. 그때 삼수네 작은형이 삼등을 한 것도 사실은 앞장서 달리던 두 명이 서로 부딪쳐 넘어지는 사고 덕분이었다.

그렇지만 씨름 종목에서만은 우리 마을도 곧잘 우승후보 가운데 하나로 손꼽혔다. 우리에겐 황설봉 씨가 있었던 것이다. 최근 몇 년 새에 무려 세 차례나 일등을 차지했던 그는 우리 마을 최고의 영웅이었다. 상으로 탄 흑돼지 한 마리를 앞장세운 채 갑포리에서 우리 마을까지 십 리 길을 마을 사람들이 춤추고 노래하며 퍼레이드를 벌였던 기억은 아직도 생생했다. 가장 인기 있는 종목인 씨름대회에서 우승했다는 사실에 우리 마을 사람들은 굉장한 자부심을 갖고 있었다. 실제로 낙일도 사람치고 일출리 황장사의 존재를 모르는 이가 없었다.

그런 유명한 장사가 바로 내 고숙이라는 사실이 나는 무척 자랑스러웠다. 자기 이름도 쓸 줄 모르는 까막눈에다가 어려서 마마를 앓아 살짝 곰보가 된 그에게 우리 막내 고모를 시집보낸 할머니의 속셈도 필시 그 굉장한 힘 때문이었으리라. 밥보다 술을 더 좋아해서 항상 코끝이 빨간 거라고 핀잔을 주면서도, 할머니가 손수 빚은 술을 종종 우리들 손을 빌려 고모네 집에 보내주는 까닭도 그래서일 터였다.

올해 씨름판은 여러 모로 특별한 시합이 될 모양이었다. 예년 같으면 우승자에게 돌아갈 상품은 돼지 한 마리가 전부일 터인데, 이번엔 전에 없이 송아지 한 마리가 상품으로 걸린 거였다. 게다가 우승한 장사는 덤으로 서울 구경까지 시켜준다고 했다.

그 특별한 상품은 낙일도 출신 재일교포 한 사람이 선뜻 희사한 것이었다. 일제 때 징용으로 끌려 나간 뒤로는 감감소식이어서 죽은 줄로만 알고 있던 인물이었는데, 그동안 온갖 고생 끝에 큰 재산을 모아 현재 오사카에서 제법 큰 국수공장을 하고 있다는 소문이었다.

상품에 걸맞게 이번 씨름판에 대한 관심도 벌써부터 대단했다. 예년과 달리 마을당 한 명이 아니라 두 명씩 출전하게 되어, 우리 마을에선 설봉이 고숙과 감나무집 박서방이 대표로 뽑혔다. 박서방은 서른 중반의 나이임에도 아직까진 웬만한 청년 몇은 모래밭에 간단히 눕힐 만큼 힘이 좋았다.

대표선수로 뽑힌 두 사람은 매일같이 훈련에 열심이었다. 동네 청년들을 연습 상대로 불러내어 바닷가 모래밭에서 연신 콧김을 씻씻 뿜어내며 몸을 다지고 힘줄을 단련시키느라 여념이 없었다. 우리 꼬맹이들은 밥숟가락을 내려놓기가 무섭게 마을 앞 모래밭으로 달려가 그 모습을 구경했다.

설봉이 고숙의 훈련장엔 으레 구경꾼들이 많았다. 특히 벌떡녀 아줌마랑 뒷간네 아줌마는 단골 구경꾼이었다. 소나무 등걸처럼 우람한 팔뚝, 된장 항아리마냥 단단한 허벅지며 장딴지, 황소같이 부리부리한 눈, 울퉁불퉁하면서도 우락부락한 머리통, 철사처럼 팽팽한 힘줄과 근육, 거친 숨을 몰아쉬며 힘을 쓸 때마다 불룩불룩 일어서는 배와 가슴팍. 그 하나하나에 벌떡녀 아줌마와 뒷간네 아줌마는 시종 감탄에 찬 눈빛으로 지켜보곤 했다.

"어따, 설봉이 기술이 올해는 더 늘었구만. 이번에도 우승은 따놓은 당상이네 그려."

"암 그렇다마다. 누가 뭐래도 낙일도 바닥에선 황설봉을 당할 장사가 없제이."

"어디 낙일도뿐이여? 설봉이만한 씨름꾼은 필시 완도군을 통틀어도 없을 것이네. 힘으로 보나 기술로 보나 최고랑께."

어른들은 호기롭게 서로 맞장구를 쳤다. 우승은 따놓은 당상이니, 그날 송아지를 앞세우고 마을로 돌아오는 길엔 북, 장구, 꽹가리, 징을 신나게 두드리면서 섬이 온통 떠들썩하도록 한바탕 신나게 놀아보자며 김칫국부터 마셔댔다.

**

추석 다음 날 아침. 모두가 고대하던 면민 체육대회 날이기도 했다. 새벽같이 눈을 뜨자 할머니가 나를 불렀다.

"철아. 너가 고모 댁에 얼른 갔다오너라. 설봉이 고숙더러 아침밥은 우리 집으로 건너와 잡수시라고 해."

나는 휘파람을 불며 마을 끝에 있는 막내 고모 집으

로 달려갔다. 마침 설봉이 고숙이 마당에서 준비운동을 하는 참이었다. 그 육중한 몸집으로 땅이 쿵쿵 울리도록 뜀뛰기도 하고 옆구리 운동, 팔 굽혀 펴기도 하면서 콧김을 슛슛 뿜어내고 있었다. 나는 설봉이 고숙과 함께 우리 집으로 돌아왔다.

할머니가 차린 밥상 위엔 놀랍게도 맛난 쇠고기가 그들먹하니 차려져 있었다.

"아니, 장모님. 이 귀한 고기가 어디서 났다요?"

"어따, 오늘이 어떤 날인가. 특별히 자네한테 멕일라고, 내가 지난번 장날에 큰맘 묵고 몇 근 떠 왔다네. 자고로 뱃속이 든든해야 힘을 쓰는 법이여. 자아, 어서 맘껏 뜯어 먹어보게나."

할머니는 설봉이 고숙 앞으로 커다란 국그릇을 밀어주며 웃었다. 보기에도 먹음직스러운 그것을 훔쳐보면서 우리 꼬맹이들은 군침을 삼켰다. 물론 오늘만은 설봉이 고숙을 위해 참아야만 한다는 걸 우리도 알고 있었다.

설봉이 고숙은 이내 마파람에 게 눈 감추듯 그걸 우적우적 먹어 치웠다. 그러자 이번엔 할머니가 부엌에서 커다란 사발 하나를 두 손으로 받쳐 들고 방으로 들어왔다. 그걸 들여다보던 설봉이 고숙이 놀란 얼굴을 했다.

"워메, 이건 무슨 국이라요? 순전히 기름 덩어리 같은

디요?"

정말이었다. 그 커다란 국사발 안에는 누런 고기 기름
이 둥둥 떠 있었다.

"쇠꼬리하고 사골 뼈를 밤새 곤 것이라네. 내가 일부
러 쇠기름 덩어리를 듬뿍 넣고, 거기다 인삼까장 몇 뿌
리 넣었제. 이것이 진짜 보약이여."

할머니는 착한 토끼처럼 앞니를 드러낸 채 흐물흐물
웃음을 흘렸다.

"쇠기름이랑 인삼까지요?"

"그럼. 자고로 우리 조선 사람은 배에 기름이 담뿍 들
어차야 힘을 쓰는 법이여. 쇠고기에 인삼 달인 국은 원
기회복에 기중 제일이라고. 자, 얼른 한입에 죽 들이켜
게나."

"거참, 이 많은 걸 어뜨케 한입에 다 먹습니까. 금방
밥이랑 고기까지 잔뜩 먹었는디."

"거, 괜찮다니께 그러네. 보약이라 생각하고 쭉 들이
마시게. 그리고 보란 듯이 일등해가꼬 송아지를 끌고 오
란 말이여. 흐흐."

"허 참, 일등이 어디 그렇게 맘먹은 대로 됩니까?"

설봉이 고숙은 뒤통수를 긁으며 어눌하게 대답했다.

"염려 말게. 올해도 송아지는 틀림없이 자네 몫이 될

것인께. 내가 간밤에 꿈을 꿨단 말이시."

"꿈을 꿨다고?"

할머니의 말에 할아버지가 되물었다.

"꿈도 보통 꿈이 아니지라우. 내가 우리 집 담 밑을 지나가는디, 느닷없이 위에서 무슨 된장 덩어린지 보리개떡 같은 큼직한 덩어리가 머리 위로 철버덕하고 떨어지더란 말요. 으마, 이것이 무슨 날벼락인고 하고 올려다봤더니, 글쎄, 아주 잘생긴 송아지 한 마리가 쇠똥을 걸판지게 싸고 있드란 말여. 꿈속에서도 어찌나 반갑고 오지든지! 으흐흣."

얼굴에 똥을 덮어쓴 꿈 따위가 뭐 그리 좋다고, 할머니는 한껏 흡족하게 웃는 거였다.

"어떤가. 영락없이 자네가 일등 할 꿈이 틀림없제?"

"그, 글씨요. 그랬으면 더없이 좋겠소마는. 흐흐."

"자, 어서 남기지 말고 마저 다 들이켜게나. 힘이 펄펄 솟을 것이네."

"허 참, 아무래도 너무 과식하는 것 같은디……."

결국 할머니의 성화에 밀려 설봉이 고숙은 얼굴을 잔뜩 찡그린 채 그 많은 국물을 몽땅 들이마셨다. 그리고 시간이 없다며 서둘러 일어섰다.

우리 식구들은 아침밥을 먹자마자 다 같이 집을 나섰

다. 집집마다 깨끗한 옷으로 갈아입은 마을 사람들이 고
샅을 빠져나오고 있었다. 저마다 점심밥과 떡, 부침개
따위를 보자기에 싸 들고 고개를 넘어 갑포리 초등학교
로 향했다.

초등학교 운동장엔 벌써 수많은 섬사람들로 북적거리
고 있었다. 머리 위에선 울긋불긋한 만국기가 드리워져
바람에 펄럭거리고, 운동장 전면 중앙에 드리운 차일 밑
에는 면장님과 경찰 지서장, 조합장, 교장 선생님을 비
롯한 면 유지들이 저마다 의자를 하나씩 차지하고 앉아
있었다. 그중 맨 앞에 앉아 있는 뚱뚱한 신사가 바로 재
일교포 부자라고 했는데, 그의 얼굴을 구경하려고 사람
들은 가까이 다가가 고개를 빼고 기웃거렸다.

체육대회는 개회식으로부터 시작되었다.

각 마을에서 뽑혀 나온 선수들 앞에서 면장이 한바탕
일장훈시를 늘어놓기 시작할 때였다.

설봉이 고숙은 문득 오만상을 잔뜩 찌푸렸다. 자신의
배 속에서 뭔가 심상찮은 일이 벌어지고 있음을 그는 알
아차렸다. 뭐랄까. 마치 청개구리 수백 마리가 배 속에
서 일제히 제멋대로 와구와구 울어대고 있는 듯한, 뭔가
아주 고약하고 허무맹랑한 느낌이었다. 불룩 튀어나온
그의 아랫배에선 벌써 꾸룩 꾸루룩, 정체 모를 불길한

222

소음이 다급하게 흘러나오기 시작했다.

'음메, 암만해도 시원찮은디? 설마 배, 배탈이……'

당장 뒷문을 왈칵 열어젖히고 개구리 떼가 와르르 뛰쳐나오기 직전이었다. 설봉이 고숙은 다리를 배배 꼬면서 온몸의 힘을 엉덩이 한 지점에 집중시켜 그 아슬아슬한 뒷문을 틀어막기 위해 안간힘을 썼다. 면장의 인사말이 끝나자 이번엔 그 뚱보 재일교포 신사가 한껏 거드름을 피우며 단상으로 올라오더니, 순전히 자기 자랑을 장황하게 늘어놓기 시작했다.

그때 운동장에 늘어선 선수들 대열에서 누군가 슬그머니 빠져나왔다.

"저거, 느이 고숙 아니냐?"

"맞어라우. 어딜 저리 바쁘게 달려가는고?"

우리는 고개를 갸웃거렸다. 설봉이 고숙은 엉덩이에 부스럼이 돋은 사람마냥 허리를 엉거주춤 구부린 채 운동장 가장자리의 변소 건물을 향해 어기적대며 걸어가고 있었다.

"소피가 많이 마려웠던갑다. 원, 미리미리 볼일을 봐 둘 것이제, 행사 중에 저리 들락날락하는고."

할아버지가 마뜩찮다는 듯 중얼거렸다. 설봉이 고숙은 한참 후 다시 모습을 드러냈다. 그가 오만상을 잔뜩 찌푸린 채 허리띠를 여미며 변소 밖으로 나섰을 무렵 때마침 개회식이 끝났다. 마침내 체육대회의 본격적인 막이 올랐다.

우리 마을 사람들은 당연히 씨름판으로 몰려들었다. 엊그제 예선전에서 배구팀은 보기 좋게 미끄러져버렸고, 달리기 시합은 오후부터 열릴 예정이었다.

씨름 예선전이 시작되었다. 먼저 나선 박서방은 첫판에서 간단히 나동그라지고 말았다. 하지만 우리 동네 사람들은 그다지 실망하지 않았다. 우리에겐 저 유명한 낙일도 장사 황설봉 씨가 남아 있는 까닭이었다. 씨름판 한쪽엔 우승자에게 돌아갈 송아지 한 마리가 말뚝에 묶인 채 크고 선한 눈을 끔벅이며 멀뚱히 서 있었다.

"어따, 저기 좀 보소. 송아지가 웬만한 중소만치나 실허구만. 이왕이면 암컷이었으면 더 좋았을 것을."

벌써 그 송아지가 설봉이 고숙의 차지라도 된 양 할머니는 들뜬 기색으로 말했다.

다른 마을 간의 시합이 몇 차례 지난 후, 마침내 설봉이 고숙이 등장할 차례가 되었다. 깨캥 깨캥 깨캐캥. 둥둥 두덩둥덩. 우리 동네 응원단들이 일제히 꽹가리와 북을 두드리며 한껏 기세를 올리기 시작했다.

"황설보옹! 황설보옹! 일출리 대표 황설봉 선수는 얼

룽 출전하시오!"

심판으로 나선 교감 선생님이 마이크에 입을 대고 커다랗게 외치고 있었다. 그러나 어찌된 셈인지 선봉이 고숙의 모습이 보이지 않았다.

"으마, 어딜 갔다냐? 금방까지 여기 있었는디?"

"이 사람, 정신이 있는 거여 없는 거여? 자기 차례가 되었는디, 어디서 뭘 하고 있당가?"

다들 고개를 늘여 빼고 주위를 찾아보느라 야단들이었다. 그때 엉뚱하게 뒤쪽에서 '나, 여기 있소오!' 하는 소리가 들렸다. 돌아보니, 저만치 변소 쪽에서 연신 바지춤을 추스르며 누군가 허둥지둥 달려오고 있었다.

"와아! 왔다, 왔어!"

우리 마을 응원단 쪽에서 일제히 함성과 박수 소리가 터져 나왔다. 그런데 웬일인지 황장사의 낯빛이 단무지 색으로 변해 있음을 우리는 알아차렸다. 어쨌건 자칫 기권패를 당할 뻔했던 차여서 다들 안도의 한숨을 내쉬었다.

급히 웃통을 훌훌 벗어젖힌 설봉이 고숙은 샅바를 착용하고 모래판으로 성큼 올라섰다. 와아아! 운집한 구경꾼들로부터 엄청난 응원의 박수와 환호성이 폭포처럼 터져 나왔다.

설봉이 고숙은 우람한 두 다리를 당당히 곧추세웠다. 그리고 맞은편 상대를 매섭게 째려보며 황소처럼 콧김을 싯싯 뿜어내기 시작했다. 상대의 기를 꺾어놓기 위한 특유의 전술이었다. 갑포리 대표로 나선 상대 선수는 이십대의 면사무소 서기였다. 나이도 설봉이 고숙보다 아래인 데다 씨름판에선 이름도 없는 신출내기에 불과했다.

양쪽 응원단 역시 보나마나 이미 뻔한 승부라고 믿고 있었다. 갑포리 대표인 그 면서기는 키만 볼품없이 컸을 뿐 덩치는 이쪽보다 단연 왜소했다. 게다가 황설봉의 명성을 익히 알고 있는 탓인지 청년은 벌써부터 주눅 들린 기색이 역력했다.

교감 선생님이 휘잇, 호루라기를 불었다. 두 선수는 앞으로 다가가 각기 샅바를 찾아 손에 쥐었다. 설봉이 고숙은 이런 신출내기쯤이야 자신의 화려한 들배지기 기술로 빗자루 눕히듯 간단히 끝내버릴 자신이 있었다. 그는 손바닥에 퉤퉤 침을 발랐다. 그리고 샅바를 거머쥐자마자 상대를 단숨에 들어 올리려고 아랫배에 전신의 힘을 모았다.

"끄-응!"

순간 설봉이 고숙의 눈앞이 까맣게 변했다. 기합 소리와 함께 배 속의 그 폭발적인 힘이 돌연 엉덩이 사이로

피시식, 새어 나가버렸다. 실로 허망하고 황당하기 그지없었다. 당장 그 고장 난 뒷문을 부수고 수천수만 마리의 개구리들이 일시에 탈출하기 직전이었다.

'와이고! 이 일을 어째사 쓸꼬!'

절망에 찬 탄식과 함께 설봉이 고숙의 우람한 몸뚱이는 다리 부러진 지게처럼 모래밭 위에 털버덕, 맥없이 허물어져버렸다.

"아이쿠! 왜, 왜 저런다냐?"

"오메메, 어쩔끄나. 어째사 쓸까나!"

경악과 탄식의 함성이 순식간에 운동장을 뒤흔들었다. 다들 눈을 의심하며 입을 딱 벌린 채 눈알만 껌벅거렸다. 그들 중 가장 놀란 사람은 면서기 청년이었다. 그는 어리둥절해서 그 자리에 한참이나 엉거주춤 서 있었다. 그로서는 당최 이해할 수가 없었다. 애당초 자신은 방귀 뀔 때 필요한 만큼의 힘도 쓰지 않았음에도, 상대가 제풀에 혼자 피시식 하고 허물어져버렸으니까.

그때였다. 쓰러져 있던 황장사가 벌떡 몸을 일으키더니, 두 손으로 엉덩이를 움켜쥔 채 쏜살같이 내달리기 시작했다. 우리는 순식간에 운동장을 가로질러 저만치 변소 건물 안으로 사라지는 그의 우람한 뒷모습을 멍하니 지켜보았다.

문득 할머니가 몸을 일으키더니 그쪽으로 혼자 종종 걸음을 쳤다. 할무니, 어디로 가는 거여? 내가 뒤따라 나서며 물었지만 할머니는 대꾸조차 없었다.

"세상에! 이게 무슨 변이람. 느이 고숙이 대관절 왜 저런다냐 응?"

종종걸음을 치며 탄식하는 할머니의 낯빛이 잔뜩 질려 있었다. 그러나 정작 변소 앞에 다다르자 할머니는 입구에 서서 발만 동동 굴렀다.

"철이야. 너가 얼릉 들어가봐라이."

할머니의 성화에 나는 혼자 변소 안으로 조심스레 걸음을 옮겼다. 그때 어디선가 흘러나오는 기묘한 비명소리.

"와이고! 끙. 다 틀렸네에. 이게 뭔 망신살이여! 끄응."

설봉이 고숙의 비탄에 찬 목소리였다.

팻말에 '2학년'이라고 적힌 문짝 앞에서 발을 멈추었다. 안쪽에선 굉장한 소리가 터져 나오고 있었다. 좌르르르. 우르르르…… 그건 깊은 산속의 폭포 소리 혹은 엄청난 기세로 퍼붓는 한여름 소나기 소리 같기도 했다. 그와 함께 주먹으로 벽을 쿵쿵 두드려대는 소리도 들렸다.

"와이고, 억울하고 원통해라. 끙. 끄응. 그 빌어먹을 고깃국물을, 끄응, 한사코 억지로 마시라고 하더니만,

끄응 끙…… 위메, 분통 터져 죽겠네! 아이고, 나 억울해
서 못살겠네! 어흐흑."

설봉이 고숙이 징징 울고 있었다. 벽을 쿵쿵 두들겨대
는 소리, 굉장한 폭포 소리도 좀처럼 그치지 않았다. 나
는 한껏 발소리를 죽이고 가만가만 밖으로 나왔다.

"오메, 어째사 좋을꼬! 내가 쥑일 년이네. 내가 넋 빠
진 년이여!"

할머니는 두 다리를 뻗고 주저앉아 손바닥으로 가슴
을 치며 울음을 터뜨렸다. 언제 그리로 몰려왔는지, 우
리 마을 사람들이 꽹가리, 장구, 북, 징을 손에 쥔 채로
그런 할머니의 모습을 멀뚱히 지켜보고 있었다.

"와아아아!"

저만치 씨름판에선 엄청난 함성이 터져 나오고 있었다.

12. 우리 사촌 봉묵이 형

"허, 저 녀석들을 보니, 봄이 진짜로 오기는 왔구만."

육지와 낙일도 사이를 하루 세 차례 오가는 연락선 '평화호'의 매표원 봉묵이는 선착장 매표소 안에서 밖을 내다보며 혼자 중얼거린다. 저쪽 협동조합 창고 옆에서 중학생 사내아이 둘이 아까부터 수상쩍게 연신 주위를 두리번거리는 참이다. 어딘가 불안하고 초조한 기색으로 쭈뼛대는 녀석들의 정체를 봉묵은 한눈에 알아차린다. 필시 어른들 몰래 육지 바람을 쐬겠다고 무단가출을 감행한 녀석들임에 분명하다. 그 또한 봄이 되면 연례행사처럼 되풀이되는 풍경이다.

어디 사춘기 아이들뿐이랴. 매년 이맘때면 섬사람들 마음은 육지 나들이를 하고픈 충동에 다들 싱숭생숭 들뜨기 마련이다. 그건 일종의 유행성 독감하고 비슷하다. 하긴 겨울 내내 눈코 뜰 새 없이 매달렸던 바다농사로부터 마침내 풀려난 사람들로선 지극히 당연한 일인지도 모른다.

덕분에 읍내 장날이면 여객선 승객도 갑절로 불어난다. 모처럼 깔끔한 옷차림으로 나선 섬사람들의 행선지는 십중팔구 군청소재지인 읍내이다. 그들 중 절반은 병원이나 군청에 가는 사람 혹은 자식 혼숫감 장만 등등을 위해 나선 사람들이고, 나머지 절반은 특별한 용무도 없이 순전히 봄바람에 홀려 충동적으로 훌쩍 집을 나온 참이다.

그들의 하루 일정표도 대충 엇비슷하다. 일단 배에서 내리면 일제히 장터로 몰려가 각자 볼일을 본 다음, 사내들은 좌판이나 국밥집에 들러 막걸리로 입가심을 하고, 여자들은 겨우내 묵은 몸뚱이의 때를 시원하게 벗겨내려고 삼삼오오 대중목욕탕으로 몰려간다. 낙일도엔 공중목욕탕이 아예 없다. 대부분 섬 지역이 그러하듯이, 식수조차 풍족하지 않은 형편인지라 제대로 된 목욕 따윈 애당초 꿈도 꾸지 못한다. 때문에 겨울철엔 고작해야 한 달에 한 번 꼴로 솥에 물을 데워 집 부엌에서 고양이 세수하듯 건성으로 대충 해치울 수밖에 없다.

그렇듯 아침 일찍 연락선에 올랐던 섬사람들은 대부분 그날 오후 저물녘이면 갑포리 포구로 되돌아온다. 장터에서 구입한 것들을 양손에 올망졸망 챙겨든 채 마치 먼 유람 길에서 돌아오는 양 시끌벅적하게 부두로 내려선다. 다들 열심히 수다를 떨어대지만 화젯거리래야 으레 빤하다. 이를테면 장터에서 먹어본 국밥과 시루떡 맛, 대중목욕탕의 수질과 샤워꼭지 상태, 읍내극장의 영화 얘기, 가게 주인의 푸대접 따위 등등이다.

그런저런 모든 일들은 알고 보면 다 봄바람 탓이라는 게 봉묵의 생각이다. 그렇다. 온 세상을 알록달록 색칠하고 단장하는 봄바람의 짓궂은 장난.

봄은 언제나 바다에서 시작된다. 수면 위에 풀물 같은 연초록빛이 아슴아슴하게 떠오르면, 봄은 어느 틈에 뭍으로 슬슬 기어 올라와 순박한 섬사람들의 가슴에 헛바람을 살살 불어넣기 시작한다. 그러면 당장 청춘 남녀들의 혈관과 근육이 화끈 달아오르고, 부글부글 끓어오르는 육체의 열기에 취한 그들은 너나없이 비눗방울 같은 웃음을 퐁퐁 흩날리며 밤늦게까지 마을 골목이며 보리밭 둔덕길을 짝을 지어 쏘다니기 시작한다. 그래서 이즈음엔 어김없이 섬마을 마을마다 알록달록하고 달짝지근한 소문들이 딸기 알마냥 좌르르 깔리곤 한다.

봄은 사춘기 아이들 가슴에도 위태로운 헛바람을 잔뜩 불어넣는다. 심지어 코흘리개 시절을 갓 벗어난 꼬맹이들도 엉뚱한 가출을 종종 감행한다. 지금 눈앞의 바로 저 녀석들처럼 말이다.

봉묵은 경험상 녀석들의 속내를 빤히 알고 있다. 호주머니엔 집에서 몰래 들고 나온 약간의 돈이 들어 있겠지. 하지만 막상 연락선에 오르자니 겁이 났을 것이다. 학교 담임이나 친구들과 딸각 마주치지 않을까. 마을 어른들이 얼굴을 알아보고, 어딜 왜 가느냐 꼬치꼬치 묻지 않을까. 아버지가 작대기를 들고 당장 뒤쫓아 오면 어쩌나. 그렇게 한껏 가슴 졸이며 지금 저렇듯 전전긍긍하고 있으리라.

물론 봉묵 입장에선 손님이 많을수록 좋은 일이다. 선표 한 장을 팔 때마다 어쨌건 몇 푼씩이나마 그의 손바닥에 떨어지기 때문이다. 녀석들을 바라보며 봉묵은 혼자 빙긋이 웃는다. 사실 그에게도 비슷한 추억이 있다. 벌써 까마득히 오래전 일인데도, 그때를 떠올릴 때마다 얼굴이 후끈 달아오른다.

열세 살 때였다. 절름발이라고 놀려대는 아이들이 싫

어 학교를 빼먹고 집안에 혼자 남아 있던 날이었다. 어른들이 밭에 나간 사이, 봉묵은 안방 반닫이 안에서 기어코 돈 뭉치를 찾아냈다. 아버지가 융자금을 갚기 위해 협동조합에 낼 돈이었다. 그중 지폐 몇 장만을 빼낸 다음 아이는 화포리 포구에서 연락선을 탔다. 무작정 충동적으로 저지른 가출이었다.

한나절쯤 읍내 거리를 쏘다니던 아이는 무턱대고 광주행 버스에 올라탔다. 광주는 큰 도시였다. 난생처음 보는 풍경과 사물과 사람들이 하나같이 놀랍고 신기했다. 전기도 자동차도 없는 섬마을 아이의 눈에 비친 도시는 요술 만화경 속의 세계였다.

집에서 가져온 돈은 사흘 만에 다 떨어져버렸다. 크고 낯선 도시의 길바닥에 홀로 내버려진 자신을 깨닫는 순간, 아이는 눈앞이 캄캄했다. 꼬박 하루를 고스란히 굶었다. 마지막 남은 동전은 기차역 앞 포장마차에서 국수 한 그릇과 함께 사라져버렸다.

아이는 섬으로 돌아가고 싶은 마음에 눈물이 쏟아졌다. 하지만 그럴 수가 없었다. 돌아갈 차비도 없었고, 무엇보다 아버지의 무서운 얼굴이 눈앞을 막아섰기 때문이었다. 어머니의 슬퍼하는 얼굴을 떠올릴 때마다 죄책감에 마음이 아팠다.

허기에 지쳐 다리를 절뚝이며 거리를 헤매던 아이는 변두리 어느 허름한 중국집 앞에서 걸음을 멈추었다. 식당 안에서 흘러나오는 음식 냄새에 어지럼증이 일고 눈앞이 금세 노랗게 보였다. 아이는 용기를 내어 유리문을 열었다. 아이는 기억하고 있었던 것이다. 육지로 가출했다가 돌아온 동네 형들의 말에 의하면, 집나온 모든 아이들은 돈이 떨어지면 누구나 중국집을 찾아가 '뽀이'가 되도록 정해져 있었다.

"뭐라고? 너가 뽀이로 일하고 싶다는 얘기냐?"

몸이 뚱뚱한 중국집 여인은 뜻밖에 한국말로 대뜸 그렇게 물었다. 생김새도 한국 사람과 전혀 달라 보이지 않아서 아이는 조금 실망했다. 동네 형들 얘기대로라면 '중화요리' 간판을 단 식당의 주인은 당연히 모두 중국인이어야 했다.

"그쪽 다리는 왜 그러냐. 소아마비를 앓았는갑네?"

"예에."

아이는 힘없이 고개를 숙였다. 탐탁잖다는 시선으로 아이를 잠시 훑어보더니, 뜻밖에 주인 여자는 승낙을 했다.

가게 안에서 하는 일은 생각보다 단순했다. 일단 손님이 들어오면 젓가락과 단무지 접시를 내놓고, 손님이 나가면 빈 그릇을 치우고 식탁을 닦아냈다. 물론 바닥 쓸기와 잔심부름도 뽀이의 몫이었다. 땀 뻘뻘 흘리며 정신없이 뛰어다니다 보니 '어서 오시요이. 안녕히 가시요이' 소리도 차츰 입에 붙기 시작했다. 문제는 배달 일이었다. 주인은 한동안 아이에게 배달 일을 시키지 않았으나, 아들이 군대에 가고 나자 아이에게도 종종 배달통을 맡기곤 했다.

맨 처음 배달을 나갔을 때를 아이는 또렷이 기억한다. 베니어합판으로 짠 무거운 배달통을 들고 낑낑대며 여인숙을 찾아가 문을 두드릴 때만 해도 좋았다. 화투 패를 돌리는 손님들 앞에서 배달통을 여는 순간 아이는 눈앞이 하얘졌다. 우동 그릇들이 완전히 엉망진창으로 변해 있었다.

"이런 빙신 자식. 이게 우동이냐, 꿀꿀이죽이제?"

"인마, 이거 당장 도로 가지고 나가! 빨랑!"

"어이, 너무 그러지들 말어. 뽀이 놈이 절뚝발이구만 그래."

험상궂은 남자들이 눈을 흘기며 겁을 주었다. 아이는 허겁지겁 그릇을 통 안에 쓸어 담고 여인숙을 빠져나왔다. 어찌된 영문일까. 내내 한껏 조심스레 들고 왔는데, 어쩌다 그 지경이 되었을까. 아이는 뒤늦게야 눈물이 왈칵 솟구쳤다. 다리를 절뚝일 때마다 배달통은 제멋대로 춤을 추고 있었던 것이다.

딱 한 달 만에 아이는 중국집을 나왔다. 주인 여자는 달랑 지폐 서너 장만 아이의 손에 쥐어주었다. 불쌍한 아이를 그동안 먹여주고 재워준 것만으로도 고마운 줄 알어라. 그렇게 말하는 주인 여자에게 고개를 꾸벅 숙여 인사를 한 다음, 아이는 그길로 섬으로 되돌아왔다.

그 후 봉묵은 다시는 고향을 떠나지 않았다. 절름발이라고 놀려대던 아이들도 어느덧 자라서 어른이 되었고, 이젠 그들에게서 태어난 아이들이 봉묵의 걸음걸이를 등 뒤에서 몰래 손가락질하며 킥킥거렸다.

봉묵은 벽시계를 확인한다. 잠시 후엔 평화호가 맞은편 섬 모퉁이를 돌아 모습을 드러낼 터이다. 봉묵은 고개를 젖히고 눈부시게 맑은 하늘을 올려다본다. 아스라이 펼쳐진 하늘로부터 금빛 찬란한 햇살이 꽃가루마냥 푸들푸들 바다 위로 쏟아져 내리고 있다.

그사이 선착장엔 배를 타러 나온 사람들이 부쩍 늘었다. 삼삼오오 모여 웅성대는 승객들을 바라보며 봉묵은 흐뭇한 미소를 짓는다. 오륙십 명은 족히 되겠다. 이처럼 많은 숫자는 지난 정월 대보름날 빼고는 처음이다.

"어메, 봉묵이 총각, 본 지 오랜만이시 그려."

이웃집 수다쟁이 아낙이 봉묵의 어깨를 툭 건드린다.

"아, 누구시라고. 아짐도 어디 나가시는가라우?"

봉묵은 고개를 꾸벅한다. 볼 때마다 노총각이라 불러대는 통에 난처한 적이 한두 번이 아니다.

"흐응, 나도 콧구멍에 바람 좀 쐬야제이. 흐흐."

"아짐도 노래자랑 구경 가실라고요?"

"구경이라니? 내 실력을 잘 모르는갑네. 이 몸도 우리 낙일도 대표로 나가서 한 곡조 뽑으라는디?"

아낙은 가수 흉내를 낸답시고 엉덩이를 흔들며 낄낄거린다. 곁에서 낯익은 얼굴들이 덩달아 웃었다. 마침 오늘은 읍내 부두에서 노래자랑이 열리는 날이다. 군청에서 주최하는 그 행사는 작년에 처음 시작되었는데, 군민들 반응이 좋아서 앞으로는 매년 열릴 예정이라고 했다. 참가자는 면 단위별로 두세 명씩 배정되었는데, 이번 낙일도 대표로 뽑힌 이들 중엔 화포리 옷가게 처녀랑 수협조합 최 주사도 있었다. 안 그래도 마음 싱숭생숭하고 엉덩이가 근질근질하던 참이라, 섬사람들은 너도나도 구경을 나선 모양이다. 성급한 젊은이들은 벌써 이른 아침부터 소형 동력선을 타고 삼삼오오 무리를 지어 앞서 출발한 참이다.

"화포리 옷집의 둘째 딸이 또 나가게 됐담서?"

"그 아이가 목청이 아주 좋더라고. 작년 여름에 월송리

백사장에서 열린 콩쿨대회 나가서도 인기상을 묵었제.”

다들 소풍 나온 아이들처럼 기분이 사뭇 들떠 있다. 너나없이 꽤나 신경을 써 차려 입은 모습이다. 밝고 화사한 옷차림 덕분에 선착장 일대가 난데없이 울긋불긋한 꽃밭 같다. 그동안에도 봉묵은 다리를 절뚝이며 사람들 사이를 옮겨 다니며 배표를 판다.

“다들 배표부터 얼른얼른 끊으시요이. 표 안 끊으면 종선에 못 올라갑니다이.”

늘썽 얘길 하는데도, 배가 도착해서야 뒤늦게 한꺼번에 몰려드는 사람들이 항상 있다. 때문에 봉묵은 배표를 먼저 구입하라고 연신 소리를 질러대야만 한다.

“이 녀석들. 느이들 시방 집에서 몰래 나온 참이제?”

방금 전까지 조합 창고 부근을 얼쩡대던 두 녀석이 머뭇대며 다가왔을 때, 봉묵은 대뜸 묻는다.

“아, 아녀라우.”

“아니기는 뭐가 아녀? 척 보면 삼천리란 말이여.”

“아녀라우. 참말이란께요. 울 아부지 심부름 가는 길이구마는.”

조그만 비닐 가방을 등 뒤로 감춘 채, 녀석은 잔뜩 겁먹은 얼굴로 쳐다본다.

“짜아식들. 내가 상관할 바는 아니다만, 어차피 나선

길인께, 소원이라도 없게 도회지 구경이나 한번 해봐라. 어차피 돈 떨어지고 배고프면 제 발로 끄덕끄덕 기어들어 올 것인께. 흐흐. 이놈들아. 집 떠나면 고생이여, 고생."

허허 웃음을 터뜨리며 봉묵은 아이들에게 선선히 배표를 끊어주고 돌아선다. 그럭저럭 매표는 얼추 마친 듯싶다.

"어따. 봉묵이는 좋겠네, 날마다 손님이 오늘 정도는 되어야 얼른 돈 모아가꼬 장가를 들 것인디 말여. 흐흣."

"그러다마다! 어영부영하다가 노총각으로 늙을 수야 없제이."

"아이고, 모르는 소리들 마쇼. 봉묵이 총각이 요새 어뜬 아가씨랑 이러쿵저러쿵한다는 소문이 귀에 들리던디?"

"맞어. 우리도 그 소문 들었당께. 오흐흐."

"참말이여? 그러믄 금방 무신 좋은 소식이 있겠구먼!"

마을 아줌마들이 일부러 봉묵이 들으라고 짓궂은 소리를 해댄다. 손가락에 침을 발라가며 돈을 세고 있던 봉묵의 얼굴이 연시처럼 발갛게 익는다. 그런 얘기만 하면 유난히 수줍음을 타는 까닭에, 일부러 그 모습을 보려고 여자들은 으레 그렇듯 밉지 않게 놀려대는 것이다.

마침내 저만치 섬 모퉁이를 돌아 나오는 여객선의 흰

몸체가 눈에 잡힌다. 선착장에 대기했던 승객들이 서둘러 종선(거룻배)으로 오른다. 선착장의 수심이 얕아서 몸집 큰 여객선의 접안이 불가능한 까닭에, 승객들은 종선이라 부르는 작은 목선을 타고 수심 깊은 지점까지 이동한 다음, 거기서 미리 대기 중인 여객선으로 옮겨 타게된다. 이윽고 승객을 빼곡히 실은 종선이 선착장을 출발한다.

통통통통통······.

흡사 수백 수천 개의 포도주 병마개를 재빠른 솜씨로따내는 것 같은 경쾌한 엔진 소리와 함께, 그 작고 낡은목선은 저만치 대기 중인 '평화호'를 향해 달리기 시작한다. 봉묵은 부두에 서서 그쪽을 잠시 지켜본다. 그들처럼 읍내에 가고 싶은 생각이 굴뚝같지만, 오늘 그에겐아주 중요한 일이 남아 있다.

"그게 참말이냐? 오메, 그 큰애기가 누구여, 응?"

간밤에 봉묵이 얘기를 꺼내자마자 칠순 노모는 반색을 했다.

"어무니는 잘 모르실 거요. 금옥 씨라고, 갑포리 선창가 식당에서 일하는 종업원인디······."

"어메. 그러믄 그 술집 색시란 말이냐?"

노모도 소문을 듣고 조금은 눈치를 채고 있던 모양이

었다.

"어무니도 참. 식당에서 일한다고 다 술집 색시라요?"

"그나저나, 그 색시가 참말로 너한테 시집을 오겠다고 했단 말이냐? 도시에서만 살다 왔을 것인디, 우리맨키로 가난한 집으로 들어와 살란다고 그랬어?"

노모는 확실히 기분이 좋아 보였다. 술집인지 밥집인지 애매한 곳에 있다는 점이 좀 걸리기는 해도, 봉묵이 같은 절름발이 노총각한테 시집오겠다는 여자가 세상에 남아 있다는 사실만으로도 흡족해하는 눈치였다.

등을 돌려 매표소로 향하던 봉묵은 불현듯 걸음을 멈춘다. 한순간 심장이 덜컹 내려앉는 느낌. 저만치 협동조합 지붕 너머로부터 무엇인가 화살처럼 쌩하고 날아와 그의 두 눈에 정확히 꽂힌다. 이웃 마을로 이어지는 고갯길 언저리. 고갯마루 풀밭에 나란히 앉아 나풀대는 그것은 얼핏 한 쌍의 배추흰나비처럼 보인다. 두 여자다. 제법 먼 거리인 데다가 햇살과 아지랑이 때문에 시야가 흐렸으나, 그중 하나가 금옥임을 봉묵은 단번에 알아보았다. 다른 하나는 지난겨울 '서울집'에 새로 들어온 미자이고.

봉묵은 넋 나간 사람처럼 고갯길에서 눈을 돌리지 못한다. 눈앞은 벌써 금옥의 희고 둥그런 얼굴로 가득 차버렸다. 봉묵의 반쯤 벌어진 입술과 상기된 뺨 위로 사월 봄 햇살이 푸짐하게 내려앉고 있다.

**

세상은 한껏 움터 오르는 봄기운으로 온통 생기에 차 있다. 고개 위에서 연초록 빛깔 완연한 바다를 내려다보며 금옥은 심호흡을 해본다. 물빛뿐만 아니다. 맞은편 섬의 우뚝한 산봉우리와 골짜기에도 엷은 풀빛이 돌고, 그 아래 엎드린 자잘한 밭들 마다엔 무릎께까지 훌쩍 웃자란 보리가 파랗게 피어났다. 하늘은 유리알처럼 맑고 소금기 머금은 바람은 바다를 건너와 간간이 코끝을 스치고 지나간다.

"언니, 저것 좀 봐. 나비 아니우?"

"어디?"

밭둑에 쪼그려 앉아 쑥을 뜯던 금옥은 미자를 돌아본다.

"저기, 보리밭에 말야."

"어머, 나비가 벌써 나왔구나!"

"예쁘기도 하지. 노랑나비네. 올봄엔 처음 보는 나비 같은데."

그 작고 노란 녀석은 하늘하늘 날개를 흔들며 이내 산기슭을 향해 사라진다. 미자는 일어나서 한참이나 그것이 날아간 쪽을 바라본다. 그런 미자를 훔쳐보며 금옥은 또 마음이 짠해진다. 오늘따라 미자의 가는 목이 더 늘어나 보인다. 쿨룩쿨룩. 미자가 또 밭은기침을 토해낸다. 여윈 가슴이 흔들릴 때마다 고통스레 이마를 찌푸린다.

"참 이상해, 언니."

미자가 말했다. 목소리에 힘이 없다.

"이년아. 뭐가 또?"

금옥은 쑥을 찾아 두리번거리며 심드렁하게 대꾸한다. 말끝마다 년 자를 함부로 붙이는 건 각별한 친근감을 표시하려는 그녀만의 고약한 습관이다.

"저 나비 말야. 분명히 바다 쪽에서 왔어. 물 위를 날아서 곧장 이쪽으로 왔다니깐."

"그게 어떻다는 거야?"

"이상하잖우? 왜 나비가 바다에서 날아온담."

"건너편 섬에서 왔겠지, 뭐."

"설마. 저기서 여기까지 얼마나 먼 거린데…… 힘이 빠져도 도중에 앉아 쉴 데도 없잖우."

미자는 믿기지 않는 눈치다. 금옥은 방금 캔 쑥을 바

244

구니에 담고 나서 또 다른 이파리에 칼끝을 들이민다.

"어디서 들은 얘기인데 말이야. 나비는 넓은 바다를 건너는 것쯤은 끄떡없대. 힘이 빠질 때쯤엔 복어를 찾아내면 되거든?"

"복어라니. 그 배불뚝이 꼴로 생긴 우스운 물고기 말이우?"

"응. 복어란 놈은 꼭 이맘때면 뱃속에 바람을 잔뜩 불어넣고선 일부러 물 위에 발랑 몸을 뒤집고 누운 채 기다린다는구나. 그러면 지나가던 나비가 그놈 배 위에 내려앉아설랑 거기다 알을 슬어놓는대. 그래서 나비가 한번 앉았다 가면, 그놈은 아주 무서운 독毒을 가진 복어가 된다는 거야, 글쎄."

"신기하기도 해라! 나비가 복어 배에다 알을 슨다니, 그게 참말일까 언니?"

"몰라. 나도 어디서 들은 얘기일 뿐이니깐."

가만, 그 위인이 누구였더라. 진짜인지 거짓말인지 모를 그 얘길 들려준 건 어떤 외항 선원이었다. 하도 오래전이라 이름은 잊었지만, 큰 키에 단단한 어깨를 가진 사내였다. 목포 부둣가의 '사랑방'인가 '삼학도'인가 하는 다방에서 찻잔을 나르던 시절에 만났을 터이다. 당치않게 애인이라 부르긴 뭣해도, 철없이 금옥이가 잠시 마음을 주었던 그렇고 그런 사내들 가운데 하나였다. 그나저나 어설프기 그지없던 그 시절 기억이 왜 또 불쑥 불거져 나온담.

하긴 그때가 지금보다야 훨씬 좋은 시절이었다. 돌이켜 보면 그때 이후 금옥은 줄곧 내리막길이었다. 온종일 바쁘게 종종대느라 종아리에 알통이 돋을 즈음 다방 일을 그만두고, 뒷골목 스탠드바에 첫 발을 들여놓으면서부터 그녀는 밑바닥으로 곤두박질치기 시작한 셈이다.

양주집에서 맥줏집으로, 그러다 소주, 막걸리 안 가리고 입맛이 헤퍼지면서 뽕짝과 젓가락 장단에 익숙해져 갔다. 종내는 서울, 부산, 인천을 떠돌며 긴 밤 짧은 밤 안 가리고 사내들을 받아들이는 생활까지 해보았다. 북쪽으론 첩첩산중 최전방 군부대, 남쪽으로는 조기 떼 몰리는 철에 거문도와 흑산도까지 전전한 경력을 가진 금옥이다. 그런 그녀의 삶은 처음부터 끝까지, 이를테면 암초들이 지천으로 널린 험악한 바다를 건너는 항해 같은 거였다.

나이 열아홉에 시작된 이 바닥 생활은 어느덧 십 년이 훌쩍 넘어가고, 이제 그녀가 탄 배는 낡고 닳아 빠진 폐선으로 전락한 셈이다. 배 밑창은 낡아서 금방이라도 흐물흐물 녹아내릴 듯하고, 선체는 사방에 흠집투성이인 채로 차마 가라앉지 못해 억지로 떠 있는 꼴이지 뭔가. 하지만 여전히 눈앞의 망망대해는 끝이 보이지 않는다. 아마도 그 끝은 영영 나타나지 않으리라. 그러다 언젠가는 바다 한복판에서 밑창이 뻥 뚫리고, 배는 흔적도 없이 깜깜한 물밑으로 가라앉고 말겠지.

물론 금옥은 그것을 그다지 슬프고 억울한 일이라고만 생각하진 않는다. 인생이 다 그렇고 그런 거 아닌가. 뭐랄까, 그것은 지금껏 맨몸뚱이로 세상 밑바닥을 굴러다니며 그녀가 체득한 일종의 인생철학이다.

미자가 다시 쿨룩거린다. 무릎 새에 얼굴을 묻고 기침을 토할 때마다 미자의 물들인 머리카락도 노랗게 흔들린다. 금옥이 다가가 미자의 등을 손바닥으로 쓸어내린다.

"걱정이네. 오늘은 기침이 더 심한 거 같은데."

"괜, 찮, 어. 언, 니."

기침 때문에 말이 토막토막 끊어진다. 카악, 미자가 입술을 오므리더니 빨간 핏덩이 한 개를 뱉어낸다. 풀밭에 난데없이 봉숭아꽃 하나가 피어났다.

"이걸 어째! 미자야, 얘."

금옥은 당황해서 고함을 친다.

"괜찮아…… 별거 아니라니까 그러네."

미자는 손을 저으며 간신히 대답한다.

"얘, 안되겠다. 찬바람을 쏘여 그런지도 몰라. 그만 돌아가자."

"제발, 언니…… 이러다가도 금세 가라앉거든."

미자는 고개를 들어 천연스레 웃는다. 입술에 묻은 핏자국 때문에 얼굴이 기묘하게 일그러져 보인다. 금옥은 피식 웃음이 터지면서, 까닭 모르게 눈물이 어린다. 둘은 한동안 말이 없다. 허깨비 같은 미자의 등을 가만가만 쓸어주는 사이, 기침도 차츰 잦아들었다.

"어때, 좀 나아진 것 같아?"

"미안해 언니……."

"썩을 년. 별소릴 다하고 자빠졌네. 쯧."

미자가 비시시 웃는다. 금옥은 바다로 시선을 던진다. 바람은 그쪽에서 불어오고 있다. 섬 기슭의 보리밭을 거슬러 오는 바람결엔 소금과 싱그러운 해초의 냄새, 흙냄새와 들꽃의 엷은 풋내가 함께 묻어 있다. 멀리 수평선 끝에서 하늘과 바다는 서로 등을 맞댄 채 청록 빛깔로 출렁이고, 수면 위에서 눈부신 햇살은 무수한 은어 떼로 변해 현란하게 비늘을 반짝이고 있다.

"언니, 간밤엔 꿈을 꾸었어."

여전히 꿈속인 양 미자가 힘없이 중얼거린다.

"하도 이상한 꿈이라 지금도 기억이 생생한걸. 언니 말대로, 내가 철딱서니가 없어 그런가 봐."

금옥은 손바닥을 털고 미자 곁에 쪼그려 앉는다. 들고 나온 작은 대바구니는 아직 절반도 차지 않았다. 하긴 주인 여자에겐 쑥 핑계를 댔지만, 어차피 바람이나 쐬고 올 요량이었다.

가게는 낮 시간엔 손님을 받지 않으므로, 평소엔 낮잠을 자거나 둘이서 화투 패를 섞는 게 보통이다. 육지 같으면 제멋대로 외출하기란 불가능하겠지만, 이런 외딴 섬에선 어차피 독 안에 든 쥐 신세라 이 정도 짧은 나들이 정도는 주인도 대체로 눈감아주는 편이다. 연락선이 닿는 부두의 길목만 지키면 그만이므로, 행여 아가씨들이 도망칠까 신경을 곤두세울 필요가 없는 까닭이다.

"꼬마들마냥 아직도 꿈 같은 걸 다 꾸니?"

금옥은 바다에 시선을 둔 채 중얼거린다.

"나, 아기를 봤어. 내 아기 말야, 언니."

금옥은 미자의 얼굴을 돌아다본다. 헛소리를 하는 것 같진 않다. 맥없이 풀린 시선을 바다 어디쯤인가에 띄워 놓은 채 멍하니 앉아 있을 뿐이다. 이 계집애, 이러다 설마 어떻게 잘못되고 마는 건 아닐까. 금옥은 은근히 겁이 난다.

"숲속이었어. 머리 위론 끝도 안 뵈게 키 큰 나무들이 빽빽이 들어차 있고, 안개 때문에 앞을 분간하기 힘들었어. 한참을 혼자 걸어가니까 눈앞에 넓은 호수가 나왔어. 어째야 할지 몰라 서 있는데, 저만치 물 위로 뭔가 둥둥 떠내려오지 뭐야. 커다란 새 같기도 하고 연꽃 같기도 했어. 가만 살펴보니, 그건 파란 보자기에 싸인 작은 보퉁이였어. 그런데 별안간 그 보퉁이가 내 눈앞에서 우산처럼 활짝 벌어지더니, 그 안에, 세상에, 작은 아이가…… 너무나 귀엽고 예쁜 갓난아이가, 발가벗은 채로, 얌전히 누워 있지 뭐야? 그러더니 날더러 그리로 들어오라는 양 쬐그만 두 손을 깜박깜박 흔드는 거야. 입을 옹알거리며 마치 엄마, 엄마, 부르는 것 같기도 하고…… 순간 나도 모르게 물속으로 와락 뛰어들었어. 용서해. 아가야. 제발 날 용서해줘…… 마구 소리를 치며 혼자 울다가…… 그러다 눈을 떠보니, 꿈이었어."

미자는 허물어지듯 제 무릎에 얼굴을 묻는다. 금옥은 가슴이 막막해지면서 까닭 모를 짜증이 발끈 솟구친다.

"야. 청승맞게 그까짓 꿈 얘길 하다가 왜 울어?"

금옥은 입맛이 쓰다. 문득 담배 생각이 간절한데, 방금 전 피운 게 마지막 한 개비였음을 깨닫자 더욱 화가 치민다. 미자가 가엾긴 해도, 금옥은 애당초 누굴 자상하게 위로하거나 따뜻한 말 한마디 건네주는 재주라곤 배운 적이 없다.

미자는 반 년 전 '서울집'에 들어왔다. 미자 나이 올해 겨우 스물하나. 하지만 열 살은 더 들어 보이게 찌들고 피폐한 몰골이다. 수수깡 같은 목 줄기엔 힘줄이 앙상하고, 화장을 지우고 나면 얼굴엔 완연히 병색이 돌았다.

미자가 들어오기 전까지 '서울집'엔 아가씨라곤 달랑 금옥이 혼자였다. 낙일도에 들어온 지 2년째인 금옥은 처음 여수에서 소개소를 통해 '서울집' 주인 남자와 계약을 맺었다. 그날 이 섬에 들어올 때 생각은 눈 질끈 감고 서너 달만 죽치다가 떠나야지 했다. 하지만 남한 팔도를 전전하던 끝에 급기야 이런 코딱지만 한 섬 구석까지 밀려난 금옥으로선 이젠 어디서든 새로운 자리를 찾기조차 쉽지 않았다. 몸에 묶인 빚은 그런대로 갚은 상태였지만, 빈 털터리에다 어차피 퇴물 소리나 듣는 처지에 이런 시커먼 섬 구석인들 어떠랴 싶은 심정으로, 금옥은 이렇듯 대책 없이 주저앉아 있는 참이었다. 그사이 섬에 정이 들기도 했다. 사내들은 가난하고 무식했지만, 시원스레 트인 바다 풍경이며 짠 내 머금은 갯바람을 그녀는 좋아했다.

작년 가을, 주인 사내가 목포에서 구해온 아가씨가 바로 미자였다. 맨 처음 금옥의 눈엔 미자가 탐탁스럽지 않았다. 나이도 새까맣게 어린 게 혼자 잘난 척, 고분고분한 맛이 없었다. 색시를 새로 데려왔다는 소문에, 한동안 찾아오는 손님이 부쩍 늘었다. 술꾼들이 너나없이 미자 타령을 해대는 꼴에, 금옥은 암만 맘을 곱게 먹어보려 해도 어쩔 수 없이 눈꼴이 시렸다.

미자는 하는 짓까지 사사건건 금옥의 눈에 벗어났다. 진짜인지 몰라도, 서울에서 여고를 다녔다는 사실을 하루에도 열두 번씩 사내들 앞에서 광고를 한다거나, 뜬금없이 팝송이랍시고 꼬부랑 노래를 흥얼대거나, 과시하듯 금옥의 눈앞에서 혼자 신문을 뒤적이기도 했다. 그런 온갖 꼴같잖은 짓들로 하여, 미자는 중학교를 나온 둥 만 둥 했을 뿐인 금옥의 자존심을 번번이 뒤집어놓곤 했다.

미자의 노랗게 물들인 머리 또한 섬사람들의 눈길을 끄는 모양이었다. 여고 출신에 교양도 있고 꼬부랑 노래에 노랑머리를 한 스무 살짜리 아가씨가 '서울집'에 새로 왔다는 소문이 금세 섬 전체에 쫙 깔렸다.

이래저래 언제고 한번 단단히 손을 봐주리라 금옥이 벼르던 참인데, 때마침 좋은 기회가 왔다. 미자가 온 지 보름 남짓한 즈음이었다. 면사무소 직원들 한 패가 자정이 다 돼서야 돌아간 뒤, 금옥은 미자를 깜깜한 선창으로 따로 불러냈다.

"이년아. 꼭지에 피도 안 마른 년이 눈에 보이는 게 없어?"

"뭐, 년? 나이 좀 처먹었다구, 듣자듣자하니깐 너무하네, 씨발."

만취해서 완전히 헛도는 발음으로 미자가 대뜸 뻣뻣하게 나왔다. 금옥의 눈에서 불똥이 튀었다.

"이년, 주둥아리 좀 봐. 넌 선배도 없고 나이도 없냐?"

"웃기네. 피차 인생 종친 주제에 선배는 무슨 개나발! 끅."

"뭐 어째! 너 오늘 개나발 선배 맛 좀 봐라."

금옥이 미자의 노랑머리를 홱 잡아챘고, 이내 둘은 선착장 콘크리트 바닥에 한 덩어리로 뒤엉켜 굴렀다. 서로 머리채를 쥐어 뽑고, 이빨을 악문 채 으르렁대고, 미친 듯 할퀴고 물어뜯었다. 때마침 태풍이 접근 중인 흐린 하늘엔 달도 별도 없었다. 성난 파도 소리에 묻혀 두 여자의 비명과 고함 소리를 아무도 듣지 못했다.

금세 힘이 빠진 둘은 서로 머리채를 그러잡은 채 씩씩대며 짧은 휴식을 취했다. 몸집 큰 금옥이 미자의 허리에 한쪽 다리를 걸치고 위에 올라탄 자세였다. 미자는 금옥의 머리채를 악착같이 그러쥔 채였다. 둘은 그렇게 함께 숨을 헐떡이며 한참을 땅바닥에 드러누워 있었다.

그러다 와락 울음을 먼저 쏟아낸 사람은 미자 위에 올라탄 금옥이었다. 밑에 깔린 미자도 덩달아 울음을 터뜨렸다. 둘은 머리카락 뽑기를 중지한 채 서로 부둥켜안고 엉엉 통곡을 시작했다. 뒤늦게 울음소리에 놀란 '서울집' 주인 내외가 손전등을 쥐고 가게에서 뛰어나왔다. 어안이 벙벙한 부부 앞에서 두 여자는 더욱 크게 울었다. 하지만 둘은 정작 자신들이 그리 서럽게 우는 까닭을 알 수 없었다.

그 일 이후, 둘은 급작스레 가까워졌다. 언젠가 술에 취한 미자는 금옥에게 꼭 친언니 같다고 고백을 했고, 금옥 역시 제 사촌 동생이랑 미자가 쌍둥이같이 닮았다고 말해주었다. 이튿날 아침 말짱한 정신으로 전날 밤 일을 떠올려봤지만, 금옥도 미자도 술기운에 헛소리를 했던 거라곤 생각하지 않았다.

바다에서 부드러운 바람이 불어온다. 수면에 하얗게 반짝이는 물비늘이 눈에 부시다. 이제 막 섬 모퉁이를 돌아나가는 연락선의 흰 몸체를 금옥은 말없이 지켜본다. 연락선 조타실 지붕에 붙은 확성기에선 여느 날처럼 유행가 가락이 커다랗게 흘러나오는데, 바람 탓에 끊겼다 이어졌다하면서 고갯마루까지 날아온다.

미자는 여전히 밭둑 위에 쪼그려 앉아 있다. 아마도

낳자마자 엉겁결에 비닐 보자기에 둘둘 말아서 방죽 물속에 버렸다는 그 가엾은 핏덩이를 생각하고 있을 터이다. 얼마 전부터 미자는 취하기만 하면 그 끔찍한 얘길 꺼내며 눈물을 짜곤 했다.

"제발 좀 그만 해. 누굴 원망하고 탓할 것도 없잖아. 네 스스로 저지른 일인데."

금옥은 무심코 담배 대신 손가락을 물어뜯으며 말했다.

"언니, 나…… 돌아가고 싶어. 집으로."

"뭐?"

금옥은 미자를 돌아다본다. 미자는 바다만 응시하고 있다. 동굴처럼 퀭하니 벌어진 두 눈엔 먹물 같은 그림자만 고여 있을 뿐이다.

"정말이야 언니. 우리 엄마 아빠…… 한 번만 보고 죽었으면 여한이 없겠어."

"이년아. 죽긴 누가 죽어. 제발 청승 좀 그만 떨라니깐. 씨발."

애가 진짜 큰일나겠네. 저따위 소릴 들먹이면 이 짓도 막판이란 얘기가 있다. 누군들 고향에 안 돌아가고 싶을까. 하지만 그걸 입 밖에 내는 바보는 아무도 없지. 대관절 이제 와서, 이런 꼴을 하고, 어떻게 고향집으로 돌아간단 말인가. 모든 게 쓰레기통에 처박혀버렸는데

말이다.

"아냐. 차라리 잘 생각했네. 넌 아직 어린 나이니까. 그
래, 돌아가거라. 네 집으로. 넌 부모님도 살아 계시잖아?"

"하지만, 이제 와서 어떻게⋯⋯."

미자는 금세 울상이다.

"어떻게라니? 다 빤한 거 아냐? 그럼 뭐가 자랑스러운
일이라고, 네 주둥이로 세상에다 이력서 광고하고 다닐
래? 그냥 시치미 딱 떼고 집으로 쳐들어가는 거야. 그렇
게 몇 년만 얌전하게 집에 처박혀 있다가, 어디서 조금
맹하고 순진한 사내 하나 만나 시집도 가고, 예쁜 아기
도 낳고 살면 돼. 너, 이 바닥에 그런 여자들 꽤 많아. 눈
곱만큼도 양심에 찔릴 게 없다고."

"아무려면⋯⋯ 설마."

"얘 좀 봐라. 여태 이 바닥에서 뭘 배웠니? 세상에 우
리 같은 여자들은 평생 개같이 비참하게 살라는, 무슨
개 같은 법이라도 있냐? 네 부모님 건강을 위해서라도
이건 꼭 필요한 거짓말이라니깐. 아마 이럴 땐 하느님도
백번 그러라고 하실 거다. 무조건 내 말만 들어. 그동안
부산에서 신발 공장에 다녔다구 그래. 뭐 방직공장이래
도 좋고. 알아들었니? 네 깐엔 돈을 모아 대학에 가볼 작
정으로, 1년 반 동안 공장에 다니며 열심히 일을 했노라

고 무조건 둘러대란 말이야."

"언니두 참, 내게 무슨 돈이 있어. 몸값까지 잡혀 있는 신세에."

"그러면 뭐, 몽땅 잃어버렸다구 해. 소매치길 당했거나 자취방에 강도가 들었다고."

"말도 안 돼."

둘은 금세 시무룩해진다. 모든 게 헛된 말장난일 뿐임을 누가 모르겠는가. 미자는 엄청난 액수의 몸값을 갚기 전엔 여기서 한 발짝도 나갈 수 없는 처지이다. 이전에 있던 술집에 주인은 적잖은 금액의 빚을 지불하고 미자를 데려왔다. 빚을 갚으려면 앞으로 몇 년을 더 '서울집'에 묶여 있게 될지 알 수 없는 일이다. 그사이 핏덩이를 다 토해내고 나면, 미자의 몸뚱이는 텅 빈 꽈리 꼬락서니로 망가지고 말 터이다. 문득 금옥은 아랫입술을 힘껏 깨문다.

"미자야. 너, 정말 집으로 돌아가고 싶니? 응?"

미자는 또 기침을 쏟아낸다. 옥수수수염 같은 머리채가 어지럽게 흔들린다.

"얘, 대답해봐. 그럴 수만 있다면, 당장이라도 고향으로 돌아갈 거야?"

"으응. 돌아가고 싶어. 우리 집, 엄마 아빠한테……."

미자의 두 눈에 금방 물방울이 그렁그렁해진다. 그 모습에 금옥은 가슴이 먹먹하게 아려온다. 그래. 그렇다면, 어떻게든 돌아가야지. 그럴 수 있다면…… 금옥은 그렇게 중얼거린다.

두 여자는 밭둑을 오르내리며 다시 쑥 캐는 일에 열중한다. 문득 미자가 속삭인다.

"저거 봐. 그 사람이 언니를 찾아왔어!"

금옥이 돌아다보니, 누군가 비탈진 언덕길을 걸어 오르고 있다. 심하게 절뚝이는 걸음걸이다.

"저게 누구야."

"언니는 서방님 얼굴두 잊었어?"

미자가 키득거리고 금옥은 얼굴을 붉힌다.

"언니. 나 먼저 내려갈게. 사장님한텐 내가 얘기할 테니, 천천히 있다가 와. 호호."

미자가 발딱 일어나더니 서둘러 밭둑을 내려간다.

봄바람이 또 언덕을 거슬러 불어온다. 금옥이 쑥 캐는 시늉을 하고, 봉묵은 밭둑길 위로 올라선다.

"저어, 미쓰 오 양. 나 좀 보시요이."

"어머, 깜짝이야."

금옥은 깜짝 놀라는 시늉으로 돌아본다. 또 그 소리로구나. 미스 오면 미스 오지, 미스 오 양은 또 뭐람.

"나물 뜯으러 나오셨는갑소. 흐흐."

"나물이 아니라 쑥이에요."

"아, 예예."

봉묵이 쩔쩔매며 뒷머리를 긁어대고, 금옥은 내숭을 떠느라 짐짓 냉랭하고 퉁명스럽다.

"뭐해요? 앉으려면 얼른 앉지 않구서."

그제야 봉묵은 우물쭈물 다가와서 풀밭에 엉거주춤 주저앉는다. 두 사람은 한동안 말이 없다. 눈앞 보리밭에서 꿩 한 마리가 푸드득 날아오른다. 털빛이 화려한 걸 보니 수놈이다.

"저어, 어젯밤에 어머니한테 첨으로 얘기를 드렸구만요."

"얘기라뇨?"

"우리 두 사람…… 결혼 얘기 말이라우."

"어머나. 누구 맘대루요?"

"어, 어? 저번 참엔 그, 그러자고 해놓고……."

"어머머. 내가 언제요? 봉묵 씨가 하두 성가시게 졸라대니깐 그냥 한번 생각해보겠다고 한 걸 갖구서."

금옥은 봉묵의 잔뜩 부어터진 얼굴을 슬쩍 훔쳐본다. 금방 맘이 짠하고 미안해진다. 원 세상에, 이 남잔 어쩌면 이리 순진하고 어리숙하기만 할까.

"그랬더니…… 뭐라 그러서요, 어머니께서?"

봉묵의 부푼 볼에서 금세 바람이 빠져나갔다.

"뭐, 달리 말하실 것이 있간디요? 둘만 좋다면 내일이라도 당장 살림을 차리라고 그러십디다."

고개를 반쯤 숙인 채 금옥은 풀물 든 손톱만 들여다본다.

봉묵이 금옥을 알게 된 건 지난해 봄이다. 매표 일을 하는 그로선 자연히 '서울집' 앞을 매일 지나다녔다. 어느 날 밤, 금옥의 꿈을 꾼 다음부터 봉묵은 저도 모르게 눈길이 '서울집' 쪽으로 향했다. 사람들과 함께 그 집에서 술을 마실 때면 가슴이 뛰고 얼굴이 발개졌다. 금옥이도 이내 눈치를 챘다. 금옥의 눈에 처음엔 몹시 거슬리던 그의 걸음걸이도 점차 아무렇지 않아 보였다.

따지고 보면 감지덕지해야 할 쪽은 그녀였다. 아직도 자신과 같은 처지의 여자를 이처럼 각별히 사랑해주는 남자가 있다는 사실만으로도 고마웠다. 금옥에겐 혼자만의 오랜 꿈이 하나 있었다. 예쁘고 귀여운 아기를 낳아 안아보고 싶은 꿈. 금옥은 그 간절한 꿈을 쉽게 포기할 수 없었다.

"그렇지만 난 빈털터리인걸요. 정말이에요. 지금껏 한 푼도 모아둔 게 없어요. 내가 씀씀이가 헤퍼서 그래요."

금옥이 손으로 풀뿌리를 쥐어뜯으며 말했다.

"괜찮어라우. 나도 마찬가지요. 가진 거라고는 초가 집 하나랑 밭 서 마지기뿐이요. 그래도 그동안 혼자 저축한 돈이 조금 있응께, 장차 그것으로 소박허게 장사라도 시작해볼 계획이어라우."

봉묵은 입을 헤벌쭉 벌러 웃는다.

"하지만 사람들이 봉묵 씨한테 손가락질을 할 거예요. 어디서 굴러먹다 왔는지도 모를 여자랑 함께 산다고."

금옥은 한껏 음울한 표정이다. 이번엔 꼭 능청만은 아니게. 새삼 서럽고 비참한 느낌에 사로잡힌다. 물론 이어지는 봉묵의 미더운 대답에 그녀의 마음은 금세 흐뭇해진다.

"아따, 뭔 소리라요? 솔직히 난 여태 결혼은 꿈도 꿔보지 못했어라우. 어무니가 얼마나 기뻐하시는지 몰라요."

봉묵은 앞니를 드러낸 채 수소처럼 으흐흐, 웃는다. 금옥도 덩달아 암소처럼 수줍게 웃는다. 그녀는 내친김에 제 진짜 나이가 스물다섯 아닌 서른둘이고, 본명도 천옥자라고 말해주려다가 참는다. 좋은 일일수록 최후의 순간까진 절대 방심해선 안 된다는 것, 그럴듯해 뵈는 일 뒤엔 어김없이 허망한 순간이 도사리고 있기 마련임을 그녀는 경험을 통해 잘 알고 있는 까닭이다.

아, 저거 봐. 하늘은 맑고 바다는 갈수록 푸르게 반짝이고 있다. 고갯길로 내려간 미자의 모습은 보이지 않는다. 금옥은 한동안 뭔가 골똘히 생각하는 기색이다.

"참, 그보다 먼저 봉묵 씨한테 부탁이 하나 있어요."

"부탁이라니, 그것이 뭣인디요?"

봉묵은 아주 선선히 대답한다.

"쉬운 일이에요. 하지만 봉묵 씨 말고는 아무도 할 수 없는 일이죠. 이를테면 집 잃은 강아지 한 마릴 발견해 집으로 돌려보내주는 일 같은 거예요. 봉묵 씬 그냥 못 본 척, 눈 한 번만 딱 감아주면 된다구요. 어때요?"

"예에? 그 일이 대체 뭣이라요?"

봉묵은 두 눈을 끔벅이며 금옥을 바라본다.

* *

이날 밤 선창가 술집은 오랜만에 흥청거렸다. 노래자랑에 나간 협동조합 최주사가 장려상에 뽑혀 큼직한 벽시계를 타왔기 때문이다.

저녁 무렵 조합 직원들이 최주사를 앞세우고 '서울집'으로 들이닥쳤다. 최주사는 싱글벙글하며 술잔을 주는 대로 받아 마셨고, 읍내 무대에서 악단 반주에 맞춰 불렀던 노래 「빈대떡 신사」는 여러 차례 앙코르를 받았다.

덕분에 최주사는 늙은 수탉처럼 목이 잔뜩 쉰 채로, 상품으로 받은 벽시계 값보다 훨씬 많은 액수의 술값을 혼자 치러야 했다.

주인 내외도 모처럼 흡족한 눈치였다. 이날따라 아가씨들이 전에 없이 열심히 술을 따르고 고분고분 손님들 비위를 잘 맞춰준 덕분에 모처럼 많은 매상을 올렸던 것이다. 그래서 자정 무렵 술자리가 파하자, 주인 여자는 청소며 설거지를 손수 하겠노라고 선심을 썼다. 금옥이와 미자는 못 이기는 척하고 방으로 돌아와 잠자리에 들었다.

불과 몇 시간 후, 꼭두새벽이었다. 사위가 아직 깜깜한 시각에 '서울집' 뒷문이 소리 없이 열리고, 누군가 고양이처럼 은밀히 밖으로 빠져나왔다. 연락선 '평화호'의 새벽 첫 출항시각이 임박한 때였다.

* *

이윽고 바다 위로 해가 떠오르기 시작했다. 밤사이 천지를 에워쌌던 어둠은 사라지고, 수면엔 은빛 햇살들이 은어 떼처럼 지느러미를 흔들며 헤엄쳐 다녔다. 엷은 안개는 대기 속으로 스며들고, 마을에선 밥 짓는 흰 연기가 몽글몽글 피어올랐다. 새와 가축들의 울음소리가 사방에서 부산하게 아침을 깨우고 있었다.

어느 순간, 선창가 술집에서 느닷없는 고함 소리가 터져 나왔다.

"이년아! 곱게 말할 때 사실대로 말 안할 거야?"

주인 여자가 금옥의 뒷덜미를 움켜쥔 채 가게 문을 우당탕 열어젖히고 밖으로 나왔다.

"이 손 좀 놔요. 왜 날 붙잡고 이래요!"

억지로 끌려 나오면서 금옥도 지지 않고 소리를 지른다.

"사실대로 말해! 너희 둘이 한통속이란 걸 다 알고 있응께. 이년아, 네가 미자 그년을 몰래 빼돌렸제?"

"진짜 몰라요. 곁에서 자고 있는 줄만 알았다니깐!"

"아이고. 이 일을 어쩔끄나. 그년 밑으로 들어간 돈이 얼마나 많은디!"

"거짓말 말어. 금옥이 네년이 그년을 도망시켜준 게 틀림없어!"

이번엔 주인 사내도 흥분한 목청으로 거든다. 주인 여자가 금옥의 머리채를 와락 그러쥐었다.

"아, 아야얏!"

비명을 터뜨리며 금옥도 상대방 머리채를 홱 낚아챈다.

"오메메! 이 갈보년이 죽을라고 눈깔이 뒤집혔는갑

네. 어디서 감히!"

"오냐, 어쩔래? 불쌍한 갈보들 팔아서 살찐 이 돼지 같은 년아!"

이른 아침, 미처 세수도 못 한 이웃 사람들이 하나둘 담 너머로 얼굴을 드러냈다. 두 여자의 머리채 싸움에서 금옥 쪽이 우세를 보이자, 주인 사내가 달려들어 금옥을 거칠게 뜯어냈다. 그 순간 한 남자가 다리를 절뚝이며 달려와 몸싸움을 가로막았다.

"이 손 놔요. 죄 없는 사람 붙잡고 이러면 안 되제라우!"

주인 내외가 일순 멍한 표정으로 봉묵의 얼굴을 쳐다본다.

"오라, 너 마침 잘 만났다! 미자 그년, 너도 똑똑히 보았제?"

"그건 또 무슨 소리라요?"

"시침 떼지 말어. 아까 그 노랑머리 년이 '평화호'에 타는 걸 목격한 사람이 있단 말이어!"

"아니, 봉묵이 아재. 그게 참말이오? 아가씨들 못 도망가게 꽉 붙들어달라고, 그동안 내가 심심찮게 담배랑 술도 주고 안 그랬소? 그런데 세상에! 아재가 우리한테 어찌 이럴 수 있냐고!"

성난 부부는 봉묵을 다그치며 번갈아 으르렁댄다.

"아하, 그 젊은 여자가 도망을 쳤다고라우? 나한테는 달리 얘기하던디? 계약기한이 끝나서 육지로 나간다고, 작별 선물로 나한테 여기 이렇게 담배까지 주고 갑디다. 나는 그것도 모르고⋯⋯."

"그년이 진짜로 그렇게 말했어? 계약기한이 끝나서 나간다고?"

"예. 진짜로요."

"그 여시 같은 년! 새빨간 거짓말까지."

"그러니까 아저씨. 엉뚱하게 미스 오양 붙들고 이렇게 아니라, 얼른 쫓아가 그 여잘 붙잡어야제라우."

"쫓아가 붙잡으라니, 어떻게?"

부부가 봉묵을 멍하니 쳐다보며 묻는다.

"그 여자는 읍내까지 배표를 끊었어라우. 평화호 읍내 도착시각까진 아직 시간이 조금 남았응께, 속히 읍내로 전화를 하쇼. 사람을 시켜가꼬, 부두에서 먼저 지키고 있다가 여자를 붙잡으라고 하면 될 것 아니요?"

"맞다! 그러면 되겠구나이."

주인 내외가 반색하며 다급히 가게 안으로 뛰어 들어갔다.

그들의 대화를 곁에서 줄곧 지켜보던 금옥은 불같이 화가 치민다. 까치집 꼴로 엉망이 된 머리채를 하고 그녀는 봉묵의 어깨를 와락 그러쥔다.

"바보 천치 같으니! 도와준다고 약속해놓고, 미자가 읍내로 갔다는 얘긴 왜 해? 아아, 이젠 다 틀렸어. 미자는 금방 잡혀 올 거라구."

기가 막힌 금옥은 식식대며 봉묵을 매섭게 쏘아본다. 그런데 정작 봉묵은 히죽히죽 웃기만 한다.

"지금 웃음이 나와요?"

"미쓰 오 양도 참. 걱정 마쇼. 내 이럴 줄 미리 알고, 미자 씨한테 단단히 귀띔해줬소. 읍내까지 가지 말고, 약산도 포구에서 슬쩍 내리라고. 거기서 '갈매기호'로 바꿔 탄 다음 여수항까지 곧장 가라고요. 아마 지금쯤 여수 가는 배 안에서 편안하게 누워 있을 것이요. 으흐흣."

"어머나. 그게 정말이에요?"

금옥은 눈이 똥그래져서 봉묵의 얼굴을 새삼 유심히 뜯어본다. 어쩜, 저런 구석이 다 있었을까. 금옥은 그가 너무 대견스럽고 미더워져서 눈물이 핑 돈다.

"에그머니, 이게 웬일이람!"

금옥은 엉망진창이 된 머리채를 뒤늦게 만져보고 화들짝 놀란다. 뽑힌 머리카락이 손가락에 뭉텅뭉텅 잡혀 나온다.

"아아. 나, 낙일도 최 사장이여. 내가 긴급한 일로 전화

를 했네. 평화호가 아직 읍내 도착 안 했제? 지금 그 배 안
에 말이여……."

안에선 주인 남자가 수화기를 붙들고 다급하게 소리
를 질러대고 있다. 뚱보 여자 역시 안절부절못하고 남편
옆에 붙어 종종대는 참이다.

창 밖에서 그 모습을 훔쳐보며 봉묵과 금옥은 은밀한
눈짓을 주고받는다. 금옥은 터지려는 웃음을 참느라 애
를 쓴다. 그들의 어깨 너머로 푸른 바다가 가득히 열려
있고, 사월의 하늘은 눈이 부시도록 맑고 찬란하다.

13. 안녕, 칠성이 형

"준영아. 여기 도시락 가지고 가야제?"

아침이다. 책 보퉁이를 허리춤에 매고 마당을 막 나서려는 작은형을 할머니가 부엌에서 불러 세웠다. 할머니의 손엔 알루미늄 도시락이 들려 있었다.

"히잉, 안 갖고 갈래! 오늘도 또 고구마 쌌제?"

"뭐, 고구마가 왜 싫어야? 요즘 세상에 매 끼니마다 밥 먹고 사는 집이 얼마나 된다고. 쯧쯧."

"치, 다른 집 애들은 잘만 싸오등마는. 고구마는 질렸단 말여!"

작은형은 볼이 부어 툴툴거렸다. 나는 2학년이라 아

직 도시락을 싸본 적이 없었다. 4학년인 작은형이 그래서 늘 부러웠다.

"너랑 그런 집 애들이랑 형편이 같으냐? 자, 얼릉 이거 갖고 가. 오늘은 밥을 쌌응께."

"와아, 참말?"

형은 도시락 뚜껑을 열어보았다. 꽁보리밥과 함께 반찬통엔 김치와 콩조림이 들어 있었다. 입이 금세 헤벌어진 형은 도시락을 집어 들었다. 오늘도 할머니는 내 허리에 책 보퉁이를 단단히 묶어주었다.

도시 아이들은 책가방을 들고 다닌다는데, 우리 섬 아이들 가운데 책가방을 가진 아이는 아무도 없었다. 책과 공책, 필통을 보자기로 둘둘 말아 허리에 단단히 묶어매고서 학교에 다녔다. 걸음을 옮길 때마다 양철 필통 안에선 몽당연필이 쩔렁거렸다. 한참 걷다 보면 책 보퉁이가 허리춤에서 축축 처져 내려오곤 해, 십여 리 넘는 학굣길 내내 몇 번씩 다시 고쳐 매야만 했다.

앞서가는 작은형을 좇아 나도 헐레벌떡 골목을 달려 내려갔다. 마을회관 앞엔 벌써 아이들이 기다리고 있었다. 우리 마을에서 학교에 다니는 아이는 오십 명이 넘었다. 섬을 통틀어 초등학교는 달랑 두 개뿐. 그중 하나인 갑포리 초등학교까지는 십리도 넘게 먼 거리여서, 우리 마을 아이들은 매일 한꺼번에 모여 등하교를 했다. 마을 어른들의 지시에 따라서였다.

대열을 인솔하는 책임을 맡은 대장은 길남이 형이었다. 이마에 숭숭 여드름이 돋은 길남이 형은 열여섯 살이나 먹었지만, 전쟁이 끝난 후 뒤늦게 입학한 탓에 이제 겨우 5학년이었다.

"올 사람은 다 왔제? 오늘도 일이 학년 꼬맹이들이 맨 앞줄에서 간다. 또 뒤처지면 안 돼. 너희 꼬맹이들 때문에 항상 지각을 한단 말이여. 특히 철이, 너! 지난번처럼 또 배 아프다고 울면 안 된다이. 이젠 아무도 안 업어줄텐께."

길남이 형이 나를 내려다보며 장난스럽게 눈을 부릅떴다. 나는 부끄러워서 얼른 고개를 숙였다. 또래보다 한 살 어린 데다가 몸이 허약한 나는 학굣길에서 곧잘 혼자 뒤처지거나 배가 아파 주저앉곤 했다. 그때마다 나이 많은 형들이 책 보퉁이를 대신 매주거나 나를 등에 업고 가곤 했던 것이다.

"자, 출발!"

길남이 형의 신호에 맞춰 우리는 출발했다.

동구 밖 유자나무 옆에 외따로 서 있는 칠성이 형 집 앞을 지날 때, 우리는 약속이나 한 듯 그 집 안쪽을 흘금

홀금 살폈다. 마당가에서 송아지 혼자 여물을 먹고 있을 뿐, 집안엔 인기척 하나 없었다. 댓돌 위에 칠성이 형의 어머니 금당댁의 검정 고무신 한 켤레만 달랑 놓여 있었다. 얼핏 버려진 빈집처럼 쓸쓸하게만 보였다.

군대에 간 칠성이 형이 죽었다는 소식이 온 것은 보름 전이었다.

그날 우리들은 마침 학교에서 돌아오던 길이었다. 붉은재 고갯마루를 넘어설 때였다. 찌링 찌리링. 문득 등 뒤에서 울리는 낯선 소리에 고개를 돌리는 순간, 우리는 일제히 놀라서 탄성을 내질렀다.

우리 눈앞에 놀랍고도 기이한 물체 하나가 뒤뚱뒤뚱 굴러오고 있었다. 동그랗고 반짝반짝 윤이 나는 두 개의 바퀴. 그 위에 늠름하게 올라앉아 두 다리를 연신 힘차게 굴리고 있는 사람은 우체부 아저씨였다.

"야아, 저거 봐!"

"와아앗! 자전차다. 자전차!"

"맞다! 진짜로, 자전차여!"

정말 그랬다. 그 놀라운 물체는 '사회생활' 교과서에서 본 바로 그 자전거가 분명했다. 아무도 가르쳐주지 않았지만, 우린 난생처음 본 그것의 정체를 금세 알아차렸다. 두 눈을 휘둥그레 뜬 채 우리는 그 엄청난 물체에 완전히 넋을 빼앗기고 말았다.

아아, 신기하기도 해라. 우체부 아저씨는 마법사였다. 다 같이 얼이 빠져 엉거주춤 서 있는 우리들 앞을 지나치면서, 마법사는 한껏 뽐을 내며 찌링 찌리링, 종소리를 울렸다.

"아저씨이. 그거 자전차, 맞지라우?"

"오냐! 이것이 자전차라는 것이여. 이참에 우리 낙일도 우체국에 이거 한 대밖에 안 나왔다."

우체부 아저씨는 뒤도 안 보고 외치며 고갯길을 씽씽 달려 내려갔다. 와아아. 우리는 일제히 함성을 터뜨리며 자전거 뒤를 쫓아 달리기 시작했다.

얼마나 달렸을까. 우리는 한여름 강아지들처럼 똑같이 헛바닥을 늘여 빼고 헐떡이며 동구 밖에서 달음박질을 멈추었다. 우체부 아저씨의 자전거는 칠성이 형 집 사립문 앞에 세워져 있었다. 우리는 문 앞에 세워놓은 자전거를 빙 에워쌌다.

"와이고오. 내 아들이! 우리 칠성이가……."

별안간 집 안에서 금당댁의 통곡 소리가 흘러나왔다. 놀라서 들여다보니, 금당댁은 마당에 털버덕 주저앉은 채 손바닥으로 땅바닥을 두드리며 대성통곡을 하고 있었다. 그 곁에서 우체부 아저씨는 손에 전보 종이를 쥔 채 어쩔 줄 몰라 우두커니 서 있을 뿐이었다.

그날 밤, 칠성이 형 집에선 한없이 서럽고 애끓는 울음소리가 밤새도록 흘러나왔다.

금당댁은 과부였다. 남편이 추자도로 삼치잡이 나갔다가 폭풍에 배가 뒤집혀 죽은 후, 딸 둘 아들 하나를 혼자 힘으로 억척같이 키워낸 여자였다.

이튿날 새벽, 금당댁은 이웃 마을로 시집간 큰딸 부부와 함께 첫배를 타고 육지로 향했다. 아들의 시신을 수습해오기 위해서라고 했다. 강원도 원통인가 어디에 있다는 아들의 군부대를 찾아 올라갔던 그들은 며칠 뒤에야 반쯤 넋이 달아난 몰골을 하고 섬으로 되돌아왔다.

그런데 어찌된 셈인지 금당댁은 빈손이었다. 그사이 장례 치를 준비를 마치고 기다리고 있던 마을 어른들에게 그 집 큰사위가 자초지종을 전해주었다.

꼬박 이틀하고 한나절 만에 그들은 휴전선 가까운 첩첩산중 군부대에 도착했다. 잠시 후 부대장이란 사람이 나타나, 천칠성 일병은 특별한 이유도 없이 스스로 목숨을 끊었노라고 말했다. 그리고 무슨 병원 비슷한 건물로 데려가더니, 홑이불로 덮어놓은 칠성의 시신을 보여주더라고 했다. 왼쪽 귀 뒤쪽에 나 있는 작은 상처 말고는 생각보다 말끔해 뵈는 아들의 시신을 보자마자 금당댁은 그 자리에서 실신해버렸다.

'자살이라니, 그럴 리가 없다. 어찌 어미한테 유서 한 장 안 남기고 자살하는 법도 있겠느냐. 평소 술을 입에 대지도 못하던 아이인데, 혼자 술을 마시고 목숨을 끊었다는 것도 이해할 수가 없다.'

그렇게 가족들이 수없이 묻고 애원하고 따져봤지만, 아무 소용이 없었다. 그들은 시신조차 당장 내어주지 않으려고 했다.

"절차상 더 조사할 것도 남아 있고, 게다가 멀고 먼 전라도 섬까지 시신을 운반해 갈 수도 없으니 부대에서 특별히 배려하여 직접 화장을 해주겠소. 그리고 며칠 안으로 부대원이 직접 유골함을 들고 고향집까지 내려가서 유족 분들께 인계해줄 것이니 조금도 걱정하지 마시오. 군에서 병사가 스스로 이유 없이 목숨을 끊는 행위는 이적행위나 다름없소. 따라서 우리 군은 그에 대한 아무런 책임이 없소. 그나마 여러분에게 이런 혜택을 베푸는 것은 부대장님의 특별한 배려 덕분임을 잊지 마시오. 그럼에도 불구하고 만약 가족 측에서 시신을 당장 인수해 가겠노라 끝내 고집한다면, 그렇게 해도 좋소. 단, 그리되면 우리 부대에서 특별히 따로 마련해놓은 장례비와 위로금은 단 한 푼도 받지 못하게 될 것이오."

그 장교는 숫제 으름장을 놓듯이 단호하게 잘라 말했다. 세 사람은 한동안 고민하던 끝에, 결국은 어쩔 수 없이 그들이 원하는 대로 손가락 도장을 찍어주고 나서 일단 빈손으로 내려왔다는 거였다.

"허, 이 사람아. 아무리 그렇다고 해도, 그리 어수룩하게 물러서고 말았단 말인가. 자네가 보기에도, 틀림없이 칠성이가 자살한 것 같이 뵌든가?"

"글씨라우. 그자들 눈치가 아무래도 미심쩍고 수상쩍기는 합디다만, 아이구, 저희가 뭣을 알겠습니까. 죽은 처남한테 물어볼 도리도 없고……."

"허어, 저런!"

이장 어른이 딱하다는 듯 혀를 찼다. 금당댁 큰사위는 눈만 껌벅거리며 연신 뒤통수만 긁적였다. 화포리 양조장에서 인부 노릇을 하는 그는 겨우 제 이름 석 자 정도만 쓸 줄 아는 사람이었다.

"아, 수상쩍다마다! 딱 들어봐도 분명히 무슨 흑막이 있는 것이여. 칠성이가 뭣 때문에 죽어? 아니, 설령 자살을 했다손 치자고. 한밤중에 혼자 술 마시고 막사를 빠져나가 절벽에서 뛰어내렸다는디, 몸뚱이가 어찌 그렇듯 멀쩡할 수가 있겠는가 말이여."

"저도 그것이 이상해서 물어봤제마는, 그 대대장이란

276

사람이⋯⋯."

"허 참, 이 답답한 사람 좀 봐. 그자도 제 모가지 달아날까 싶어 거짓으로 둘러대는 게 아닌지, 그걸 누가 알겠는가?"

"그러게 말입니다이⋯⋯ 그럼 어르신네, 어째야 좋겠습니까? 지금이래도 다시 쫓아 올라가서 무슨 수를 써볼까라우?"

"이 사람아, 진작 늦었네. 이제야 뒤늦게 뭘 어떻게 해? 시신은 벌써 화장해버렸을 텐디, 아, 증거가 있어야제. 증거가!"

"맞네. 흑막을 가리려면 그때 거기서 한사코 물고 늘어졌어야제. 아이고, 불쌍한 칠성이 녀석. 십중팔구 어떤 무지막지헌 놈들한테 맞아서 억울하게 죽은 게 틀림없어. 아암."

"그러기에, 군대 가서 죽으면 개죽음이라네. 저희들끼리 한통속으로 짜고 입을 닫아버리면, 아, 우리 같은 촌사람들이 무슨 수로 그 내막을 캐낼 수 있겠는가 말이여. 쯔쯔쯔."

마을 어른들은 한숨을 폭폭 내쉬며 안타까워했다. 어른들은 칠성이 형이 부대 안에서 억울하게 맞아 죽었으리라고 믿는 눈치였다.

뒤늦게 알게 된 일이지만, 칠성이 형에겐 남모르는 이상한 버릇 한 가지가 있었다. 이따금 한밤중에 잠자리에서 저도 모르게 쉬를 한다는 거였다. 어릴 때에야 그러려니 했지만, 스무 살짜리 청년이 이따금 밤중에 이불이 흥건해지도록 세계지도를 그려놓곤 한다는 사실을 식구들은 쉬쉬해온 모양이었다.

좀체 믿기지 않는 일이었다. 건장한 몸에 머리도 총명해서, 갑포리 고등공민학교 졸업식 날 우등상을 받기도 한 칠성이 형에게 그런 기이한 버릇이 있었다니. 필시 그 버릇이 문제가 된 게 아니었을까. 마을 어른들은 대부분 그렇게 추측했다. 군대에 가서도 그 버릇 때문에 미움을 받아, 어느 모진 놈들에게 밤중에 끌려 나가 몰매를 맞다가 그만 숨이 끊어진 것이 틀림없다는 거였다.

우리는 다시 학교를 향해 걸음을 재촉했다.

학굣길은 언제나 멀고 힘들었다. 첫 번째 고개인 붉은재를 넘으면 에미끼미 마을이 나오고, 또 다른 고개 하나를 넘으면 화포리가 나온다. 그 화포리 마을 동쪽을 돌아서 가파르고 험한 산길을 반시간 남짓 걸어가면 마지막 고개였다. 마침내 그 고개 위에 올라서면, 비로소 저만치 발 아래로 우리 초등학교가 보였다. 일제 강점기에 우리 섬에 최초로 세워진 학교였다.

이때쯤이면 다들 숨을 헐떡이고, 이마엔 땀이 뻘뻘, 입에서 단내가 풀풀 날 지경이었다. 하지만 숨 돌릴 겨를도 없이 우리는 다시 학교까지 잰걸음을 해야 했다.

학교에 도착하면 으레 첫 번째 시간이 끝나갈 즈음이었다. 그럼에도 선생님께 꾸중 듣는 일은 없었다. 섬 맨 끄트머리에 있어서 별명이 '쥐구멍'으로 불리는 우리 마을은 워낙 먼 거리였다. 조무래기들이 아무리 부지런히 걷는다고 해도 두 시간 걸리는 거리임을 선생님들 역시 잘 알고 있었다.

이날도 상기된 얼굴에 숨을 몰아쉬며 자리에 앉자마자, 담임은 우리를 향해 웃으며 말했다.

"이 지각대장 '쥐구멍' 녀석들아. 앞으로는 매일 고생하지 않아도 되겠구나. 다음 학기부터 너희들은 일출리 분교로 다니게 될 테니까 말이여."

다음 학기부터라니. 뜻밖에 그날이 예정보다 조금 앞당겨진 모양이었다. 우리 마을에 분교가 세워진다는 얘기는 우리도 알고 있었다. 그곳은 마을 남쪽 끝, 활처럼 둥글게 휘어나간 바닷가 옆 공터와 야산 기슭이었다. 몇 달 전부터는 마을 어른들이 모두 힘을 합하여 그 자리에 작은 운동장을 만들고, 벽돌로 된 교실 한 칸과 화장실을 짓느라고 한창 분주한 참이었다. 그 조그만 분교엔 우리 마을과 이웃 마을 아이들만 따로 다니게 될 거라고 했다.

이윽고 저학년 수업이 끝났다. 점심시간이 되기 한 시간 전, 우리 마을 아이들은 여느 때처럼 무리를 지어 마을로 돌아오기 시작했다. 1학년부터 3학년까지, 스무 명 남짓한 숫자였다. 다들 배가 고팠지만 참을 수밖에 없었다. 산길 주변의 맹감 열매를 따먹기도 하고, 산딸기나 정금 열매를 따먹으며 허기를 달래곤 했다. 더러 고무마나 누룽지를 꺼내 오물거리는 아이들도 있었다. 마을이 점점 가까워올수록 눈앞엔 밥그릇이 아물거려 오고 마음은 부쩍 다급해져서, 우리들의 걸음은 절로 바빠졌다.

이윽고 붉은재 고개를 넘어, 저만치 마을이 내려다보이는 산모퉁이에 이르렀을 때였다. 무슨 일일까. 마을 초입의 소나무 숲 근처에 한 무리의 마을 사람들이 몰려나와 웅성거리고 있는 모습이 보였다.

"어, 저거 봐라이. 군인 아저씨들이다!"

"참말로 그러네. 군인들이 어째서 저러고 있다냐?"

우리들은 호기심과 함께 왠지 모를 불안감으로 수군대며 다가갔다.

이쪽 솔숲이 끝나는 길목엔 두 명의 군인이 엉거주춤 서 있었다. 한쪽은 작대기 세 개짜리 사병이었고, 다른 쪽은 밥풀떼기 두 개를 어깨에 붙이고 있는 장교였다. 물론 두 사람 다 우리에겐 전혀 낯선 얼굴들이었다.

"저 군인 아저씨 목에 걸린 것이 뭐이라냐?"

"무슨 상자 같은디? 엿장수인가?"

"멍충아. 군인들이 어째서 엿을 팔어!"

두 사람 가운데 병사의 모습이 특이했다. 지난번 혼자 넘어져 팔을 부러뜨린 홍길이네 외삼촌이 갑포리 보건소를 다녀올 때 모습이 딱 그랬었다.

병사는 목에 감은 흰 붕대를 두 가닥으로 기다랗게 늘어뜨린 채였다. 두 손엔 역시 흰 면장갑을 끼고, 네모난 상자를 가슴에 껴안고 서 있었다. 둘은 우리가 다가가자 흠칫 놀라며 돌아보았다. 무엇 때문인지 두려움과 당혹감에 질린 낯빛이었다.

"난 또 누구라고. 꼬맹이들은 얼른 지나가거라."

중위가 공연히 놀랐다는 듯 한숨을 내쉬며 우리를 향해 말했다.

"어, 어쩌까유. 소대장님. 이번에도 또 쫓겨날 것이 뻔한데……."

"야 인마. 그렇다고 그냥 포기하고 돌아갈 순 없잖아. 허 참, 이거 미치겠네."

"벌써 한 시 반인데유……."

"쌍누무 대대장! 3중대서 터진 사고를 왜 우리한테 떠넘겨놓고 이렇게 생사람을 잡는 거야? 쓰발, 더러워서!"

투덜대는 소리를 등 뒤로 들으며 우리는 그들을 지나쳐서 마을 사람들 쪽으로 걸어갔다. 그제야 우리는 사정을 알게 되었다. 군인들과 마을 사람들은 이삼십여 미터 거리를 두고 서로 대치해 있는 참이었다.

맨 앞에서 버티고 있는 청년들은 대부분 칠성이 형 또래였다. 원길이 형, 성남이 형, 웅치 형은 길바닥에 주저앉아 번갈아 막걸리 사발을 돌리고 있었다. 벌써 얼굴이 벌겋게 달아오른 그들 세 사람은 칠성이 형의 단짝패들이었다.

"저 군바리 놈들. 동네 안엔 한 발짝도 못 들어오게 해야 돼!"

"아암. 칠성이를 살려내기 전엔 절대로 안 되고말고!"

"어흐윽. 불쌍한 자식. 야, 저 상자에 든 것이 칠성이란 말여?"

"아이고, 분하고 억울해서 진짜 미치겠네!"

청년들은 주먹으로 눈물을 훔치며 악을 쓰듯 말했다. 누군가는 어깨를 들먹이며 어흑어흑, 통곡을 했다.

나는 어른들 뒤편에서 그 광경을 지켜보았다. 겁먹은 기색으로 저만치 엉거주춤 서 있는 두 명의 군인들, 그리고 그 병사의 가슴에 안겨 있는 하얀 상자. 그것은 대단히 엉뚱하고 이상한 광경처럼 느껴졌다.

'그 사람 좋고 우스갯소리 잘하던 칠성이 형이 저 조그만 상자 속에 들어 있다고?'

언젠가 하굣길에 혼자 뒤처져서 걸어오는 나를 보자마자, 자신의 등에 업고 성큼성큼 걸어가던 칠성이 형. 대보름날 지신밟기 땐 꽹가리 치는 솜씨가 제법이라고 어른들에게 칭찬을 받던 칠성이 형. 군대 가는 날 아침, 배웅 나온 어른들에게 일일이 고개 숙여 인사를 하고, 손을 흔들며 멀어져가던 칠성이 형.

그 선량한 눈과 털털한 웃음은 어디로 가버렸을까. 칠성이 형은 죽었다는데, 지금 저 작고 이상한 상자 안엔 대관절 무엇이 들어 있단 말인가. 나는 아주 기이하고 몽롱한 꿈속에 있는 것 같은 느낌이었다.

그 군인들이 마을에 나타난 건 아침나절이었다. 하지만 칠성이 형 집이 어디냐고 미처 물어보기도 전에, 그들은 소문을 듣자마자 잔뜩 흥분해 달려온 청년들에게 간단히 쫓겨나고 말았다. 그리고 벌써 몇 시간 동안 그 소나무밭 근처에서 오도 가도 못한 채 무작정 머뭇거리고 있는 참이었다.

"이거 봐. 친구를 잃은 너희들 심정을 우리가 왜 모르겠냐. 아무리 그렇다고 해도, 이래서는 못쓴다. 세상일이란 순리가 있는 법이여."

마을 어른들이 보다 못해 청년들을 달래기 시작했다.

"아암, 너무 너희들 생각대로만 하면 못쓴다. 누구보다도 칠성이 엄니 속이 얼마나 아프시겠냐. 너희들이 이럴수록 금당댁 가슴은 뒤집어지고 미칠 지경이 되고 말 것이여."

"어차피 죽은 사람이 다시 살아 돌아오진 못한다. 봐라. 지금 이 꼴이 대체 뭣이라냐? 고향에 와서도 정작 들어오지도 못하고 있으니, 죽은 칠성이에게도 결코 도리가 아니잖느냐. 억울하제만, 이제는 그만 맘을 풀도록하자."

"맞는 얘기여. 사실 저 군인들이야 무슨 죄가 있겠냐. 그저 명령을 받고 여기까장 내려온 것뿐이제. 저 사람들도속히 임무를 마치고 부대로 복귀해야 할 것 아니냐. 응?"

어른들이 번갈아서 청년들을 달래보았다. 그럼에도 그들은 고개를 숙인 채 훌쩍이거나 한숨만 내쉴 뿐이었다.

마침내 이장님과 원옥이네 아버지가 군인들이 있는 곳으로 걸어갔다. 그리고 잠시 군인들과 뭐라고 이야기를 나누는 기색이었다. 이윽고 군인들은 두 어른들의 등 뒤에 바짝 붙어서, 잔뜩 긴장한 걸음걸이로 어정어정 다가오기 시작했다.

그들이 바로 눈앞까지 왔을 때, 원길이 형이 조용히 일어나더니 병사에게서 그 하얀 상자를 두 손으로 받아 품에 안았다. 별안간 원길이 형의 입에서 허억, 격한 울음이 터져 나왔다. 바로 그때, 지켜보던 칠성이 형의 친구들이 별안간 두 군인의 멱살을 움켜쥐었다.

"이놈들, 살려라! 칠성이를 살려내란께!"

"워메, 미치겠네! 이것이 칠성이여? 내 친구 칠성이를 누가 이렇게 만들었냐고!"

"느그들이 쥑였제? 네놈 새끼들이 우리 친구를 쥑였어."

어른들이 한꺼번에 달려들어 그들을 간신히 떼어놓았다. 그 틈에 군인들은 어마 뜨거라 하고 동구 밖까지 허둥지둥 도망쳤다. 이내 청년들이 그들을 쫓아 우르르 달려 나갔다. 성남이 형이 사병의 목덜미를 뒤에서 잡아챘고, 중위는 소나무 밭 앞에서 다른 누군가에게 붙잡혔다. 청년들과 군인들은 격렬한 몸싸움을 벌이기 시작했다. 급기야 대여섯 명이 한 덩어리로 엉킨 채 언덕 아래 콩밭으로 한꺼번에 굴러떨어졌다.

"아이고, 저런! 큰일났네!"

놀라 지켜보던 어른들이 뒤늦게 콩밭으로 허겁지겁

달려갔다. 우리 조무래기들도 덩달아 뛰어갔다.

　콩밭 고랑에 처박힌 채 그들은 엎치락뒤치락 몸싸움과 주먹질을 주고받았다. 여럿이 한데 뒤엉킨 탓에 누가 누군지 분간할 수도 없었다. 어른들이 나서서 그들을 간신히 떼어내는 데 성공했다. 성남이 형과 사병의 코에서는 코피가 흘렀다.

　광기와도 같은 흥분이 가라앉자, 그들은 다 같이 콩밭 고랑에 철버덕 주저앉은 채 숨을 헐떡이고 있었다. 별안간 성남이 형이 콩밭에 엎드린 채 큰 소리로 울음을 터뜨렸다.

　"어어엉. 칠성아. 이 나쁜 자식아. 네 어무니만 남겨놓고 이렇게 가면 어쩌란 말여!"

　그러자 그 옆에 주저앉은 병사도 억울함과 서러움에 복받쳐 울기 시작했다.

　"아이구, 다들 나한테 왜, 왜 이러는 거래유. 나 같은 졸병이 뭘 어쨌다고. 어으흑. 난 진짜 아무것도 몰라유. 나도 고향에 친구들도 있고, 어무니도 있는 몸이란 말이유. 으허엉."

　어린아이처럼 울고 있는 두 사람의 모습은 슬프고 우스꽝스러웠다. 두 청년의 울음은 이내 독감처럼 번졌다. 눈이 벌게진 마을 청년들도 덩달아 눈시울을 훔치고, 중위 역시 흙 범벅이 된 군복을 입은 채 훌쩍였다. 어른들은 슬며시 돌아서서 먼 산을 바라보며 연신 혀를 차곤 했다.

잠시 후, 사람들은 두 군인과 함께 마을로 들어왔다.

작고 흰 사각형 상자에 담겨 한 줌 재로 돌아온 아들을 보고 금당댁은 한동안 정신을 놓아버렸다. 사람들이 달려들어 그녀에게 찬물을 마시게 하고 몸을 주물러주었다. 누군가는 금당댁 엄지손가락에 침을 놓기도 했다.

객사한 주검이라는 이유로, 칠성이 형의 유골함은 집 안으로 들어가지도 못한 채 뒤란 텃밭 한쪽에 미리 준비해둔 천막 안에 놓였다.

온 마을이 슬픔에 잠겨들었다. 이 집 저 집에서 술을 내놓았고, 저마다 사정에 따라 서둘러 전을 부치고, 국을 끓이고, 밥을 하고, 갖가지 반찬을 만들었다. 난데없이 북적거리는 마을 풍경은 마치 대보름이나 추석 같은 명절처럼 보였다. 덕분에 구수한 음식 냄새에 잔뜩 마음이 들떠서, 우리 조무래기들은 연신 콧구멍을 벌름거리며 뛰어다녔다.

밤이 이슥하도록 칠성이 형 집은 시끌벅적했다. 처음엔 꿔다놓은 보릿자루 꼴로 앉아 있던 군인들도 어느덧 마을 청년들이랑 주거니 받거니 술을 마시고, 밥과 안주와 전을 마음껏 먹기 시작했다.

붕어처럼 두 눈이 퉁퉁 부어오른 금당댁이 군인들에게 막걸리를 한 사발씩 건네주었을 땐 주위가 일순 침울해졌다. 잠시 후, 한자리에 모인 젊은이들은 누군가의 제의에 따라 모두들 짝짝짝, 먼 길을 와준 두 군인들을 향해 박수를 보냈다. 그러자 중위와 병사는 칠성의 친구들과 정답게 어깨동무를 한 채「진짜 사나이」를 부르고「울고 넘는 박달재」도 함께 목이 쉬도록 합창했다.

이튿날 아침, 가엾은 칠성이 형은 꽃상여도 없이 마을 뒷산 양지바른 언덕에 묻혔다. 장례를 마친 뒤, 군인들이 차렷 자세로 금당댁 앞에서 경례를 붙였다. 금당댁은 또 한 번 짧고 서러운 통곡으로 그에 답했다. 칠성이 형 친구들은 동구 밖까지 둘을 배웅해주었다.

그날 밤, 별은 유난히도 맑고 총총했다.

뒷산 솔숲 어딘가에서 이름 모를 밤새가 자꾸만 쪽쪽, 쪽쪼쪽 하고 울었다. 할머니 곁에 누워 있으려니 칠성이 형의 씨익 웃는 모습이 눈앞에 어른거렸다.

"칠성이 형, 안녕⋯⋯."

나른한 잠 속으로 빠져들며 나는 중얼거렸다.

14. 동백꽃

겨울 해는 짧다. 해가 뒷산 등성이 너머로 사라지면, 밤은 어김없이 도둑고양이처럼 빠르고 날렵한 걸음으로 찾아들었다.

저녁밥을 먹고 나서 할머니가 탁, 탁, 성냥을 그어 호롱불을 당겼다. 방 안이 연시 빛으로 이윽히 밝아왔다. 흐릿한 호롱불 아래서 누나와 형은 방바닥에 배를 깔고 엎드려 숙제를 하고, 할머니는 벽장에서 바느질 상자를 꺼내 들었다.

"할마이. 내가 그거 해줄까?"

나는 얼른 일어나 할머니 손에서 실패를 받아 들고 바

늘귀에 실을 꿰어드렸다.

"어이구, 우리 철이가 이젠 어른이 다 되었구나. 눈 어두운 할마이 걱정을 다 해주고."

할머니는 앞니 빠진 모습으로 흡족한 웃음을 흘리며 내 엉덩이를 손바닥으로 토닥토닥 두드려주었다. 그리고 할아버지의 두툼한 솜바지를 바느질로 촘촘히 누벼가기 시작했다.

나는 다시금 무료해져서 혼자 뜨뜻한 아랫목에 엎드렸다. 할아버지는 아까 저녁상을 물리자마자 동회당에 나가셨다. 길고 지루한 겨울 저녁이면 어른들은 으레 동회당 방 안에 모여 앉아 이야기로 시간을 보내는 것이다.

휘이이이.

장지문 밖엔 바람 소리가 스산하다. 맵찬 냉기를 품은 바닷바람이다.

바람은 마을 뒷산 너머 북쪽에서 불어왔다. 뒷산 잔등을 타고 넘어 숨 가쁘게 내달려온 바람은 지붕 위에서 쪼르르 미끄럼을 타기도 하고, 뒤란 감나무를 사납게 흔들어 얼마 안 남은 마른 이파리들을 우수수 털어내기도 했다. 함부로 담쟁이 넝쿨을 잡아당겨보거나 쇠똥 깔린 골목길에서 달음박질을 하고, 우물가에서 빈 두레박을 떼굴떼굴 굴리며 한바탕 멋대로 소란을 피우기도 했다. 그

마저도 싫증이 나면, 바람은 선착장을 훌쩍 지나 바다로 뛰어 내려가 파도를 사납게 불어 올리고는, 이내 바다 저편 캄캄한 어둠 속을 향해 숨 가쁘게 달려가곤 했다.

나는 문밖 바람 소리를 들으며 드러누워 천장을 응시했다. 문풍지 사이로 새어 들어온 바람결에 흐릿한 불빛이 이따금씩 흔들렸다. 그때마다 쥐 오줌 자국이 선명한 낡은 천장과 벽지 위에서 그림자가 너울너울 춤을 추었다.

불현듯 나는 쓸쓸해졌다. 어머니의 얼굴이 어두운 천장 위로 오롯이 떠올랐다.

어머니를 못 본 지도 벌써 여러 달째였다. 이번엔 왜 이리 오래도록 오시지 않는 걸까. 읍내 군청에 근무하던 아버지가 도청소재지인 광주로 전근을 가게 된 것은 작년 여름이었다. 그 때문에 어머니와 큰형, 큰누나 그리고 동생도 함께 아버지를 따라 광주로 옮겨 갔다. 광주는 육지의 큰 도시라고 했다.

어머니랑 아버지는 어째서 나하고 작은형, 작은누나, 이렇게 셋만 광주로 데려가지 않았을까. 이제 우리 셋은 까맣게 잊어버린 걸까. 혹시 나를 아예 여기 내버려 둘 생각을 하고 있는 건 아닐까…… 문득 콧속이 맹맹해지면서 목구멍이 싸하니 아려왔다. 어머니가 밉다. 아버지도. 큰형, 큰누나 그리고 동생들도 모두모두 욕심꾸러기들이다. 기어코 핑그르르 눈물이 차올랐다.

나는 혼자 벽 쪽을 향하고 드러누워 엄지손가락을 입속에 집어넣었다. 할머니는 내게 손가락을 빠는 건 못된 버릇이라고 매번 야단을 쳤다. 하지만 어머니 생각이 나서 문득문득 외로워질 때면 나도 모르게 그렇듯 손가락이 입안으로 저절로 기어들어갔다.

다시금 바람 소리가 되살아나고 있었다. 장독대에서 항아리 뚜껑이 들썩거리고 덩달아 장짓문 고리도 달그락달그락 소리를 냈다.

"춘례야, 불 뒤적이지 말고 그냥 둬라이. 속이 익을라면 한참 멀었응께."

"참말, 아직도 아까 그대로 있네?"

화로 속을 이리저리 쿡쿡 찔러보다 말고 누나는 부젓가락을 내려놓았다. 아까 할머니는 고구마 몇 알을 꺼내와서 화로 속 숯불에 묻어두었던 것이다.

"할마이, 옛날얘기 하나만 해줘. 으응?"

작은형이 연필을 놓고 할머니 곁으로 조르르 기어왔다.

"오메, 숙제는 안 하고 또 무신 이야기 타령이냐?"

"흐응, 벌써 다 했단 말이여. 재밌는 이야기 조까 해줘이."

"그래그래. 우리도 해줘."

작은누나랑 나도 질세라 어리광을 부리며 할머니의 무릎을 먼저 차지하려고 북북 기어갔다. 하지만 할머니는 으레 나하고 작은형에게만 양쪽 무릎을 내어주었다. 춘례야, 너는 다 컸응께 안 돼. 그때마다 작은누나는 볼이 부은 얼굴을 했다.

"가만있자. 오늘은 또 무신 이야기를 해줄까나."

할머니는 어쩔 수 없다는 듯, 바느질감을 한쪽으로 밀쳐내면서 말했다.

"할마이, 무서운 도깨비 이야기 말고. 오늘은 진짜로 재밌는 거."

"나는 슬픈 이야기가 젤 좋드라. 꽃이랑 뻐꾹새 이야기 같은 거."

춘례 누나가 손바닥에 턱을 고인 채 할머니를 말똥말똥 올려다본다.

"오냐, 그럼 오늘은 동백꽃 이야기를 해볼까나."

"동백꽃?"

"그래. 예전에 이웃 마을에 살았던 아주 불쌍한 여자 이야기란다."

"그 여자가 누군디라우?"

"저기, 함박골 대밭 아래 초가집 한 채가 있었제. 동구밖 끄트머리에 있던 집 말이여. 오래전, 그 집에서 젊은 내외가 살았더란다……."

마침내 할머니의 입에서 이야기의 실꾸리가 술술 풀리기 시작했다. 우리들은 다 같이 눈을 초롱초롱 빛내며 귀를 쫑긋 세웠다.

* *

우리 마을과 화포리 사이엔 '함박골'이라는 이름의 작은 마을 하나가 있다. 오래전, 그러니까 일제 강점기 때였다. 그 마을에 어느 젊은 내외가 살았다. 남편이 고깃배를 타거나 멸치 어장에서 잡일을 해주고 벌어온 돈으로 근근이 꾸려가는 궁색한 살림이었다.

그런데 어느 해 가을, 고깃배를 타고 먼 바다에 나갔다가 태풍을 만나 천신만고 끝에 돌아온 남편은 그길로 병을 얻어 끝내 세상을 떠나고 말았다. 마을 사람들의 도움으로 남편은 마을 뒤편 선산에 있는 시부모 곁에 묻혔다. 젊은 아낙은 내내 슬피 울며 꽃상여 뒤를 따라갔다.

남편이 죽은 후 살림은 더없이 궁핍해졌고, 아낙의 손엔 어린 두 아이의 목숨이 달려 있었다. 마침내 아낙은 혼자 행상 길에 나서보기로 결심했다. 행상이라고 해봐야 육지에서 받아온 싸구려 옷가지들을 머리에 이고 동네방네 돌아다니며 파는 보따리장수였다. 가까운 이웃의 섬에서부터 청산도·소안도·보길도·노화도·금당도·고금도 같은 먼 섬까지도 발이 부르트도록 돌아다녔다. 또 더러는 섬 지역에서 나오는 미역, 김, 파래 따위를 육지의 농촌 마을을 돌며 팔기도 했다.

그러다 보면 아낙은 번번이 집을 여러 날씩 비워둘 때가 많았다. 그럴 때면 손위인 아들은 이웃에 있는 친척 집에 맡겨두고, 어린 딸아이만 등에 업은 채 행상을 나갔다 돌아오곤 했다. 행상 일은 아낙 혼자서 감당하기엔 고되고 힘겨운 일이었다. 육지 사람들은 옷이나 해산물 값을 돈으로 셈을 치러주는 경우는 거의 없었고, 대신에 쌀이나 보리, 참깨, 콩, 팥, 녹두 따위 곡식으로 주었다. 아낙은 그것들을 다시 장에 나가 팔아 왔다. 또 더러는 이듬해 농사 수확기에 돈을 받기로 하고 외상으로 넘겨주는 경우도 많았다.

그런 어느 날이었다. 낯선 섬마을을 돌아다니다가 한적한 길가에 앉아 쉬고 있던 아낙은 우연히 세 살 난 딸아이의 한쪽 엉덩이에서 이상한 반점을 발견했다. 숟가락만 한 크기의 그 암갈색 반점은 마치 상한 호박처럼 말랑말랑했고, 그 짓무른 부위에선 뭔가 알 수 없는 진물이 끈끈하게 묻어나왔다.

"이게 무엇일꼬. 전에 못 보던 것이 언제 생겼당가?"

아낙은 처음엔 그저 무슨 부스럼이 돋은 거겠지 하고 별로 대수롭지 않게 여겼다. 그런데 날이 갈수록 그 수상한 반점이 점점 커져가는 거였다. 아낙은 누군가의 말에 따라 해묵은 된장독에 낀 허연 더께를 발라보기도 하고, 밭둑에 난 송장넝쿨을 돌로 곱게 짓찧어 붙여보기도 했다. 그렇지만 아무 소용이 없었다. 그 불길하고 기이한 반점은 갈수록 크고 또렷해져서 마침내 한쪽 엉덩이 절반을 다 차지할 정도로 커졌다.

한번은 연락선을 타고 육지로 장사를 나가는 길에 아낙은 녹동 포구에 잠시 들렀다. 녹동 읍은 낙일도에서 배로 두 시간 걸리는 육지의 포구였다. 그녀는 포구에 내리자마자 아이를 등에 업고 진료소를 찾아갔다. 아낙이 아이의 엉덩이를 까 보여주었을 때, 일본인 의사는 심각한 표정으로 한동안 고개를 갸웃거렸다. 그러더니 아이의 옷을 모두 벗겨내보라고 아낙에게 말했다.

"흠, 언제부터 여기에 이런 것이 생겼소?"

"글씨라우. 작년 여름에 첨 본 것 같은디……."

두꺼운 안경을 쓴 늙은 의사는 아이의 몸을 샅샅이 살펴보며 뭔가를 더 찾아내려 애쓰는 눈치였다. 이내 의사는 주삿바늘처럼 생긴 가늘고 뾰족한 침을 꺼내 들더니,

엉덩이의 반점 부위를 여러 차례 콕콕 찔러보기 시작했다. 매번 바늘로 찌를 때마다 잠깐 손을 멈추고 아이의 반응을 살펴보곤 했다.

아낙은 소스라치게 놀랐다. 거짓말처럼 아이는 전혀 울지 않았다. 아니, 애당초 반응이 없었다. 날카로운 바늘 끝이 제 살에 쿡쿡 박히는 줄조차 아예 모르는 것 같았다. 흰머리 성성한 의사는 쯧쯧 하고 혼자서 연신 혀를 찼다.

"아무래도 소록도에 있는 진료소를 속히 찾아가보는 게 좋겠소."

의사는 소독약으로 제 손을 꼼꼼히 씻어내며 어두운 표정으로 말했다. 소록도라는 말에 아낙은 눈앞이 캄캄해지고 가슴이 철렁 내려앉았다.

"아이고, 선생님. 소, 소록도라니! 그러니께, 우리 애기가 그, 그 몹쓸 병에 걸렸단 말인가요?"

"십중팔구 그런 의심이 들지만, 아직 확실한 건 아니오. 여하튼 속히 그 병원으로 가보시오."

소록도.

나병환자를 위한 병원과 집단수용소가 있다는 섬.

바로 그 이유 하나만으로 세상 사람들에겐 마치도 죽음의 섬인 양 일컬어지는 섬.

아낙은 불안에 떨며 아이를 품에 안은 채 포구로 내려갔다. 저만치 녹동 포구 앞 지척에 떠 있는 작은 섬. 그것이 바로 소록도였다. 아낙은 그길로 나룻배를 타고 소록도로 건너갔다.

소록도에 있는 나환자 진료소에서 차례를 기다리는 동안, 아낙은 건물 안팎에서 무섭고 흉측한 몰골을 한 환자들을 여러 명 보았다. 요양원에 수용된 그들을 가리켜 세상 사람들은 문둥이라고 불렀다. 문둥이. 세상 사람들에게 그것은 호랑이보다 무섭고 귀신보다 더 소름 끼치는 이름이었다.

바야흐로 문둥이가 유난히 흔하던 시절이었다. 그들 옆엔 세상의 어느 누구도 가까이 가지 않았다. 나병환자라는 낙인이 찍히는 순간, 부모도 형제도 친척도 매몰차게 등을 돌렸다. 한순간에 집과 고향 마을에서 쫓겨난 그들은 흉한 몰골의 거렁뱅이 신세가 되어 세상을 떠돌아다녔다. 문둥이는 그 어딜 가건 목숨이 위태로웠다. 그들이 눈에 띄기만 하면 너도나도 대문을 걸어 잠그기에 바빴다. 얼굴을 쳐다보기만 해도 그 끔찍한 병이 옮는다는 소문에 어른 아이 할 것 없이 침을 뱉고 몽둥이를 휘두르고 돌멩이를 던졌다. 동냥을 하러 마을 입구로 들어서려다가 몽둥이에 맞아 죽거나 병신이 되는 문둥이들도 있었다.

하지만 그런 그들에게도 목적지가 있었다. 소록도. 머나먼 남쪽 땅 끝에 있다는 나병환자 집단수용소. 조선 팔도의 문둥이들에게 그곳은 이 세상에 단 하나 남은 거처이자 피신처인 셈이었다. 때문에 표독스러운 사람들의 눈을 피해가며 그들은 저마다 남쪽을 향해 지친 걸음을 옮겼다. 소록도로 가는 길은 몇 달도 걸리고 몇 년도 걸렸다.

그것은 목숨을 건 여행길이었다. 목숨을 지키기 위해 그들은 대부분 무리를 지어 이동했다. 종종 그들 스스로가 위협적이고 공격적인 무리로 변해 사람들로부터 먹을 것을 얻어내기도 했다. 길바닥에서 굶어죽지 않으려면 그럴 수밖에 없었다.

갈퀴처럼 안으로 곱아든 손가락, 발가락이 떨어져 나가 뭉툭해진 발, 추하게 짜부라진 코, 불에 덴 듯 흉측하게 일그러진 피부, 양 눈썹조차 지워진 얼굴, 더러운 천으로 감싼 다리를 절룩거리면서 그들은 대게 남녀노소 구분 없이 한데 무리를 지어 다녔다. 서넛 혹은 대여섯 명씩 떼거리를 지어 몰려다니며 아무 집 마당이건 불쑥불쑥 들어가 애걸복걸하거나 아예 노골적으로 위협하는 방식으로 동냥질을 하곤 했다.

당연히 그들은 세상 사람들에겐 끔찍한 혐오와 공포의 대상이었다. 문둥이들이 마시고 간 우물물을 먹거나 문둥이들과 눈만 마주쳐도 병이 옮는다는 소문이 퍼져 있을 정도였다.

이윽고 아낙의 차례가 되었다. 소록도 진료소의 의사 역시 일본인이었다. 그는 녹동 포구의 의사와 거의 비슷한 방식으로 진찰을 했다. 마지막으로 의사는 뭔가 검사를 더 해봐야 한다면서, 딸아이 엉덩이에서 팥알만큼의 살점을 떼어냈다. 그리고 보름 후에 다시 찾아오라고 말했다. 하지만 아낙은 의사에게 끝내 단 한 마디도 물어볼 수가 없었다. 의사의 어두운 표정과 말에서 백 마디 말보다도 더 확실한 대답을 아낙은 이미 읽었던 것이다.

"정확한 결과가 나오려면 시일이 걸릴 테니까, 꼭 아이를 데리고 다시 찾아오시오."

반백의 머리에 인자한 얼굴을 한 의사는 말했다. 아낙은 몇 번이나 허리를 숙여 인사를 하고 돌아섰다. 아이를 들쳐 업고 소록도를 빠져나올 때, 그녀의 눈앞은 먹통처럼 깜깜하기만 했다. 소록도 앞 바다가 마치 끝도 가도 없는 지옥의 세상, 풀 한 포기 나무 한 그루 살지 않는 아득한 사막으로 보였다.

아낙은 장사도 포기한 채 그길로 배를 타고 낙일도 집

으로 돌아왔다. 마당에 들어섰을 때, 여섯 살짜리 아들은 숫제 거지꼴을 하고 혼자 고구마를 날것으로 우적우적 씹고 있었다. 아낙은 그날부터 아예 사립문을 닫아걸고 방 안에 드러누워버렸다. 이틀 밤낮을 두 눈이 복어 눈알처럼 퉁퉁 붓도록 하염없이 울었다.

'아아, 내 딸이 문둥이라니. 알고 보니 이건 자식이 아니라 철천지원수가 나를 찾아와 태어난 모양이로구나.'

아낙은 이를 앙다물고 홀로 몸부림을 쳤다. 하늘을 수백 번 원망하고, 먼저 저세상으로 간 남편을 원망하고, 박복한 자신의 팔자를 수없이 한탄하고 저주했다. 당장 눈앞에 닥쳐올 사태가 너무나 무섭고 끔찍스러웠다.

아낙은 보따리장사를 다니면서 제 눈으로 수없이 보았던 광경들을 떠올렸다. 실제로 이따금 낙일도까지 흘러 들어온 문둥이들도 있었다. 소문이 퍼지자마자 하나같이 잔뜩 겁을 집어먹은 채 대문을 꼭꼭 닫아걸고 숨어버리던 사람들의 모습을 그녀는 기억했다. 만일에 딸아이가 그 몹쓸 병에 걸렸다는 사실이 알려지는 날엔 아낙은 아예 낙일도 땅엔 발을 붙이고 살 수가 없을 거였다. 자신은 물론 어린 아들까지도 문둥이 취급을 당할 게 뻔했다.

'오메메. 이 일을 당장 어찌할꼬. 대관절 내가 전생에 무슨 대죄를 지었기에 하느님이 이리도 큰 벌을 내리신단 말인고. 아아, 기구하고 박복하기 그지없는 이년의 팔자여!'

혼자서 머리를 쥐어뜯던 아낙은 불현듯 입술을 악물었다. 마침내 그녀는 뭔가 무섭고도 독한 결심에 이르렀던 것이다.

다음 날 밤.

아낙은 한숨도 눈을 붙이지 못했다. 품 안에서 곤히 잠든 어린 딸아이를 몇 번씩 들여다보고 또 들여다보며 울고 또 울었다. 죄 없는 딸아이의 고막껍질 같은 작은 손과 발을 수없이 쥐어보고 또 어루만져보곤 했다.

이윽고 새벽이 왔다. 아낙은 잠든 아들만 남겨놓은 채 딸아이를 등에 업었다. 그리고 이웃의 눈을 피해 소리 없이 사립문을 나섰다.

음력 삼월. 유난히도 안개가 자욱한 날이었다. 아낙은 꿈결처럼 몽롱한 안개의 숲을 더듬거리면서 잰걸음으로 마을을 빠져나왔다. 어느새 잠에서 깬 딸아이가 칭얼거렸다. 품속에서 엿가락 하나를 꺼내어 손에 쥐여주었더니, 아이는 금세 좋아라고 꺄득 꺄득 웃음을 터뜨렸다.

고갯마루에 올라서자 아낙은 잠시 걸음을 멈추고 뒤를 돌아다보았다. 지렁이처럼 구불구불 돌아나간 산모퉁이 끝자락으로 마을은 아련히 숨어버리고, 천지는 어디나 솜뭉치 같은 안개만 뭉실뭉실 엉켜 흐르고 있었다.

아낙은 거기서부터 길을 벗어나 왼편 산비탈을 거슬러 오르기 시작했다. 그것은 공동묘지로 가는 길이었다. 그녀는 목이 컥컥 막혀왔다. 고갯길을 오르는 발걸음은 천근만근이었다.

'아가야. 잘 봐두어라이. 이것이 이 독허고 몹쓸 어미랑 함께 마지막으로 밟는 길이여.'

아낙은 하염없이 흘러내리는 눈물을 연신 손등으로 훔쳐냈다. 갈수록 걸음이 느려지고 허둥거렸다.

"야아, 꽃! 저그, 꽃! 엄니."

문득 아이가 등 뒤에서 팔을 흔들며 소리쳤다. 아낙은 고개를 들었다. 길옆 골짜기에 아름드리 동백나무 한 그루가 가지마다 선지피 같은 붉은 꽃송이를 가득 매단 채 안개 속에 서 있었다. 아낙은 다가가 동백꽃 가지 하나를 꺾어, 등에 업힌 아이의 손에 쥐여주었다.

"와아, 이뻐 꽃! 이뻐, 이뻐!"

까르르륵. 아이는 연신 행복에 겨워 함박웃음을 터뜨렸다. 춤을 추듯 등 뒤에서 움찔움찔 팔다리를 신나게 버둥거렸다.

아낙은 잡초 덤불을 헤치며 공동묘지의 맨 위쪽까지

올라갔다. 수백 년 동안 섬사람들의 마지막 안식처가 되어온 터라 규모가 제법 큰 묘지였다. 인적이 드문 골짜기라서 일부러 누가 찾아 올라오기 전에는 사람 눈에 거의 띄지 않을 장소였다.

아낙은 묘지 한가운데로 들어섰다. 여기저기 헐벗은 등을 흉하게 드러낸 해묵은 무덤들. 함부로 파헤쳐진 흙더미 사이로 거무튀튀하게 삭은 뼛조각들이 발에 밟혔다. 이윽고 군데군데 깊이 파헤쳐진 흙구덩이들이 나타났다. 누군가 묘를 이장해 갔거나, 새로운 묫자리를 찾다가 도중에 그만둔 모양이었다. 아낙은 그중에서 가장 깊이 팬 구덩이 하나를 눈으로 골라냈다.

"악아. 여그서 엄니랑 조끔만 쉬었다 가자이."

아낙은 그중 밑이 가장 깊어 보이는 구덩이 앞에서 아이를 내려놓았다. 그리고 엿 한 조각을 아이의 입에 물려주고 나서 말했다.

"악아, 너랑 나랑 둘이서 이 안에 한번 들어가볼꺼나?"

"으응, 엄니랑 두리. 나랑 두리서."

아이는 환한 얼굴로 웃었다. 먼저 구덩이 속으로 뛰어든 아낙은 팔을 뻗어 딸아이를 받아 내렸다. 구덩이는 아낙의 목 높이까지 찰 정도로 깊었다. 포대기를 바닥에 편 다음 아낙은 아이를 품에 안고 비좁은 바닥에 웅크린

304

자세로 나란히 누웠다.

'자아, 우리 애기 줄라고, 엄니가 엿 가져왔다이. 이거 묵어라.'

수건에 싸온 마지막 엿가락을 쥐어주자, 아이는 또 까르륵 웃었다. 아낙은 아이를 꼬옥 껴안고 터져 나오는 울음을 억지로 삼켰다. 구덩이 속은 뜻밖에 아늑하고 포근했다. 머리 위를 스치는 바람도 닿지 않고, 멀리 바다기슭의 어지러운 파도 소리도 들리지 않았다.

어느새 환하게 동튼 하늘이 구덩이 밖으로 높다랗게 걸려 있었다. 그 하늘빛이 꿈결처럼 너무나 곱고 아름다웠다. 아낙의 두 눈에 눈물이 말갛게 차올랐다.

아이는 어미의 품속에 얼굴을 묻고 곤히 잠들어 있었다. 아낙은 조용히 몸을 일으켰다. 구덩이의 진흙 벽은 생각보다 높고 미끄러웠다. 몇 번씩 미끄러지기를 되풀이하던 끝에 가까스로 밖으로 기어 나왔다. 아낙은 땅바닥에 무릎을 꿇고 구덩이 안을 내려다보았다.

마지막으로 본 딸아이의 모습은 너무나 작고 고요했다. 그 어둡고 축축한 흙구덩이 안. 한 손엔 빨다 만 엿가락을 꼭 쥐고, 다른 손으로는 동백꽃을 그러안은 채 딸아이는 세상모르고 잠들어 있었다.

"아아, 잘 있거라이. 불쌍한 내 자식아. 이 짐승만도 못한 어미일랑 영영 잊어불고, 이제는 저세상으로 고이 고이 잘 가거라이. 부디부디 요다음 세상엔 복되고 귀한 몸으로 다시 생겨나와가꼬, 이 세상에선 못다 누린 행복을 마음껏 누리고 살거라. 오메오메, 불쌍하고 가엾은 내 딸……."

마침내 참고 참았던 울음이 와악 쏟아져 나왔다. 아낙은 미친 사람처럼 숲길을 헤치고 허둥지둥 도망쳐 내려오기 시작했다.

* *

"할마이. 그담에는 어뜨케 됐어? 그 불쌍한 아이는 혼자 남아가꼬 어찌 되었느냐고?"

춘례 누나가 문득 숨이 차서 헐떡이며 물었다. 뭔가 잔뜩 겁에 질려 금방 울음이라도 터뜨릴 기색이었다. 작은형은 어느새 할머니 무릎에 누워 곤히 잠들어 있었다. 할머니는 하품을 하며 무심히 대답했다.

"으응, 사나흘 뒤에 그 어미가 혼자서 공동묘지로 다시 찾아 올라가 보았등갑드라. 가서 보니께, 아이는 허리를 새우같이 웅크린 채로 이미 숨이 끊어져 있드란다. 영락없이 잠자고 있는 거맨키로, 즈이 어미가 따준 동백꽃을 가슴에 꼭 그러안고 말이여…… 그런디 말이다이, 세상에, 그 어린것이 저 혼자서 구덩이 밖으로 기어 나오겠다고 내내 얼매나 몸부림을 쳤던 모양이제. 땅바닥을 얼마나 긁고 또 긁어댔는지, 열 손가락 손톱이 죄다 피범벅이 된 채로 홀렁 까뒤집혀 있드라는구나. 쯔쯔쯧."

그때 갑자기 춘례 누나가 엉엉 울음을 터뜨렸다. 할머니가 깜짝 놀라 달랬지만, 누나의 까닭 모를 울음은 좀처럼 멎지 않았다.

"이런! 이 생각 없는 할미가 어린것한테 해선 안 될 이야기를 늘어놓았구나. 아야, 춘례야. 할미가 잘못했다. 이제 그만 울음 그치랑께 그러냐이. 그 이야기는 아주 오래전 일이란 말이여. 으응?"

화롯불 위에선 고구마 익어가는 냄새가 스멀스멀 피어나고 있었다. 마당을 달려 다니는 바람 소리가 스산했다. 울먹이던 누나도 어느덧 잠이 들었다. 나는 이불을 머리끝까지 뒤집어썼다. 불현듯 등골이 오슬오슬 추워오면서 몸이 가늘게 떨려오기 시작했다. 눈을 감으면 방금 들었던 이야기의 영상들이 끊임없이 떠올랐다 지워지곤 했다.

나는 꿈을 꾸었다. 내 엉덩이 한쪽이 흐물흐물 썩어들어가는 꿈. 하얀 옷을 입은 일본인 의사가 피범벅이

된 손으로 바늘을 쥔 채 내게 다가오는 꿈. 나를 등에 업은 어머니가 고갯길을 넘어 공동묘지를 향해 걸어 올라가는 꿈……

"안 돼. 가지 마, 어무니."

나는 잠결에 팔을 휘저으며 허우적거렸다.

"악아, 왜 그러냐. 어디가 아픈 거여? 으응?"

눈을 떠보니 할아버지와 할머니가 걱정스러운 얼굴로 내려다보고 있었다. 아직 꼭두새벽이었다. 내 몸은 온통 식은땀으로 흥건하게 젖은 채 와들와들 떨고 있었다. 나는 다시금 까마득히 깊은 잠 속으로 빠져들었다. 그렇게 꼬박 이틀을 앓아누워 있었다. 수없이 이어지는 꿈, 꿈. 이따금 헛소리를 내지르며 눈을 떠보면, 꿈속인 양 어린아이의 슬픈 울음소리가 여전히 내 귓전을 맴돌고 있었다.

* *

어둡고 축축한 구덩이 안에 나 혼자 누워 있었다. 저만치 머리 위로 어두운 밤하늘이 아스라이 떠 있었다. 구덩이 넓이만 한 그 밤하늘엔 맑게 빛나는 별들이 유리알처럼 반짝였다. 그 작은 하늘에 어둠이 걷히면, 해가 뜨고 아침이 왔다. 다시 밤이 찾아오면 까만 하늘에는 또 다른 달과 별들이 번갈아 떠올랐다. 그렇게 빛과 어둠이 몇 번이나 바뀌도록 엄마는 돌아오지 않았다. 나는 목이 쉬도록 울고 또 울었다. 한 손엔 엿, 다른 손엔 시든 동백꽃 다발을 안은 채 발을 동동 구르며 엄마를 불렀다. 아무리 불러도 내 목소리만 우렁우렁 울릴 뿐이었다. 엄마, 엄마아…… 꿈이었다.

"철아, 어서 눈 좀 떠봐라. 나다. 엄마가 왔다니까."

불현듯 누군가 몸을 흔드는 기척에 나는 눈을 떴다.

아, 어머니였다.

놀랍게도 어머니의 동그란 얼굴이 나를 내려다보며 환희 웃고 있었다. 이게 꿈일까. 내 손을 꼭 쥐고 있는 보드랍고 따스한 손. 분명 어머니의 손이었다. 나리꽃을 닮은 어머니의 향긋한 냄새. 여전히 꿈을 꾸고 있는 것만 같아, 나는 눈만 껌벅거렸다.

"정신이 드냐? 철아. 내가 이렇게 왔는데도 아는 척도 안 하는 거여? 응?"

얼굴 가득히 웃음을 머금은 어머니의 음성이 또렷하게 들려왔다. 꿈이 아니었다. 그런데도 그 순간 나는 어머니 얼굴을 외면한 채 벽을 향해 슬그머니 돌아누워버렸다. 이내 나도 모르게 목에선 까닭 모를 울음이 봇물처럼 터져 나오기 시작했다.

"이를 어쩔꼬! 가엾은 내 아들. 어린 맘에도 서운한 정이 한껏 쌓였던 게로구나. 그래그래, 어미가 잘못했다이. 앞으로는 우리 헤어지지 말자. 이제부턴 엄마 아빠랑, 철이랑 준이랑 춘례랑, 온 식구들이 모두 한집에서 살게 될 것이여. 그러니께 울지 마라. 응?"

어머니는 내 뺨에 얼굴을 부비며 웃으셨다.

"참말이라우? 우리 모두 한집에서 산다고?"

춘례 누나가 큰 소리로 물었다.

"아암. 올가을에는 우리 식구 모두 광주로 이사를 가기로 했단다. 그 소식을 알려 줄라고, 느이 엄니가 이렇게 내려온 거여. 할아부지랑 이 할마이도 다 같이 갈 거란다. 철이는 참말로 좋겠다. 앞으론 광주에서 학교를 댕기게 되었으니 말이여."

할머니가 내 엉덩이를 토닥거리며 말했다.

그 놀라운 이야기에 나는 귀가 번쩍 열리는 것 같았다. 하지만 어째서일까. 두 눈에선 자꾸만 눈물이 흘러나왔다.

15. 별

- 에필로그

저녁식사를 마치고 나는 네 살 난 딸아이를 데리고 현관문을 나섰다.

"날이 어두워졌는데, 어딜 가려고요?"

설거지를 하던 아내가 돌아보며 물었다. 아내는 프라이팬의 기름을 닦아내고 있었다. 저녁 식탁에 아내가 구워 낸 고등어는 고소하니 맛이 좋았다.

"으응, 우리 송이랑 둘이서 바람이나 쐬고 올 거야."

"우디 송이랑 아빠랑, 두디."

딸아이가 턱 밑에서 나를 빤히 올려다보며 말 흉내를 냈다. 요즘 부쩍 말귀가 터지는 중인지, 녀석은 걸핏하면 어른들 말을 앵무새처럼 흉내 내는 버릇이 생겼다. '우디'가 아니고 '우리'야. 우, 리, 둘, 이. 나는 발음을 고쳐주면서 딸아이 손을 잡고 복도로 나왔다.

엘리베이터 스위치를 누르는 일은 한사코 제 몫이라고 우기는 딸아이를 나는 두 팔로 안아 올렸다. 딸아이가 조그만 검지를 세워 스위치를 콕 누르자 이내 요술처럼 문이 스르르 열렸다.

"구. 팔. 육. 오. 사, 삼……."

엘리베이터 안에서 아이는 고개를 위로 한껏 젖힌 채, 표시판의 차례로 바뀌는 숫자를 혼자서 더듬더듬 소리 내어 읽었다. 네 살배기의 눈에 보이고 귀에 들리고 손끝에 스치는 것들 모두가 하나같이 신비하고 놀랍기만 한 모양이다. 그것들마다 혼자만의 고유한 이름을 지니고 있다는 사실에 아이는 매 순간 기쁨과 놀라움으로 눈을 반짝이곤 한다. 사람, 집, 개, 놀이터, 자동차, 꽃, 회전목마, 그네 등등 크고 눈에 확연히 보이는 사물들에서부터 바람, 먼지, 물소리, 꽃향기, 피아노 소리 등등 아주 작고 미세하거나 눈에 안 보이는 것들에 이르기까지, 아이는 각각의 이름을 익히고 또 기억해내려 애썼다.

그렇게 아이는 조금씩 이 세상에 대해 눈을 떠가기 시작하고 있었다. 그 눈뜸은 앞으로도 한참 동안 물결이

312

퍼져나가듯 기쁨과 경이로움으로 찰랑거릴 것이다.

하지만 머잖아 딸아이도 어쩔 수 없이 깨닫게 되리라.

우리를 둘러싸고 있는 우주가 얼마나 넓고 광대무변한 것인지, 그 거대한 우주 안에 한 톨 씨앗으로 던져진 저 자신 또한 얼마나 작고 미미한 존재인 것인가를.

그리고 우리가 살아가는 이 세상이란 기쁨과 즐거움과 사랑스러움만은 아닌, 수많은 고통과 슬픔으로 가득차 있다는 사실 또한 깨닫게 되리라. 나와 아내가 그랬고, 우리 부모님과 조상들이 그러했듯이. 그리고 지금 살아 있거나 혹은 오래전 이 땅을 찾아왔다 떠나간 수많은 사람들이 그러했듯이 말이다.

두 볼이 상기된 채 표시판의 숫자를 열심히 읽고 있는 아이의 말간 눈망울을 훔쳐보며, 나는 그렇듯 조금은 우울한 생각을 하고 있었다.

밖은 어느새 어둠이 깔리기 시작하고 있었다. 아파트 공터엔 저녁식사를 마치고 우리들처럼 바람을 쐬러 나온 사람들이 눈에 띄었다. 젖먹이를 유모차에 싣고 공터를 천천히 오가는 젊은 부부, 저희들끼리 꺅꺅 소리치며 술래잡기를 하느라 팔딱팔딱 뛰어다니는 조무래기들도 보였다.

아파트 화단 앞에서 나는 걸음을 멈추었다. 사내아이

들이 자전거를 타고 눈앞을 휙휙 지나갈 때마다 딸아이
는 겁먹은 듯 내게 찰싹 달라붙곤 했다. 나는 눈앞 아파
트 건물을 올려다보았다. 어둠 속에 우뚝 버티고 선 그
거대한 사각형 콘크리트 건물은 어마어마한 몸집의 공
룡처럼 보였다.

우리 세 식구가 이 아파트로 옮겨 온 게 2년 전이었다.
도시 변두리 산기슭에 저 혼자 멋대가리 없이 불쑥 들어
선 25층짜리 이 임대 아파트엔 모두 150세대가 입주해
있다. 똑같은 17평짜리 공간 안에서 고향도 직업도 다른
사람들이 모여 살고 있다.

"하나, 두울, 셋."

맨 아래층에서부터 한 칸씩 세어 올라가는 아이의 손
끝을 따라, 나는 13층의 유리창을 올려다보았다. 희붐하
니 전등이 켜진 그 안에서 아내는 아직 설거지에 열중해
있으리라.

"아빠, 쩌어기 우리 집 있다. 우리 집."

딸아이가 한껏 자랑스레 쫑알거렸다.

"그래, 맞았다. 저게 우리 집이야."

나는 건성으로 대꾸해주었다. 우리 집. 사실 그건 집
이 아니라 방이라고 불러야 옳을 터였다. 좁은 가구들
이 벌집마냥 겹으로 촘촘히 들어찬 그 콘크리트 상자 속

에서 나는 자주 숨이 막혔다. 차갑고 건조한 콘크리트의 비정한 질감. 민간업자가 날림으로 지어 올린 그 멋없는 직사각형 건물은 동북쪽을 향한 탓에 햇볕이 제대로 들지 않았다. 몇 안 되는 우리 집 화분들은 응달진 베란다 한쪽 구석에서 시름시름 앓고 있었고, 여윈 줄기 끝에 어쩌다 꽃망울이 맺혀도 거기까진 벌 나비가 찾아오지 않았다.

조금 더 궁벽한 변두리 동네라도 좋다고, 발로 흙을 밟고 좁은 뜰에 화초를 가꾸면서 살고 싶다고 아내는 이따금 말하곤 했다. 물론 나 역시 마찬가지였다. 비좁고 답답한 데다가 각종 소음에 시달려야 하는 아파트 생활이 좀처럼 정이 들지 않았다.

하지만 우리는 가난했고, 아마 앞으로도 오래 그럴 터였다. 해마다 한 차례씩 어김없이 올려 받는 적잖은 임대료를 걱정하면서도, 그나마 용케 남보다 한발 먼저 이곳에 들어와 살고 있음을 다행이라 여겨야 하는 처지였다. 최근 전국적으로 턱없이 뛰어오른 전세금 때문에 야단들인데, 그나마 우리로선 당분간 맘을 졸이지 않아도 되었다. 임대 아파트의 경우 매년 오 퍼센트 이상은 임대료를 올릴 수 없도록 법이 개정된 까닭이었다.

딸아이의 작은 손을 만지작거리다 나는 문득 녀석에

게 미안한 생각이 들었다.

아이는 아파트에서 태어났고, 지금도 네모난 콘크리트 벽 안에서 자라고 있었다. 풀 한 포기, 흙 한 줌 없는 차가운 아파트. 스위치만 누르면 요술처럼 열리고 닫히는 엘리베이터 철문. 햇볕이 거의 들지 않는 응달에서 커가는 딸아이의 모습이 새삼 안쓰러웠다.

나는 딸아이를 이끌고 천천히 한길로 빠져나왔다. 흐린 가로등 불빛 아래, 모자를 쓴 사내 하나가 수박을 팔고 있었다. 수박이요. 달고 시원한 수박이요. 쉰 목소리엔 피곤함과 초조함이 배어 있었다. 중년 사내는 아마 오늘 온종일 이 도시의 골목을 돌며 목이 쉬도록 수박을 팔았을 터이다. 수박은 아직 많이 남아 있는 성싶었다. 손수레 안의 수박 덩이를 곁눈질하다가 나는 문득 지금쯤 집에서 그를 기다리고 있을 가족들의 모습을 떠올려 보았다.

아파트의 벽돌담이 끝나는 자리엔 왼쪽으로 소로가 나 있었다. 뒤편 야산으로 이어진, 좁은 흙길이었다. 가로등조차 없어 어두운 그 길을 따라가노라면 공터 한쪽에 낡은 제각 하나가 서 있었다. 몹시 퇴락한 그 제각이 언제부터 그 자리에 세워져 있었는지 모르지만, 필시 얼마 전까지만 해도 부근은 인적 드문 산기슭이었을 터이다. 도시는 어느새 이곳까지 밀려들고 있었고, 머잖아 그 낡은 제각도 헐리게 될 게 뻔했다.

세상은 놀랍도록 빠르게 변하고 있었다. 매일 판에 박힌 듯 되풀이되는 일상에서 문득 주변을 둘러보면, 지금껏 눈에 익은 수많은 것들이 어느 사이 흔적도 없이 사라지거나 전혀 생경한 형체와 빛깔과 이름으로 감쪽같이 바뀌어 있곤 했다.

바야흐로 낡음과 오래됨이란 흉터처럼 가차없이 천대받고 따돌림 받는 시대였다. 시간의 녹이 묻은 사물과 이름들은 그 무엇이건 새롭고 낯선 또 다른 것들에 의해 허물어지고 대체되어갈 뿐이었다. 그 놀라운 속도감과 단호함 앞에서 나는 늘 정체 모를 불안과 두려움을 느꼈다.

제각을 지나면 길 양쪽으로 탱자나무 울타리가 이어졌다. 그 울타리를 벗어나자 제법 평평하고 야트막한 언덕이 나타났다. 나는 딸아이를 내려놓고 둘이서 나란히 풀밭에 앉았다. 언덕 아래쪽 들판엔 홍건한 어둠이 고여 있었다.

어둠 저편에서 개구리 울음소리가 들려왔다. 울음소리로 보아 그리 많지 않은 숫자였다. 퍽 오랜만에 들어보는 개구리 소리였다. 새로 들어설 아파트 단지 터를 닦느라 황무지 면적의 대부분이 파헤쳐졌음에도, 그 어디쯤엔 요행히 살아남은 녀석들이 있는 모양이었다.

나는 잠시 맞은편 도시의 불빛들을 바라보았다. 고층 건물들과 거리의 네온사인이 쏟아내는 휘황한 불빛과 더불어 문명의 소음은 도시의 대기 속에 수증기처럼 퍼져 있었다. 가로등을 따라 거리마다 가득 찬 자동차의 행렬이 마치 용광로의 붉은 쇳물처럼 끊임없이 흘러넘치고 있었다.

"아빠, 쩌어기 봐. 하늘이 반짝반짝해."

문득 딸아이가 내 팔을 끌어당기며 소리쳤다. 녀석의 손끝을 따라 무심코 고개를 들어보니, 정말, 하늘엔 별들이 반짝이고 있었다.

"야아, 정말 별들이 나와 있구나!"

"벼얼? 저게 벼얼이지, 아빠?"

녀석은 입을 반쯤 벌린 채, 또록또록한 눈망울로 밤하늘을 올려다보고 있었다. 아파트에서만 자라온 네 살짜리로서는 당연히 별은 멀고 조금은 낯설기도 할 터였다.

나는 고개를 위로 한껏 젖혔다. 어둠에 눈이 익숙해질수록 훨씬 더 많은 별들이 또록또록 돋아나기 시작했다. 헤아릴 수 없이 많은 별, 별들. 마치도 커다란 보석함을 열어놓은 듯, 그 작고 귀여운 빛의 조각들은 어둠 속에서 영롱하게 반짝이고 있다.

그때였다. 별 하나가 길게 꼬리를 그으며 비스듬히 떨어져 내리더니 한순간 깜박 사라져버리는 걸 우리는 지켜보았다.

"야아, 아빠! 벼얼이 울어. 벼얼이 눈물을 흘렸어!"

깜짝 놀란 표정으로 아이는 별이 사라진 쪽을 가리켰다.

"송이야, 저건 울고 있는 게 아냐. 별 하나가 지금 마악 이 세상으로 내려온 거야."

"내려와? 벼얼이?"

"그래. 별 하나가 떨어지면, 그건 어느 집에선가 예쁜 아이 하나가 태어났다는 표시란다. 왜냐하면, 별들은 땅 위에 내려와서 아이가 되기 때문이지."

"야아, 참말이야 아빠?"

"그러엄, 참말이고말고. 사람은 예전엔 모두가 다 빛나는 별이었단다. 송이도 그랬어. 아주 예쁘고 귀여운 꼬마별이었지."

"아빠랑 엄마랑도 벼얼이었어?"

"아암, 엄마도 아빠도 별이었지. 할아버지랑 할머니도 그렇고, 외갓집 식구들도 다아 그랬단다. 옆집 은동이랑 금동이네 식구들도 별이었고, 경비원 아저씨랑 슈퍼마켓 아저씨, 야쿠르트 아줌마도 예전엔 모두 별이었어."

"우와, 그렇게 많이? 야아, 신난다."

아이는 연신 하늘을 올려다보며 좋아라고 짝짝짝 손뼉을 친다.

'그래. 사람은 누구나 한때는 별이었단다…….' 꿈을 꾸듯 난 그렇게 되뇌고 있었다. 그건 돌아가신 할머니가 오래전 내게 들려주었던 바로 그 이야기였다.

이제 할머니는 우리 곁에 없다. 내 유년의 섬과 바다 역시 어느덧 추억의 저편으로 아득히 물러나 있었다. 어쩌면 그들, 내 그리운 이름들과 시간들은 까마득한 밤하늘 어딘가에 한 무리 별자리로 모여 지금 저렇게 반짝이고 있을지 모른다. 아니, 분명 그럴 것이다.

물론 그런 동화 같은 이야기를 믿기엔 난 너무 많은 시간을 살아온 셈이었다. 꿈을 꾸기엔 가슴속 샘물은 거의 메말라버렸고, 밤하늘의 별을 찾아내기엔 내 영혼의 창은 흐릿해진 지 오래였다.

하지만 왜일까. 어린 시절 고향집 안마당에서 모락모락 모깃불을 피우며 할머니가 내게 들려주시던 바로 그 이야기를, 지금 이 순간 나는 딸아이에게 다시금 되풀이해 들려주고 있었다.

그래.

머잖아 송이도 그 이야기를 더는 믿지 않게 되는 날이 찾아오리라. 하지만 나는 소망한다. 그날 이후에도 내 사랑하는 딸아이가 그 아름다운 꿈을 오래오래 기억하며 살아갈 수 있기를.

오래전 바닷가 섬마을에서 할머니가 우리들에게 남겨주신 그 눈물겨운 꿈. 한때 이 지상의 생을 저마다의 빛깔로 살다 간 사람들이 하나씩 간직했을 꿈. 그리고 앞으로 또 다른 미지의 사람들 역시 가슴에 간직하게 될 그 꿈.

그렇게 수천 년을 이어왔고 또 이어갈, 저 영롱하고 아름답게 반짝이는 별 하나의 꿈을.

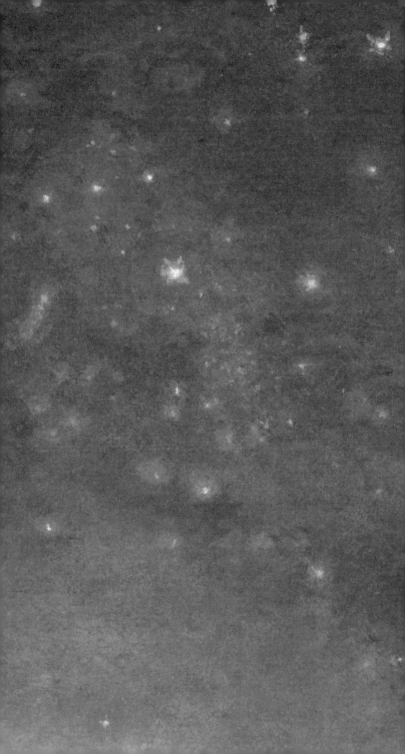